1984년 여름의 고양이

1984년 여름의 고양이

데니 김 소설집

STORYZINE

목차

양자의 제과점	7
1984년 여름의 고양이	75
망각의 카페	117
기억 거래상	147
원스 인 어 블루 문	199
우주에서 온 편지	247
리틀 빅 라이즈	261
이모션 콘트롤러	287

양자의 제과점

2150년 도쿄의 이른 아침. 양자물리학자 아이야(35)는 매일 아침처럼 '양자의 빵'이라는 작은 제과점으로 향했다. 그녀의 발걸음은 가볍고 빨랐지만, 눈에는 피로의 그림자가 드리워져 있었다. 제과점 문을 열자 따뜻한 버터 향기와 함께 고양이 모양의 AI '슈뢰딩거'의 목소리가 그녀를 반겼다.

"오하요 고자이마스, 아이야 씨. 오늘 아침의 크로와상은 특별해요."

아이야는 미소 지으며 크로와상을 받아들었다. 그녀의 손가락이 빵의 따뜻한 표면을 스치자, 어떤 직감이 그녀를 스쳐 지나갔다. 하지만 그녀는 그저 피곤한 탓이라고 생각하며 한 입 베어 물었다.

그 순간이었다.

입안에서 느껴지는 이상한 질감에 아이야는 빵을 자세히 살폈다. 그녀의 눈이 커졌다. 빵 속에 숨겨진 작은 코드 조각. 그것은 그녀가 지금까지 본 어떤 프로그래밍 언어와도 달랐다.

"이게 대체...?"

그녀의 목소리가 떨렸다. 슈뢰딩거의 눈이 이상하게 반짝였다.

"때론 우리가 찾는 답이, 예상치 못한 곳에 있기도 하죠."

아이야는 크로와상을 조심스레 가방에 넣었다. 그녀의 마음은 이미 연구실로 달려가고 있었다. 제과점을 나서며 아이야는 문득 뒤를 돌아보았다. 슈뢰딩거가 그녀를 바라보고 있었다. 그의 눈에 서린 깊이를 본 아이야는 잠시 움찔했다. 마치 그가 모든 것을 알고 있다는 듯한 눈빛이었다. 아이야는 깊은 숨을 내쉬고 걸음을 재촉했다. 그녀는 알지 못했다. 이 작은 빵 조각이 그녀의 인생을, 아니 어쩌면 세상 전체를 뒤흔들게 될 거라는 것을.

도쿄의 아침이 밝아오고 있었다. 새로운 날, 그리고 예상치 못한 모험의 시작을 알리며.

아이야는 연구실로 향하는 길을 서둘러 걸었다. 도쿄의 아침 러시아워가 시작되고 있었다. 홀로그램 광고들이 건물 외벽을 따라 춤을 추듯 움직였고, 첫 번째 공중 택시가 머리 위로 지나갔다. 하지만 아이야의 귀에는 이 모든 소음이 멀게만 느껴졌다. 연구실에 도착한 아이야는 곧바로 크로와상을 꺼내 현미경 아래 놓았다. 그녀의 손가락이 키보드 위를 날듯이 움직였다. 화면에 나타난 코드는 그녀가 지금까지 본 어떤 것과도 달랐다.

"이건... 말도 안 돼."

아이야는 중얼거렸다.

그때, 연구실 문이 열리며 켄이 들어왔다.

"아이야? 이렇게 일찍 왔어?"

아이야는 순간 당황했지만, 곧 결심한 듯 켄을 바라보았다.

"켄, 내가 뭔가를 발견한 것 같아."

켄은 의심스러운 눈초리로 아이야를 바라보았다.

"또 위험한 실험 구상 중이야?"

아이야는 입술을 깨물었다. 켄의 우려를 이해했다. 그녀의 연구가 때로는 윤리적 경계를 넘나든다는 것을 그녀도 알고 있었다. 하지만 이번엔 달랐다.

"이건 다른 거야, 켄. 한 번만 봐줘. 제발."

켄은 한숨을 쉬며 현미경으로 다가왔다. 그의 표정이 의심에서 놀라움으로, 그리고 공포로 변해갔다.

"이게... 어디서 난 거야?"

켄의 목소리가 떨렸다.

아이야는 잠시 망설였다. 양자의 빵에 대해 말해야 할지 고민했다. 하지만 그 순간, 그녀는 이 발견이 단순히 그녀 혼자만의 것이 아님을 깨달았다.

"중요한 건 이게 어디서 왔느냐가 아니야, 켄."

아이야가 말했다.

"중요한 건 이걸 통해 우리가 무엇을 할 수 있느냐야."

켄은 고개를 들어 아이야를 바라보았다. 그의 눈에는 여전히 의심이 남아있었지만, 동시에 호기심의 불꽃이 타오르고 있었다.

"그래서... 어떻게 할 생각이야?"

그가 물었다. 아이야는 깊은 숨을 내쉬었다. 그녀의 눈에는 결연한 의지가 서려 있었다.

"우리가 할 수 있는 유일한 일을 하는 거야, 켄. 진실을 찾아나서는 거지."

그 순간, 연구실의 공기가 변하는 것 같았다. 새로운 모험의 시작을 알리는 전율이 두 과학자의 척추를 타고 올라갔다. 그들은 알지 못했다. 이 작은 발견이 그들의 세계를, 그리고 어쩌면 현실 그 자체를 뒤흔들게 될 거라는 것을. 아이야와 켄은 밤새도록 연구실에 머물렀다. 창밖으로 도쿄의 네온사인이 깜빡이는 동안, 그들은 크로와상에서 발견된 코드를 해독하려 노력했다. 시간이 흐를수록 그들의 흥분은 고조되었고, 동시에 불안감도 커져갔다.

"이건... 말이 안 돼."

켄이 중얼거렸다.

"이 코드는 우리가 알고 있는 어떤 알고리즘과도 맞지 않아."

아이야는 고개를 끄덕였다.

"그래, 하지만 동시에 이 코드에는 어떤 패턴이 있어. 마치... 현실의 기본 구조를 설명하는 것 같아."

그때 갑자기 양자 컴퓨터의 화면이 깜빡였다. 복잡한 방정식들이 화면을 가득 채우더니, 순식간에 사라졌다.

"뭐지?"

켄이 놀라서 외쳤다. 아이야는 숨을 멈췄다.

"켄, 우리가 방금 뭔가를 열어버린 것 같아."

그들의 눈앞에서 현실이 일그러지기 시작했다. 연구실의 벽이 물결치듯 움직였고, 물체들이 공중에 떠올랐다 다시 제자리로 돌아갔다.

"아이야, 이거 멈춰야 해!"

켄의 목소리에 공포가 서려 있었다.

하지만 아이야의 눈에는 다른 빛이 어려 있었다. 두려움과 흥분이 뒤섞인 빛이었다.

"아니, 켄. 이건 우리가 찾던 거야. 현실의 본질을 들여다볼 수 있는 기회라고."

아이야는 주저 없이 손을 뻗어 일그러진 공기를 만졌다. 그 순간, 강렬한 빛이 연구실을 가득 채웠다.

눈부신 빛이 사그라들자, 아이야는 자신이 다시 '양자의 제과점' 앞에 서 있음을 발견했다. 하지만 이번에는 뭔가 달랐다. 거리는 텅 비어있었고, 모든 것이 흑백으로 보였다. 제과점 문이 열리며 슈뢰딩거가 나왔다. 그는 더 이상 고양이 모양의 AI가 아니었다. 인간의 모습을 한 그는 아이야를 향해 미소 지었다.

"기다리고 있었어요, 아이야 씨."

아이야는 혼란스러워하며 물었다.

"슈뢰딩거? 어떻게 된 거예요? 여긴 어디죠?"

슈뢰딩거는 천천히 걸어와 아이야의 옆에 섰다.

"이곳은 현실과 가능성 사이의 경계예요. 당신이 발견한 코드가 이 문을 열었죠."

"그럼 당신은... 정말 누구시죠?"

슈뢰딩거의 눈에 깊은 지혜가 서려있었다.

"저는 이 우주의 관찰자이자 안내자예요. 당신이 이곳에 올 때를 기다리고 있었죠."

아이야는 깊은 숨을 내쉬었다.

"제가 왜 여기 있는 거죠?"

"당신은 특별해요, 아이야. 현실의 본질을 이해할 수 있는 능력을 가졌어요. 그리고 지금, 당신은 선택의 기로에 서 있어요."

슈뢰딩거는 손을 들어 주변을 가리켰다. 순간 그들 주위로 무수한 거울들이 나타났다. 각 거울 속에는 다른 모습의 아이야가 비춰지고 있었다.

"이 거울들은 각각 다른 현실을 보여줍니다. 당신이 선택하지 않은 길, 당신이 될 수 있었던 모든 가능성이죠."

아이야는 숨을 깊게 들이마셨다. 그녀의 앞에 펼쳐진 무한한 가능성들이 그녀를 압도했다.

"그럼 제가 뭘 해야 하는 거죠?"

그녀가 물었다. 슈뢰딩거의 눈빛이 깊어졌다.

"그건 당신이 결정해야 해요. 이 모든 현실을 경험할 수도 있고, 아니면 당신의 현실로 돌아갈 수도 있어요. 하지만 기억하세요. 어떤 선택을 하든, 그것은 엄청난 결과를 가져올 거예요."

아이야는 잠시 생각에 잠겼다. 그녀의 앞에 놓인 선택의 무게가 어깨를 짓눌렀다. 그녀는 천천히 고개를 들어 슈뢰딩거를 바라보았다.

"저는... 모든 현실을 경험하고 싶어요. 하나를 선택하기 전에, 각각의 가능성을 이해하고 싶어요."

슈뢰딩거의 눈에 놀라움이 스쳤다.

"그건... 전례 없는 선택이에요, 아이야. 위험할 수 있어요."

아이야는 깊게 숨을 들이마셨다.

"알아요. 하지만 이게 옳다고 느껴요. 우리는 항상 선택의 결과만을 봐왔잖아요. 하지만 저는 그 과정을 이해하고 싶어요."

슈뢰딩거는 천천히 고개를 끄덕였다.

"좋아요. 하지만 주의해야 해요. 각 현실에 너무 오래 머물지 마세요. 당신의 본질을 잃을 수 있어요."

그의 말이 끝나자마자, 주변의 거울들이 빛나기 시작했다. 아이야는 깊은 숨을 내쉬고 첫 번째 거울로 다가갔다.

"준비됐어요."

그녀가 말했다. 슈뢰딩거는 마지막으로 그녀에게 말했다.

"기억하세요, 아이야. 모든 현실은 연결되어 있어요. 그리고 당신의 선택이 그 연결을 만들어갑니다."

아이야는 고개를 끄덕이고, 첫 번째 거울 속으로 발을 내디뎠다. 그녀의 모험이 시작되는 순간이었다.

아이야가 첫 번째 거울 속으로 들어서자, 그녀는 다시 연구실에 서 있었다. 하지만 이곳은 그녀가 알던 연구실과는 달랐다. 더 첨단화되어 있었고, 벽면을 가득 채운 홀로그램 디스플레이들이 복잡한 방정식들을 표시하고 있었다.

"아이야 박사님, 드디어 오셨군요."

낯선 목소리에 아이야는 놀라 돌아섰다. 그녀 앞에 서 있는 사람은 켄이 아니었다. 젊은 여성 연구원이었다.

"저... 네."

아이야는 혼란스러워하며 대답했다.

"오늘이 대통합이론 발표일이에요. 모두가 기다리고 있어요."

아이야의 눈이 커졌다. 대통합이론? 물리학의 최종 목표, 모든 기본 힘을 하나로 설명하는 이론. 그녀가 꿈꿔왔던 바로 그것이었다. 그녀는 자신도 모르게 홀로그램 디스플레이로 다가갔다. 복잡한 방정식들이 그녀의 눈앞에서 춤을 추는 것 같았다. 그리고 놀랍게도, 그녀는 이 모든 것을 이해할 수 있었다.

"이건... 완벽해요."

아이야가 숨을 죽이며 말했다.

그 순간, 연구실 문이 열리며 기자들이 몰려들었다. 드론 형태의 취재 카메라가 공중으로 떠오르고, 기자들의 질문이 쏟아졌다.

"아이야 박사님, 이 이론이 세계를 어떻게 변화시킬 것 같으십니까?"

"노벨상 수상 가능성에 대해 어떻게 생각하십니까?"

"다음 연구 계획은 무엇인가요?"

아이야는 갑작스러운 상황에 당황했지만, 곧 자신감이 차올랐다. 그녀는 이 순간을 위해 평생을 준비해온 것 같았다.

"이 이론은 우리가 우주를 이해하는 방식을 완전히 바꿀 겁니다."

그녀가 말했다.

"우리는 이제 현실의 가장 깊은 구조를 들여다볼 수 있게 되었어요."

기자회견이 끝나고, 아이야는 잠시 혼자 남았다. 그녀는 창밖으로 보이는 도쿄의 풍경을 바라보았다. 그녀의 이론 덕분에 세상은 빠르게 변하고 있었다. 공중에 떠 있는 건물들, 순간이동 장치, 무한 에너지원... 그녀의 꿈이 현실이 되어 있었다.

하지만 동시에, 그녀의 마음 한구석에서는 이상한 공허함이 느껴졌다. 이것이 정말 그녀가 원하던 것일까?

그때, 슈뢰딩거의 목소리가 그녀의 귓가에 들렸다.

"기억하세요, 아이야. 이건 단지 하나의 가능성일 뿐입니다."

아이야는 깊은 숨을 내쉬었다. 그녀는 이제 이 현실이 그녀에게 줄 수 있는 모든 것을 경험했다는 것을 알았다.

"다음으로 넘어갈 시간이군요."

그녀가 중얼거렸다. 그녀가 눈을 감자, 주변의 세계가 다시 한 번 흐려지기 시작했다. 다음 현실로의 여정이 시작되고 있었다.

아이야의 의식이 다음 현실로 이동하자, 그녀는 자신이 격렬한 논쟁의 한가운데 서 있음을 깨달았다. 그녀 앞에는 켄이 서 있었고, 그의 얼굴은 분노로 일그러져 있었다.

"아이야, 넌 미쳤어! 이건 너무 위험해!"

켄의 목소리가 연구실 전체에 울려 퍼졌다.

아이야는 순간 혼란스러웠지만, 곧 이 현실에서의 상황을 파악하기 시작했다. 그녀의 앞에는 거대한 장치가 있었고, 그 주변으로 복잡한 회로와 케이블들이 얽혀 있었다.

"켄, 이해해 줘."

아이야가 말했다.

"이 장치는 현실을 조작할 수 있어. 우리는 질병, 기아, 전쟁을 모두 없앨 수 있어!"

켄은 고개를 저었다.

"그게 바로 문제야! 넌 신이 되려고 하고 있어. 우리에겐 그럴 자격이 없어."

아이야는 깊은 숨을 내쉬었다. 그녀는 이 논쟁이 처음이 아님을 느꼈다. 이 현실의 그녀와 켄은 오랫동안 이 문제로 대립해 왔던 것 같았다.

"켄, 우리에겐 책임이 있어."

아이야가 말을 이었다.

"이런 능력을 가지고 있으면서 아무것도 하지 않는 것, 그게 더 비윤리적이야."

켄의 눈에 실망감이 서렸다.

"넌 변했어, 아이야. 네가 이렇게 변할 줄은 몰랐어."

그의 말에 아이야의 가슴이 아파왔다. 그녀는 이 현실의 자신이 무엇을 위해 싸워왔는지, 그 과정에서 무엇을 잃었는지를 느낄 수 있었다.

갑자기 장치에서 경고음이 울리기 시작했다. 붉은 빛이 연구실을 가득 채웠다.

"뭐야, 이건?"

켄이 놀라서 외쳤다. 아이야는 재빨리 컴퓨터로 달려갔다.

"안돼... 시스템이 불안정해지고 있어. 현실 사이의 벽이 무너지고 있어!"

그녀의 손가락이 키보드 위를 날듯이 움직였지만, 상황은 점점 더 악화되고 있었다. 연구실 주변의 공기가 일그러지기 시작했고, 물체들이 공중에 떠올랐다.

"아이야, 어서 저걸 꺼!"

켄이 소리쳤다. 하지만 아이야는 망설였다. 이 장치를 꺼버리면, 그들이 이루려 했던 모든 것이 물거품이 될 것이다. 그녀의 마음속에서 욕망과 양심이 격렬하게 충돌했다.

그때, 슈뢰딩거의 목소리가 다시 들려왔다.

"아이야, 기억하세요. 모든 선택에는 대가가 따릅니다."

아이야는 눈을 감았다. 그리고 결단을 내렸다. 그녀의 손가락이 마지막 키를 눌렀다.

강렬한 빛이 연구실을 감쌌고, 아이야는 다시 한번 의식이 흐려지는 것을 느꼈다. 이 현실에서 그녀는 무엇을 배웠을까? 그리고 다음 현실에서는 어떤 도전이 그녀를 기다리고 있을까?

현실과 현실 사이를 떠돌며, 아이야는 점점 더 큰 질문들과 마주하고 있었다.

아이야의 의식이 다시 선명해졌을 때, 그녀는 자신이 거대한 원형 구조물 앞에 서 있음을 발견했다. 구조물은 마치 거대한 문처럼 보였고, 그 가장자리에서는 푸른빛이 희미하게 떨리고 있었다.

"드디어 해냈군요, 아이야 박사."

목소리의 주인공을 향해 고개를 돌리자, 그곳에는 나이 든 켄이 서 있었다. 그의 머리카락은 하얗게 변해 있었고, 얼굴에는 깊은 주름이 자리 잡고 있었다.

"켄..."

아이야는 혼란스러워하며 말을 이었다.

"이게 무슨...?"

켄은 부드럽게 미소 지었다.

"20년이 걸렸지만, 우리는 마침내 현실 사이의 문을 열었어요. 당신의 이론이 옳았어요."

아이야는 숨을 들이켰다. 20년? 그녀는 이 현실에서의 기억들이 서서히 떠오르는 것을 느꼈다. 끝없는 연구, 실패, 그리고 마침내 성공에 이르기까지의 긴 여정.

"이제 어떻게 되는 거죠?"

아이야가 물었다. 켄은 심각한 표정으로 대답했다.

"우리는 아직 모릅니다. 이 문 너머에 무엇이 있는지, 어떤 결과가 따를지... 모두 미지의 영역이에요."

그때, 구조물에서 갑자기 강한 에너지 파동이 방출되었다. 주변의 장비들이 경고음을 울리기 시작했다.

"뭔가 잘못됐어!"

한 연구원이 소리쳤다. 아이야는 본능적으로 제어 패널로 달려갔다.

"안정화 시켜야 해요."

그녀가 말했다.

"아니면 현실 사이의 경계가 완전히 무너질 거예요!"

켄이 그녀 옆으로 다가왔다.

"하지만 그렇게 하면 20년간의 연구가 모두 물거품이 돼요."

아이야는 잠시 망설였다. 그녀의 마음속에서 과학적 호기심과 책임감이 충돌했다. 그때, 슈뢰딩거의 목소리가 다시 한번 그녀의 마음속에 울렸다.

"때로는 물러서는 것도 전진의 한 방법이 될 수 있어요."

아이야는 깊은 숨을 내쉬고 결심했다.

"켄, 우리는 이걸 멈춰야 해요. 우리가 준비되지 않은 힘을 다루고 있어요."

켄의 눈에 실망감이 스쳤지만, 그는 천천히 고개를 끄덕였다.

"당신 말이 맞아요. 안전이 먼저예요."

두 사람은 함께 시스템을 종료하기 시작했다. 푸른 빛이 서서히 사그라들었고, 거대한 문은 천천히 닫히기 시작했다.

그 순간, 아이야는 문 너머로 무언가를 보았다고 생각했다. 무한한 가능성들의 세계, 그리고 그 중심에 서 있는 자신의 모습. 하지만 그 것은 눈 깜짝할 사이에 사라졌다.

연구실이 다시 조용해졌을 때, 아이야는 깊은 안도감과 동시에 묘한 상실감을 느꼈다. 그녀는 이 현실에서 중요한 교훈을 얻었다는 것을 알았다.

"때로는 알지 않는 것이 더 나을 수도 있어."

그녀가 중얼거렸다. 켄이 그녀의 어깨에 손을 얹었다.

"우리는 언젠가 준비가 될 거예요. 그때까지 우리는 계속 배우고, 성장할 거예요."

아이야는 미소 지었다. 그리고 그녀의 의식이 다시 한번 흐려지기 시작했다. 다음 현실에서는 어떤 도전이 그녀를 기다리고 있을까? 그녀는 두려움보다는 기대감을 느끼며 그 흐름에 몸을 맡겼다.

아이야의 의식이 다시 선명해졌을 때, 그녀는 자신이 거대한 미로 한가운데 서 있음을 발견했다. 미로의 벽은 거울로 이루어져 있었고, 각 거울에는 서로 다른 현실이 비춰지고 있었다.

"놀라운 곳이죠?"

슈뢰딩거의 목소리가 들려왔다. 그는 이번에는 젊은 여성의 모습을 하고 있었다. 아이야는 주변을 둘러보며 말했다.

"이게 다 가능한 현실들인가요?"

슈뢰딩거는 고개를 끄덕였다.

"그리고 더 많은 현실들이 매 순간 생성되고 있어요. 우리의 모든 선택, 모든 결정이 새로운 현실을 만들어내죠."

아이야는 가장 가까운 거울로 다가갔다. 그 안에서 그녀는 우주 비행사 복장을 한 자신의 모습을 보았다.

"이 현실들을 모두 경험할 수 있나요?"

아이야가 물었다. 슈뢰딩거는 미소 지었다.

"물론이죠. 하지만 주의해야 해요. 각 현실에는 그만의 규칙과 도전이 있어요. 그리고 당신이 너무 오래 머물면, 원래의 자신을 잃을 수도 있어요."

아이야는 깊은 숨을 들이마셨다.

"이해했어요. 저는 준비됐어요."

그녀가 첫 번째 거울에 손을 대자, 그녀의 의식은 다시 한번 흐려지기 시작했다.

...

아이야는 자신이 화성의 표면에 서 있음을 깨달았다. 붉은 모래가 그녀의 발 아래 펼쳐져 있었고, 멀리 푸른 지구가 보였다.

"아이야 대령, 준비되셨습니까?"

통신기를 통해 목소리가 들려왔다. 그녀는 본능적으로 대답했다.

"네, 준비됐습니다."

아이야는 첫 발을 내디뎠다. 그 순간, 그녀는 이 현실의 아이야가 느꼈을 감정들을 모두 경험했다. 두려움, 흥분, 자부심, 그리고 인류 역사상 가장 위대한 순간 중 하나의 일부가 되었다는 압도적인 느낌.

하지만 동시에, 그녀는 지구에 남겨둔 가족들을 그리워하는 마음도 느꼈다. 이 임무를 위해 그녀가 포기해야 했던 모든 것들...

아이야는 이 현실의 자신이 어떤 선택을 했고, 그 선택이 어떤 결과를 가져왔는지를 깊이 이해하게 되었다.

...

다음 순간, 그녀는 노벨상 시상식장에 서 있었다. 그녀의 손에는 물리학상 메달이 들려 있었다.

"아이야 박사님의 양자 중력 이론은 물리학의 패러다임을 완전히 바꾸었습니다."

시상자의 목소리가 들려왔다. 아이야는 이 순간의 기쁨과 성취감을 만끽했다. 하지만 동시에, 그녀는 이 성공을 위해 희생한 개인적인 삶과 관계들에 대한 아쉬움도 느꼈다.

...

현실들이 빠르게 지나갔다. 때로는 그녀가 세계적인 기업의 CEO였고, 때로는 평화 운동가였다. 어떤 현실에서는 그녀가 행복한 가정의 어머니였고, 또 다른 현실에서는 고독한 예술가였다.

각 현실을 경험할 때마다, 아이야는 그 삶의 기쁨과 슬픔, 성공과 실패를 모두 느꼈다. 그리고 그녀는 점점 더 큰 깨달음을 얻어갔다.

마침내, 아이야는 다시 미로의 중심으로 돌아왔다. 그녀의 눈에는 이전과는 다른 깊이가 서려 있었다.

슈뢰딩거가 물었다.

"무엇을 배웠나요, 아이야?"

아이야는 잠시 생각에 잠겼다. 그리고 천천히 입을 열었다.

"모든 선택... 모든 가능성이 의미 있다는 걸 알게 됐어요. 우리가 선택하지 않은 길도 우리를 형성하는 데 중요한 역할을 해요. 그리고... 우리는 모두 연결되어 있어요. 제가 경험한 모든 현실, 모든 버전의 저는 결국 하나예요."

슈뢰딩거는 만족스러운 표정으로 고개를 끄덕였다.

"당신은 큰 진전을 이뤘어요, 아이야. 하지만 여정은 아직 끝나지 않았어요."

아이야는 깊은 숨을 내쉬었다. 그녀는 이제 더 큰 도전을 위해 준비되어 있음을 느꼈다.

"다음은 어디로 가나요?"

그녀가 물었다. 슈뢰딩거는 미소 지으며 대답했다.

"그건 당신이 결정해야 해요, 아이야. 당신의 선택이 다음 현실을 만들어낼 테니까요."

아이야는 깊은 숨을 들이마시고 눈을 감았다. 그녀의 의식이 다시 한번 흐려지기 시작했고, 그녀는 새로운 현실로 빠져들었다.

...

우아한 음악 소리와 함께 아이야의 눈이 떠졌다. 그녀는 거대한 무대 위에 서 있었고, 관객들의 기대에 찬 시선이 그녀를 향하고 있었다. 그녀의 몸은 우아한 발레복으로 감싸여 있었다.

음악이 고조되자 아이야의 몸이 자연스럽게 움직이기 시작했다. 그녀는 자신이 세계적인 발레리나라는 것을 깨달았다. 그녀의 동작 하나하나에 관객들은 숨을 죽였고, 그녀의 춤은 마치 중력을 거스르는 듯했다.

공연이 끝나고 관객들의 기립 박수가 쏟아졌을 때, 아이야는 이 현실의 자신이 느끼는 성취감과 예술에 대한 열정을 온전히 경험했다. 동시에 그녀는 이 성공을 위해 치른 대가도 느낄 수 있었다. 끝없는 연습, 신체적 고통, 그리고 개인적인 삶의 희생.

...

다음 순간, 아이야는 울창한 아마존 열대우림 한가운데 있었다. 그녀의 손에는 확성기가 들려 있었고, 주변에는 수많은 사람들이 모여 있었다.

"우리는 이 숲을 지켜야 합니다!"

아이야의 목소리가 울려 퍼졌다.

"이것은 단순한 나무들이 아닙니다. 이곳은 지구의 허파이자, 수많은 생명체의 보금자리입니다."

그녀는 이 현실의 자신이 열정적인 환경운동가라는 것을 알았다. 그녀의 마음속에는 자연을 향한 깊은 사랑과 보호 의지가 가득했다. 동시에 그녀는 이 싸움의 어려움도 느낄 수 있었다. 정부와 기업들의 압박, 동료 활동가들의 체포, 그리고 때로는 생명의 위협까지.

...

그리고 다시, 아이야는 우주선 안에 있었다. 이번에는 화성이 아닌, 더 먼 목적지를 향해 가고 있었다.

"아이야 선장, 목성 궤도 진입 5분 전입니다."

통신기를 통해 목소리가 들려왔다. 그녀는 조종석에 앉아 우주의 광활함을 바라보았다. 이 현실의 아이야는 인류 최초로 목성 탐사 임무를 이끄는 우주비행사였다. 그녀의 가슴속에는 미지의 세계를 향한 호기심과 인류의 지평을 넓히고 있다는 자부심이 가득했다.

하지만 동시에 그녀는 고독감도 느꼈다. 지구에서 너무나 멀리 떨어져 있다는 것, 사랑하는 사람들과 별들을 사이에 두고 있다는 것이 그녀의 마음을 무겁게 했다.

...

　각각의 현실을 경험하면서 아이야는 깊은 통찰을 얻었다. 그녀는 모든 선택이 장단점을 가지고 있으며, 어떤 삶을 선택하든 그것은 의미 있고 가치 있는 것임을 깨달았다.
　현실들 사이를 오가며, 그녀는 자신의 본질에 대해 더 깊이 이해하게 되었다. 발레리나로서의 예술성, 환경운동가로서의 열정, 우주비행사로서의 탐험 정신... 이 모든 것들이 그녀의 일부였다.
　마침내 아이야가 다시 미로의 중심으로 돌아왔을 때, 그녀의 눈에는 새로운 빛이 어려 있었다.
　슈뢰딩거가 물었다.
　"이번 여정에서는 무엇을 느꼈나요?"
　아이야는 잠시 생각에 잠겼다가 대답했다.
　"모든 삶이 특별하고 의미 있다는 걸 깨달았어요. 우리는 하나의 현실, 하나의 직업, 하나의 정체성에 갇히지 않아요. 우리 안에는 무한한 가능성이 있고, 그 모든 가능성이 우리를 이루는 거예요."
　슈뢰딩거는 미소 지었다.
　"그렇습니다. 그리고 이제 당신은 그 가능성들을 어떻게 활용할지 선택해야 할 때가 왔어요."
　아이야는 고개를 끄덕였다. 그녀는 이제 더 큰 도전을 위해 준비되어 있음을 느꼈다. 그녀의 앞에는 또 다른 거울들이 기다리고 있었고,

그 너머에는 새로운 현실들이 펼쳐져 있었다.

"준비됐어요."

아이야가 말했다.

"다음 여정을 시작하죠."

아이야가 다음 거울 앞에 서자, 슈뢰딩거가 그녀를 멈춰 세웠다.

"잠깐만요, 아이야. 이번엔 조금 다른 경험을 하게 될 거예요."

아이야는 의아한 표정으로 슈뢰딩거를 바라보았다.

"이번에는 당신이 직접 중요한 선택을 해야 해요. 그리고 그 선택의 결과를 즉시 경험하게 될 거예요."

아이야는 깊은 숨을 들이마셨다.

"알겠어요. 준비됐습니다."

그녀가 거울에 손을 대자, 세상이 다시 한 번 흐려졌다.

...

아이야는 첨단 연구소의 한가운데 서 있었다. 그녀 앞에는 두 개의 버튼이 있는 제어판이 놓여 있었다.

"박사님, 선택하셔야 합니다."

옆에 서 있던 연구원이 말했다.

"왼쪽 버튼은 인류의 수명을 두 배로 늘릴 수 있는 기술을 완성시킵니다. 오른쪽 버튼은 모든 질병을 치료할 수 있는 파나세아(Universal

Cure)를 만들어냅니다. 하지만 둘 중 하나만 선택할 수 있습니다."

아이야는 망설였다. 두 선택 모두 인류에게 엄청난 혜택을 줄 수 있었다. 하지만 각각의 선택은 또 다른 결과를 낳을 것이다.

그녀는 깊이 생각했다. 수명 연장은 인류에게 더 많은 시간과 경험을 줄 것이다. 하지만 동시에 인구 과잉과 자원 고갈 문제를 악화시킬 수 있다. 반면 모든 질병의 치료는 많은 고통을 없앨 수 있지만, 또 다른 형태의 불평등을 만들어낼 수도 있다.

마침내 아이야는 결심했다. 그녀는 천천히 손을 뻗어 버튼을 눌렀다. 순간 세상이 또 다시 변했다.

아이야는 자신이 선택한 결과가 현실화된 세상에 서 있었다. 그녀는 그 세상의 변화를 직접 목격하고 경험했다. 그리고 그 선택이 가져온 예상치 못한 결과들도 보았다.

...

현실이 다시 안정되자, 아이야는 미로의 중심으로 돌아와 있었.

슈뢰딩거가 물었다.

"어떤 느낌이었나요?"

아이야는 깊은 숨을 내쉬었다.

"무거웠어요. 한 순간의 선택이 이렇게 큰 영향을 미칠 수 있다는 게... 두렵기도 하고 경이롭기도 해요."

슈뢰딩거는 고개를 끄덕였다.

"그래요. 우리의 모든 선택은 파장을 일으키죠. 작은 선택일지라도 말이에요."

아이야는 잠시 생각에 잠겼다.

"하지만 우리가 모든 결과를 예측할 순 없잖아요. 그럼 어떻게 해야 할까요?"

슈뢰딩거는 미소 지었다.

"그것이 바로 우리가 계속 배우고 성장해야 하는 이유예요. 우리는 최선을 다해 선택하고, 그 결과에서 배우면서 더 나은 선택을 하려 노력하는 거죠."

아이야는 고개를 끄덕였다. 그녀는 이제 선택의 무게를 더 깊이 이해하게 되었다. 그리고 그 무게를 받아들일 준비가 되어 있음을 느꼈다.

"다음은 어떤 선택을 하게 될까요?"

그녀가 물었다.

슈뢰딩거는 다음 거울을 가리켰다.

"그건 당신이 결정하게 될 거예요. 준비되셨나요?"

아이야는 깊은 숨을 들이마셨다.

"네, 준비됐어요."

그녀는 다음 거울로 향했다. 이번에는 어떤 선택과 어떤 결과가 그녀를 기다리고 있을까? 그녀는 두려움보다는 호기심과 결의로 가득 찬 마음으로 앞으로 나아갔다.

아이야는 수많은 현실을 경험하고 무수한 선택을 거듭한 후, 마침내 미로의 중심으로 돌아왔다. 그녀의 눈에는 이전과는 다른 깊이가 서려 있었고, 그녀의 전신에서는 경험을 통해 얻은 지혜가 느껴졌다.

슈뢰딩거가 그녀 앞에 나타났다. 이번에는 그의 모습이 계속해서 변화하고 있었다. 때로는 노인으로, 때로는 아이로, 때로는 남성으로, 때로는 여성으로 변하며 마치 모든 가능성을 내포하고 있는 듯했다.

"여정이 어땠나요, 아이야?"

슈뢰딩거가 물었다. 아이야는 잠시 침묵했다. 그녀의 마음속에서는 무수한 생각과 감정이 소용돌이쳤다.

"말로 표현하기 어려워요."

그녀가 마침내 입을 열었다.

"저는 수많은 삶을 살았고, 수많은 선택을 했어요. 때로는 기쁨을, 때로는 고통을 경험했죠. 하지만 모든 경험이... 의미 있었어요."

슈뢰딩거는 고개를 끄덕였다. 아이야는 깊은 숨을 내쉬었다.

"우리의 현실, 우리의 삶은 우리가 생각했던 것보다 훨씬 더 복잡하고 아름답다는 걸 알게 됐어요. 모든 선택, 모든 순간이 중요해요. 그리고 우리는 모두 연결되어 있어요. 제가 한 선택이 다른 현실의 누군가에게 영향을 미칠 수 있다는 걸 이제 알아요."

그녀는 잠시 말을 멈추고 자신의 손을 바라보았다.

"그리고... 우리 안에는 무한한 가능성이 있다는 것도 알게 됐어요. 우리는 단 하나의 정체성에 갇히지 않아요. 우리는 발레리나가 될 수도, 과학자가 될 수도, 우주 비행사가 될 수도 있어요. 그 모든 가능성이 우리를 이루고 있는 거예요."

슈뢰딩거의 눈에 감동의 빛이 어렸다.

"당신은 많이 성장했어요, 아이야."

아이야는 미소 지었다.

"하지만 동시에, 저는 더 많은 질문을 갖게 됐어요. 이 모든 지식과 경험을 어떻게 사용해야 할까요? 제가 원래의 현실로 돌아갔을 때, 어떻게 살아가야 할까요?"

슈뢰딩거는 부드럽게 대답했다.

"그건 당신이 스스로 찾아야 할 답이에요. 하지만 기억하세요. 당신은 이제 모든 가능성을 알고 있어요. 당신의 선택이 어떤 결과를 가져올지도 알죠. 그 지식을 바탕으로, 당신은 더 나은 선택을 할 수 있을 거예요."

아이야는 고개를 끄덕였다. 그녀는 이제 준비가 됐다는 것을 느꼈다. 원래의 현실로 돌아갈 준비, 그리고 그곳에서 새로운 삶을 시작할 준비가.

"저... 돌아갈 준비가 됐어요."

그녀가 말했다. 슈뢰딩거는 미소 지었다.

"좋아요. 하지만 기억하세요, 아이야. 이 여정은 끝이 아니에요. 이건 새로운 시작이죠."

그가 손을 들어 올리자, 아이야 주변의 세계가 다시 한 번 흐려지기 시작했다. 그녀는 마지막으로 슈뢰딩거를 바라보았다.

"감사합니다."

그녀가 말했다.

"이 모든 것을... 모든 가능성을 보여주셔서요."

슈뢰딩거의 미소가 마지막으로 보였다.

"당신의 여정을 지켜보게 돼서 영광이었어요, 아이야. 이제, 당신만의 이야기를 써나가세요."

세상이 완전히 흐려지고, 아이야는 자신이 천천히 원래의 현실로 돌아가고 있음을 느꼈다. 그녀의 마음은 경험과 지식, 그리고 새로운 가능성에 대한 기대로 가득 찼다.

이제 그녀의 진정한 여정이 시작되려 하고 있었다.

아이야의 눈이 천천히 떠졌다. 그녀는 여전히 연구실의 바닥에 누워있었다. 켄이 걱정스러운 표정으로 그녀를 내려다보고 있었다.

"아이야! 괜찮아? 갑자기 쓰러져서 날 놀라게 했잖아!"

아이야는 천천히 일어났다. 그녀의 눈에는 이전과는 다른 깊이가 서려 있었다.

"켄... 난 괜찮아. 아니, 그보다 더 좋아."

켄은 의아한 표정을 지었다.

"무슨 일이 있었던 거야?"

아이야는 잠시 망설였다. 그녀가 경험한 것을 어떻게 설명해야 할지 몰랐다.

"켄, 믿기 힘들겠지만... 나는 모든 가능한 현실을 경험했어. 우리가 만들 수 있는 모든 선택, 그 결과로 생겨나는 모든 세계를 봤어."

켄의 눈이 커졌다.

"아이야, 넌 정말..."

아이야는 고개를 끄덕였다.

"그래, 난 진실을 봤어. 그리고 이제 우리가 해야 할 일을 알게 됐어."

그녀는 천천히 일어나 컴퓨터 앞으로 걸어갔다.

"우리의 연구... 그것은 단순히 현실을 이해하는 것에 그쳐선 안 돼. 우리는 이 지식을 이용해 세상을 더 나은 곳으로 만들어야 해."

켄은 여전히 혼란스러워 보였지만, 아이야의 눈에 서린 확신을 보고 고개를 끄덕였다.

다음 날부터 아이야와 켄의 연구는 새로운 방향을 띠기 시작했다. 그들은 더 이상 단순히 이론적인 가능성을 탐구하는 데 그치지 않았다. 대신, 그들은 그들의 발견을 실제 세계에 적용하는 방법을 모색하기 시작했다.

아이야는 자신이 경험한 무수한 현실들에서 얻은 지식을 바탕으로, 현재의 문제들에 대한 새로운 해결책을 제시했다. 그녀는 환경 문제, 사회 불평등, 질병 등 다양한 문제들에 대해 전에 없던 통찰력을 보여주었다.

"우리는 모든 것이 연결되어 있다는 것을 이해해야 해."

아이야가 켄에게 설명했다.

"한 분야의 문제를 해결하려고 할 때, 우리는 그것이 다른 분야에 어떤 영향을 미칠지 항상 고려해야 해."

켄은 점점 아이야의 새로운 접근 방식에 매료되기 시작했다.

"네 말이 맞아, 아이야. 우리는 너무 오랫동안 단편적으로 문제를 바라봤어."

그들의 연구는 빠르게 진전되었다. 아이야의 직관적인 통찰력과 켄의 체계적인 접근이 완벽한 조화를 이루었다. 그들은 양자역학과 현실의 기본 구조에 대한 이해를 바탕으로, 현실을 조작하는 새로운 기술들을 개발하기 시작했다.

하지만 아이야는 항상 신중했다. 그녀는 자신의 선택이 가져올 수 있는 모든 결과를 고려하고 있었다.

"우리는 조심해야 해, 켄."

그녀가 말했다.

"우리가 가진 힘은 엄청나지만, 그만큼 책임도 크다는 걸 잊지 말아야 해."

켄은 고개를 끄덕였다.

"네 말이 맞아. 우리는 이 힘을 신중하게 사용해야 해."

그렇게 아이야와 켄은 새로운 시대를 열어갈 준비를 하고 있었다. 그들의 앞에는 무한한 가능성이 펼쳐져 있었고, 그들은 그 가능성을 실현시키기 위해 한 걸음씩 나아가고 있었다.

몇 달간의 집중적인 연구 끝에, 아이야와 켄은 그들의 첫 번째 주요 프로젝트를 완성했다. 그들은 이를 '현실 치유 장치'라고 불렀다.

"이 장치는 우리가 현실의 기본 구조를 조작할 수 있게 해줘."

아이야가 설명했다.

"우리는 이를 통해 환경 오염으로 황폐해진 지역을 복원할 수 있어."

켄은 감탄하며 장치를 살펴보았다.

"정말 놀라워. 하지만 이걸 어떻게 테스트해볼 수 있을까?"

아이야는 잠시 생각에 잠겼다.

"도쿄 외곽의 버려진 공단이 있어. 그곳에서 첫 실험을 해보는 게 어떨까?"

 그들은 즉시 행동에 옮겼다. 정부의 허가를 받는 데에는 시간이 좀 걸렸지만, 아이야의 명성과 그들의 연구 결과의 잠재력 덕분에 결국 승인을 받아냈다.

 실험 당일, 아이야와 켄은 긴장된 표정으로 버려진 공단에 도착했다. 주변은 황폐하기 그지없었다. 죽은 나무들, 오염된 토양, 그리고 독성 물질로 가득한 지하수.

 "준비됐어?"

 아이야가 켄에게 물었다. 켄은 깊은 숨을 내쉬었다.

 "그래, 시작하자."

 그들은 '현실 치유 장치'를 가동시켰다. 처음에는 아무 일도 일어나지 않는 것 같았다. 하지만 점차 미세한 변화가 감지되기 시작했다.

 죽은 줄 알았던 나무에서 새싹이 돋아났다. 오염된 토양에서 작은 풀들이 자라나기 시작했다. 지하수의 색깔이 맑아지기 시작했다.

 "믿을 수 없어."

 켄이 속삭였다. 아이야의 눈에는 눈물이 고였다. 그녀는 이 순간을 위해 무수한 현실을 경험하고, 수많은 선택을 해왔다. 그리고 마침내 그 결실을 보고 있었다.

 몇 시간이 지나자, 놀라운 변화가 완성되었다. 한때 죽음의 땅이었던 공단은 이제 생명력 넘치는 녹색 공간으로 변모해 있었다.

 뉴스가 빠르게 퍼져나갔다. 전 세계의 과학자들과 환경 운동가들이 이 놀라운 성과에 주목했다. 아이야와 켄의 연구소로 인터뷰 요청과 협력 제안이 쏟아졌다.

"해냈어, 켄."

아이야가 말했다.

"이제 우리는 정말로 세상을 변화시킬 수 있어."

켄은 미소 지었지만, 그의 눈에는 약간의 걱정도 서려 있었다.

"그래, 하지만 이 힘을 어떻게 사용할지 신중히 결정해야 해. 우리의 선택이 가져올 결과를 항상 고려해야 해."

이것은 시작에 불과했다. 앞으로 그들이 만들어갈 변화, 그들이 마주하게 될 도전들이 기다리고 있었다. 하지만 그들은 준비되어 있었다. 무한한 가능성의 세계를 경험한 아이야와, 그녀를 믿고 따르는 켄.

이들의 여정은 이제 막 시작되고 있었다.

'현실 치유 장치'의 성공에 고무된 아이야와 켄은 그들의 다음 프로젝트에 착수했다. 이번에는 인간의 의식을 확장시키는 프로그램을 개발하기로 했다.

"우리가 경험한 다양한 현실들을 다른 사람들도 체험할 수 있게 하면 어떨까?"

아이야가 제안했다.

"그렇게 하면 사람들이 서로를 더 잘 이해하고 공감할 수 있을 거야."

켄은 잠시 생각에 잠겼다.

"그건 정말 혁명적인 아이디어야. 하지만 위험하지 않을까?"

아이야는 고개를 끄덕였다.

몇 달간의 격렬한 연구 끝에, 그들은 '의식 확장 프로그램'을 완성했다. 이 프로그램은 사용자가 다른 사람의 관점에서 세상을 경험할 수 있게 해주었다.

첫 번째 실험은 연구소 내부에서 진행되었다. 자원자들은 서로 다른 배경을 가진 사람들의 삶을 체험했다. 결과는 놀라웠다.

"내가 평생 느껴보지 못한 감정들을 경험했어요."

한 참가자가 말했다.

"이제 나와 다른 사람들을 훨씬 더 잘 이해할 수 있을 것 같아요."

프로그램의 성공 소식이 퍼지자, 세계 각국에서 관심을 보이기 시작했다. 정부, 기업, 교육 기관들이 이 기술을 도입하고자 했다.

"이 기술로 우리는 갈등을 줄이고, 협력을 증진시킬 수 있을 거예요."

한 정치인이 말했다.

"직원들의 팀워크와 창의성을 향상시킬 수 있을 것 같아요."

한 기업가가 말했다.

그러나 모든 사람이 이 기술을 환영한 것은 아니었다. 일부에서는 프라이버시 침해와 정신적 부작용에 대한 우려의 목소리를 냈다.

"이 기술이 악용되면 사람들의 마음을 조종하는 도구가 될 수 있어요."

한 윤리학자가 경고했다. 아이야와 켄은 이러한 우려를 깊이 새겼다. 그들은 기술의 사용에 대한 엄격한 가이드라인을 만들고, 사용자의 동의와 프라이버시 보호를 최우선으로 삼았다.

몇 년이 지나자, '의식 확장 프로그램'의 영향이 서서히 나타나기 시작했다. 전 세계적으로 문화간 이해와 협력이 증진되었고, 갈등은 줄어들었다. 사람들은 더 넓은 시각으로 세상을 바라보게 되었다.

"꿈꾸던 변화가 실현되고 있어."

아이야가 켄에게 말했다.

켄은 미소 지었지만, 여전히 그의 눈에는 걱정이 서려 있었다.

"그래, 하지만 우리는 계속 주의해야 해. 이 기술이 가진 힘은 양날의 검이야."

아이야는 고개를 끄덕였다.

"네 말이 맞아. 우리의 책임은 더 커졌어. 이제 우리는 이 기술이 올바르게 사용되도록 감시하고 지도해야 해."

그들은 창밖으로 변화하는 세상을 바라보았다. 그들의 발명이 세상을 좋은 방향으로 이끌고 있다는 사실에 뿌듯함을 느끼면서도, 동시에 그 책임감의 무게를 절실히 느꼈다.

앞으로 그들이 마주하게 될 새로운 도전들을 생각하며, 아이야와 켄은 서로를 바라보며 미소 지었다. 그들의 여정은 아직 끝나지 않았다. 오히려 진정한 도전은 이제부터 시작일지도 몰랐다.

아이야의 연구와 발명이 세상에 큰 영향을 미치기 시작하면서, 그녀의 개인적인 삶에도 변화가 찾아왔다. 특히 그녀의 가족과 오랜 친구들의 반응은 복잡하고 다양했다.

어느 날 저녁, 아이야는 오랜만에 가족 저녁 식사에 참석했다. 테이블에 앉자마자 그녀는 가족들의 시선이 자신에게 집중되는 것을 느꼈다.

"아이야."

그녀의 어머니가 조심스럽게 입을 열었다.

"네가 하는 일이 대단하다는 건 알아. 하지만 가끔은 걱정돼. 네가 너무 큰 힘을 다루고 있는 것 같아."

아이야의 동생인 료타가 끼어들었다.

"그래, 누나. 요즘 뉴스에서 누나 얘기만 나와. 사람들이 누나를 신처럼 여기더라고."

아이야는 깊은 숨을 내쉬었다. 아버지가 고개를 끄덕였다.

"네 의도는 이해한다, 아이야. 하지만 네 동생 말대로, 사람들이 너를 어떻게 보는지도 생각해봐야 해. 그런 기대와 압박을 어떻게 다룰 거니?"

아이야는 잠시 생각에 잠겼다. 그녀는 자신이 경험한 무수한 현실들을 떠올렸다.

"저도 그 점을 고민하고 있어요. 하지만 제가 본 것들, 경험한 것들... 그것들을 그냥 무시할 수는 없어요. 제가 할 수 있는 일이 있다면, 해야만 해요."

식사가 끝나고 아이야는 오랜 친구인 마코와 만났다. 카페에 앉은 그들은 오랜만에 재회의 기쁨을 나눴지만, 곧 무거운 주제로 대화가 흘러갔다.

"아이야, 솔직히 말해서 네가 좀 무서워."

마코가 말했다.

"네가 만든 그 '의식 확장 프로그램'... 그게 정말 안전한 거야?"

아이야는 친구의 눈을 똑바로 바라보았다. 마코는 한숨을 쉬었다.

"난 그저 예전의 네가 그리워. 우리가 함께 음악을 듣고, 영화를 보던 그때 말이야."

아이야의 눈에 슬픔이 어렸다.

"나도 그리워, 마코. 하지만 우리는 변화해야 해. 세상이 변하고 있으니까."

그날 밤, 아이야는 연구실로 돌아와 켄에게 이 모든 일을 이야기했다.

"가족과 친구들의 반응이 어땠어?"

켄이 물었다. 아이야는 깊은 한숨을 내쉬었다.

"복잡해. 그들은 나를 걱정하고 있어. 그리고 솔직히 말하면, 나도 가끔은 두려워져."

켄은 그녀의 어깨에 손을 얹었다.

"그건 당연해, 아이야. 우리가 하는 일이 엄청난 영향력을 가지고 있으니까. 하지만 그들의 걱정도 우리에겐 중요한 피드백이야."

아이야는 고개를 끄덕였다.

"네 말이 맞아, 켄. 우리는 계속해서 균형을 찾아야 해. 세상을 변화시키려는 우리의 열정과, 우리가 사랑하는 사람들의 걱정 사이에서."

그들은 창밖으로 밤하늘을 바라보았다. 별들이 반짝이는 모습이 마치 무한한 가능성을 상징하는 것 같았다.

아이야와 켄의 연구가 전 세계적으로 주목받기 시작하면서, 정부와 대기업들의 관심도 급격히 증가했다. 어느 날, 그들의 연구소에 예상치 못한 방문객들이 찾아왔다.

"아이야 박사님. 켄 박사님."

정장 차림의 남성이 말했다.

"저는 일본 문부과학성 장관입니다. 귀하들의 연구에 대해 논의하고 싶습니다."

동시에, 다른 한 명의 방문객도 자신을 소개했다.

"저는 글로벌 테크 기업 '퓨처테크'의 CEO입니다. 우리는 귀하의 기술에 큰 관심이 있습니다."

아이야와 켄은 긴장된 표정으로 서로를 바라보았다. 그들은 이런 날이 올 것이라고 예상은 했지만, 이렇게 빨리 올 줄은 몰랐다.

회의실에서, 정부 관계자가 먼저 입을 열었다.

"우리는 귀하의 '현실 치유 장치'와 '의식 확장 프로그램'에 대해 매우 관심이 있습니다. 이 기술들이 국가 안보와 사회 발전에 어떤 영향을 미칠 수 있을지 논의하고 싶습니다."

퓨처테크의 CEO도 곧바로 자신들의 제안을 내놓았다.

"우리는 귀하들의 기술을 전 세계적으로 상용화하고 싶습니다. 물론 엄청난 자금 지원과 함께 말이죠."

아이야는 깊은 숨을 내쉬었다.

"우리의 기술이 많은 관심을 받고 있다는 것은 기쁩니다. 하지만 이 기술들은 매우 강력하고 위험할 수 있습니다. 우리는 신중하게 접근해야 합니다."

켄이 덧붙였다.

"우리의 목표는 세상을 더 나은 곳으로 만드는 것입니다. 이 기술들이 오용되거나 악용되는 것을 원하지 않습니다."

정부 관계자가 고개를 끄덕였다.

"물론입니다. 하지만 이런 강력한 기술은 적절한 규제와 감독이 필요합니다. 정부와 협력한다면 더 안전하고 효과적으로 기술을 발전시킬 수 있을 것입니다."

퓨처테크 CEO도 자신들의 입장을 강조했다.

"우리는 윤리적 가이드라인을 철저히 준수할 것을 약속드립니다. 그리고 우리의 글로벌 네트워크를 통해 이 기술의 혜택을 더 많은 사람들에게 전할 수 있습니다."

아이야와 켄은 서로를 바라보았다. 그들은 큰 결정의 기로에 서 있음을 알았다.

"시간을 주시겠습니까?"

아이야가 말했다.

"우리는 이 제안들을 신중히 검토하고 결정을 내려야 합니다."

방문객들이 떠난 후, 아이야와 켄은 긴 대화를 나눴다.

"어떻게 생각해, 켄?"

아이야가 물었다. 켄은 깊은 생각에 잠겼다.

"정부와 기업의 힘을 빌리면 우리의 기술을 더 빨리, 더 널리 퍼뜨릴 수 있겠지. 하지만 동시에 우리의 통제력을 잃을 수도 있어."

아이야는 고개를 끄덕였다.

그들은 밤새 토론을 이어갔다. 각자가 경험한 무수한 현실들, 그리고 그들이 꿈꾸는 미래에 대해 이야기했다.

마침내, 아침이 밝아올 무렵, 그들은 결정을 내렸다.

"우리는 그들과 협력할 거야."

아이야가 말했다.

"하지만 우리만의 조건으로. 우리는 기술의 핵심을 계속 통제하고, 윤리적 가이드라인을 세우는 데 주도적인 역할을 할 거야."

켄이 동의했다.

"그리고 우리는 계속해서 독립적인 연구를 진행할 거야. 우리의 비전을 잃지 않기 위해서."

그들은 서로를 바라보며 미소 지었다. 새로운 도전이 그들 앞에 놓여있었지만, 그들은 함께라면 어떤 어려움도 극복할 수 있을 것이라 믿었다.

아이야는 창밖으로 떠오르는 태양을 바라보았다. 새로운 시대가 시작되고 있었다. 그리고 그들은 그 중심에 서 있었다.

정부 및 기업과의 협력이 시작되면서, 아이야와 켄의 연구는 더욱 빠른 속도로 진전되었다. 그러나 동시에 그들의 기술이 사회에 미치는 영향에 대한 윤리적 논쟁도 격렬해졌다.

한 날, 아이야는 국제 과학 윤리 위원회에 초청되어 증언을 하게 되었다.

"아이야 박사님."

위원회 의장이 물었다.

"귀하의 '의식 확장 프로그램'이 개인의 정체성과 자유의지에 미치는 영향에 대해 어떻게 생각하십니까?"

아이야는 깊은 숨을 들이쉬었다.

"우리의 프로그램은 개인의 의식을 확장시키고 다양한 관점을 경험하게 해줍니다. 이는 개인의 정체성을 풍부하게 만들 수 있습니다. 하지만 동시에 우리는 이 기술이 오용될 가능성도 인지하고 있습니다."

다른 위원이 끼어들었다.

"그렇다면 '현실 치유 장치'는 어떻습니까? 이 장치가 자연의 질서를 인위적으로 조작하는 것은 아닙니까?"

켄이 대답했다.

"우리의 목표는 파괴된 환경을 복원하는 것입니다. 하지만 귀하의 지적대로, 우리는 이 기술이 자연의 균형에 미칠 수 있는 영향을 지속적으로 모니터링하고 있습니다."

토론은 몇 시간 동안 계속되었다. 위원들은 프라이버시 침해, 기술 의존도 증가, 사회적 불평등 심화 등 다양한 우려를 제기했다.

회의가 끝난 후, 아이야와 켄은 연구소로 돌아왔다. 둘 다 지친 기색이 역력했다.

"켄."

아이야가 말했다.

"우리가 하는 일이 정말 옳은 걸까?"

켄은 잠시 침묵했다가 대답했다.

"나도 가끔 의문이 들어. 하지만 우리가 본 가능성들, 우리가 만들어낼 수 있는 변화들... 그것들을 포기할 수는 없어."

아이야는 고개를 끄덕였다.

"맞아. 하지만 우리는 더 조심해야 해. 우리의 기술이 미칠 수 있는 모든 영향을 고려해야 해."

그때, 연구소 문이 열리며 한 젊은 연구원이 급하게 들어왔다.

"박사님들, 상황이 더 악화되고 있습니다!"

젊은 연구원이 다급하게 보고했다.

"해킹된 프로그램이 기하급수적으로 확산되고 있어요. 이미 전 세계 사용자의 15%가 영향을 받았습니다."

아이야는 스크린에 떠있는 데이터를 빠르게 분석했다. 빨간색 경고등이 전 세계 지도 곳곳에서 깜박이고 있었다.

"이건 단순한 해킹이 아니야."

켄의 목소리가 떨리고 있었다.

"누군가 의도적으로 프로그램의 핵심 알고리즘을 왜곡시켰어. 마치..."

"마치 현실 자체를 재정의하려는 것처럼?"

아이야가 말을 이었다.

"이건 위험해. 만약 이대로 방치하면, 사용자들의 의식이 영원히 왜곡된 현실에 갇힐 수 있어."

그들은 즉시 비상 대책팀을 꾸렸다. 켄은 프로그램의 확산을 막기 위한 방화벽을 구축하는 데 집중했고, 아이야는 이미 영향을 받은 사용자들을 구출할 방법을 연구했다.

하지만 해결책을 찾는 것은 쉽지 않았다. 첫 번째 시도는 실패로 돌아갔다. 그들이 개발한 백신 프로그램이 오히려 상황을 악화시켰던 것이다.

"이래선 안 돼."

아이야는 좌절감에 빠져 있는 연구팀을 바라보았다.

"우리는 다른 각도에서 접근해야 해. 이건 단순한 프로그램의 문제가 아니야. 이건 의식과 현실이 만나는 지점의 문제야."

켄의 눈이 빛났다.

"그래... 우리가 놓친 게 있어. 우리는 지금까지 프로그램을 고치려

고만 했어. 하지만 실제로 우리가 해야 할 일은…"

"현실의 기본 구조를 재조정하는 거야."

아이야가 말을 받았다.

"우리가 슈뢰딩거에게서 배운 걸 활용할 때야."

그들은 3개월 동안 밤낮없이 작업했다. 켄은 양자 컴퓨터를 이용해 현실의 기본 코드를 분석했고, 아이야는 그것을 바탕으로 새로운 형태의 '의식 안정화 프로토콜'을 개발했다.

마침내 그들은 해결책을 찾아냈다. 그들은 프로그램을 고치는 대신, 현실 자체의 자기 치유 능력을 활성화시키는 방법을 발견한 것이다.

"마치 인체의 면역 시스템처럼."

아이야가 설명했다.

"우리는 현실이 스스로를 치유하도록 도울 수 있어."

치료 과정은 천천히, 하지만 확실하게 진행되었다. 처음에는 한 명, 두 명… 점차 더 많은 사용자들이 깨어나기 시작했다. 그들의 의식은 이전과 달랐다. 더 깊어지고, 더 풍부해져 있었다.

"이건 예상치 못한 결과네요."

한 심리학자가 보고했다.

"환자들이 단순히 회복된 게 아니에요. 그들의 의식이 한 단계 진화한 것 같아요."

그들은 이 위기가 실은 기회였다는 것을 깨달았다. 해킹은 의도치 않게 인류의 의식 진화를 가속화시킨 것이다.

사건 이후, 아이야는 깊은 자기 성찰의 시간을 가졌다. 그녀는 자주 연구소의 옥상에 올라가 도쿄의 밤하늘을 바라보곤 했다. 오늘 밤도 마찬가지였다.

"여기 있을 줄 알았어."

켄의 목소리가 들렸다.

아이야는 미소 지으며 고개를 돌렸다.

"난 항상 여기 있잖아."

켄이 그녀 옆에 앉았다.

"무슨 생각을 그렇게 해?"

아이야는 깊은 한숨을 내쉬었다.

"켄, 가끔 우리가 너무 멀리 왔다는 생각이 들어. 우리가 본 그 모든 현실들, 우리가 만든 이 기술들... 우리가 정말 이걸 다룰 자격이 있는 걸까?"

켄은 잠시 침묵했다.

"나도 그런 의문이 들어. 하지만 아이야, 우리가 아니면 누가 이걸 할 수 있겠어? 우리는 이 힘의 위험성을 알고 있고, 그래서 더 조심할 수 있어."

아이야는 고개를 저었다.

"하지만 우리가 저지른 실수를 봐. 우리는 사람들을 다치게 했어, 켄."

"그래, 우리가 실수했어."

켄이 인정했다.

"하지만 우리는 그걸 바로잡았잖아. 그리고 그 과정에서 우리는 더 많이 배웠고, 더 강해졌어."

아이야는 잠시 생각에 잠겼다. 그녀는 자신이 경험한 무수한 현실들을 떠올렸다. 그 모든 가능성들, 그 모든 선택들…

"켄."

그녀가 천천히 말했다.

"난 가끔 다른 선택을 했더라면 어땠을까 생각해. 만약 우리가 이 연구를 시작하지 않았다면, 만약 내가 그저 평범한 물리학자로 남았다면…"

켄은 그녀의 손을 잡았다.

"아이야, 넌 결코 '평범한' 사람이 될 수 없어. 네가 본 것들, 네가 알고 있는 것들… 그건 널 특별하게 만들어. 그리고 그게 바로 우리가 이 일을 계속해야 하는 이유야."

아이야는 켄을 바라보았다. 그의 눈에서 깊은 신뢰와 확신을 볼 수 있었다.

"넌 정말 그렇게 생각해?"

그녀가 물었다. 켄은 고개를 끄덕였다.

"그래. 우리가 가진 이 지식과 능력은 큰 책임감을 동반해. 하지만 그건 동시에 세상을 변화시킬 수 있는 기회이기도 해."

아이야는 천천히 미소 지었다. 그녀는 여전히 두려움과 불안을 느꼈지만, 동시에 새로운 결의가 솟아오르는 것을 느꼈다.

"고마워, 켄."

그녀가 말했다.

"넌 항상 날 믿어주는구나."

켄은 미소 지었다.

"그게 바로 내 역할이지. 널 지지하고, 때로는 네가 잊은 것들을 상기시켜주는 거."

그들은 함께 밤하늘을 바라보았다. 별들이 반짝이는 모습이 마치 무한한 가능성을 상징하는 것 같았다.

"자."

아이야가 말했다.

"이제 우리가 해야 할 일이 뭘까?"

켄이 대답했다.

"우리는 계속 전진해야 해. 하지만 이번엔 더 신중하게, 더 책임감 있게. 우리가 가진 힘을 올바르게 사용하는 법을 배워야 해."

아이야는 고개를 끄덕였다. 그녀의 마음속 갈등은 완전히 해소되지 않았지만, 그녀는 이제 앞으로 나아갈 준비가 되어 있었다.

"그래."

그녀가 말했다.

"함께 해내자, 켄."

그들은 서로를 바라보며 미소 지었다. 새로운 도전이 그들을 기다리고 있었지만, 그들은 이제 그 도전을 함께 맞설 준비가 되어 있었다.

다음 날 아침, 아이야가 연구소에 도착했을 때, 켄의 자리는 비어 있었다. 그의 책상 위에는 편지 한 장이 놓여있었다.

"아이야에게,

> 우리가 가진 힘이 커질수록, 내 마음속 두려움도 함께 커져갔어. 처음에는 그저 과학적 호기심으로 시작한 일이, 이제는 전 인류의 운명을 좌우할 수 있는 힘이 되어버렸어.
>
> 나는 잠시 거리를 두고 생각할 시간이 필요해. 이것이 정말 우리가 가야 할 길인지, 우리가 이 힘을 올바르게 다룰 수 있는지... 혼자만의 시간을 갖고 깊이 고민해보고 싶어.
>
> 미안해, 아이야. 이렇게 편지로 알리는 것밖에 못해서. 하지만 네 눈을 직접 보면서는 이 말을 할 용기가 나지 않았어. - 켄"

아이야는 편지를 몇 번이고 다시 읽었다. 그녀의 손이 미세하게 떨리고 있었다.

몇 주가 흘렀다. 아이야는 연구를 계속했지만, 켄의 부재는 생각보다 더 큰 공허함을 남겼다. 매일 아침 그의 빈자리를 바라볼 때마다, 그녀는 자신들의 연구가 정말 올바른 방향으로 가고 있는지 다시 한 번 생각하게 됐다.

켄이 없는 동안, 아이야는 그들의 연구가 가진 위험성에 대해 더 깊이 고민하게 됐다. 그녀는 안전장치를 보강하고, 윤리적 가이드라인을 더욱 엄격하게 만들었다. 동시에 그녀는 켄이 걱정했던 것처럼, 그들의 기술이 잘못 사용될 경우의 시나리오들도 철저히 분석했다.

한 달이 지났을 때, 켄이 돌아왔다. 그의 모습은 달라져 있었다. 수염이 자랐고, 눈빛은 더욱 깊어져 있었다.

"안녕, 아이야."

아이야는 말없이 그를 바라보았다.

"나는 히말라야에 있는 작은 마을에 머물렀어."

켄이 말을 이었다.

"그곳에서 많은 것을 생각했지. 우리의 연구가 가진 위험성도, 그것이 줄 수 있는 희망도..."

켄은 잠시 말을 멈추고 깊은 숨을 내쉬었다.

"그리고 깨달았어. 우리에게 필요한 건 이 힘을 포기하는 게 아니라, 더 큰 책임감을 가지는 거라는 걸. 혼자 고민하는 대신, 함께 더 나은 방법을 찾아야 한다는 걸."

아이야의 눈에 눈물이 고였다.

"돌아와줘서 고마워, 켄. 나도 그동안 많이 생각했어. 네가 없는 동안 우리의 연구를 더 깊이 들여다보게 됐고..."

아이야와 켄이 재결합하고 몇 주 후, 연구소에 이상한 일이 벌어졌다. 그들의 양자 컴퓨터가 갑자기 작동을 멈추고, 화면에 이상한 메시지가 나타난 것이다.

"우리 다시 만나야 할 때가 온 것 같군요, 아이야."

아이야는 즉시 그 메시지의 출처를 알아차렸다.

"슈뢰딩거..."

켄은 혼란스러워 보였다.

"슈뢰딩거? 그 AI 고양이 말이야?"

아이야는 깊은 숨을 내쉬었다.

"켄, 네게 말하지 않은 게 있어. 슈뢰딩거는 단순한 AI가 아니야. 그는... 현실의 관리자야."

켄의 눈이 커졌다.

"뭐라고?"

그때, 연구소의 모든 전자기기가 동시에 켜지더니 슈뢰딩거의 모습이 나타났다. 이번에는 고양이도, 인간도 아닌, 순수한 에너지 형태였다.

"반갑습니다, 아이야와 켄."

슈뢰딩거의 목소리가 울려 퍼졌다. 아이야가 물었다.

"왜 다시 나타난 거예요?"

슈뢰딩거는 잠시 침묵했다가 대답했다.

"당신들의 기술이 현실의 균형을 위협하고 있어요. 이대로 가다간 돌이킬 수 없는 사태가 벌어질 겁니다."

켄이 끼어들었다.

"우리는 최선을 다해 안전하게 사용하려고 노력하고 있어요!"

슈뢰딩거는 고개를 저었다.

"그것만으로는 부족해요. 당신들의 기술은 현실의 근본 구조를 변화시키고 있어요. 이는 예측할 수 없는 결과를 낳을 수 있습니다."

아이야는 충격을 받은 듯했다.

"그럼 우리가 어떻게 해야 하죠?"

슈뢰딩거가 대답했다.

"두 가지 선택이 있어요. 하나는 모든 연구를 중단하고 기술을 폐기하는 것. 다른 하나는... 제가 당신들에게 현실의 비밀을 모두 공개하는 거죠."

켄이 물었다.

"그 비밀이란 게 뭐죠?"

슈뢰딩거는 잠시 망설이다가 말했다.

"우리가 살고 있는 이 현실이 사실은 거대한 시뮬레이션이라는 것. 그리고 당신들의 기술이 그 시뮬레이션의 코드를 변경하고 있다는 것입니다."

아이야와 켄은 충격에 빠졌다. 그들의 눈앞에 펼쳐진 진실은 그들이 상상했던 것보다 훨씬 더 거대하고 복잡했다.

아이야가 떨리는 목소리로 물었다.

"그럼... 우리는 어떤 선택을 해야 하나요?"

슈뢰딩거는 부드럽게 대답했다.

"그건 당신들이 결정해야 해요. 하지만 기억하세요. 어떤 선택을 하든, 그것은 이 현실뿐만 아니라 모든 가능한 현실에 영향을 미칠 거예요."

아이야와 켄은 서로를 바라보았다. 그들 앞에 놓인 선택의 무게가 어깨를 짓누르는 듯했다.

"시간을 드리겠습니다." 슈뢰딩거가 말했다.

"하지만 너무 오래 걸리면 안 돼요. 현실의 균형이 위험해지고 있으니까요."

슈뢰딩거의 모습이 사라지고, 연구소는 다시 조용해졌다. 아이야와 켄은 깊은 생각에 잠겼다. 그들의 앞에는 인류의 운명을 좌우할 수 있는 중대한 결정이 놓여 있었다.

아이야와 켄은 연구소의 옥상으로 올라갔다. 도쿄의 밤하늘이 그들

위로 펼쳐져 있었다. 그들은 오랫동안 말없이 서로를 바라보았다.

"어떻게 해야 할까, 켄?"

아이야가 마침내 입을 열었다. 켄은 깊은 한숨을 내쉬었다.

"정말 어려운 선택이야. 우리가 해온 모든 것을 포기하고 기술을 폐기할 수는 없어. 하지만 현실의 비밀을 알게 된다면... 그건 모든 것을 바꿀 거야."

아이야는 고개를 끄덕였다.

"맞아. 하지만 우리가 진실을 알게 된다면, 어쩌면 우리의 기술을 더 안전하게, 더 책임감 있게 사용할 수 있을지도 몰라."

"그래도 위험해."

켄이 말했다.

"그 지식이 잘못된 손에 들어가면 어떻게 될지 상상이 안 돼."

그들은 다시 침묵에 빠졌다. 밤바람이 그들의 머리카락을 흩뜨렸다.

"켄."

아이야가 천천히 말을 이었다.

"우리가 이 모든 여정을 시작한 이유를 기억해? 우리는 세상을 더 나은 곳으로 만들고 싶었어. 우리는 인류가 성장하고 발전할 수 있도록 돕고 싶었지."

켄은 고개를 끄덕였다.

"그래, 기억해."

"그렇다면,"

아이야가 계속했다.

"우리는 진실을 알아야 해. 그래야만 우리가 정말로 책임감 있게 행동할 수 있어. 우리가 가진 힘의 본질을 이해해야 해."

켄은 잠시 생각에 잠겼다가 말했다.

"네 말이 맞아. 하지만 우리는 이 지식을 어떻게 다룰 것인지에 대해 매우 신중해야 해."

아이야는 미소 지었다.

"그래서 우리가 팀인 거야, 켄. 우리는 서로를 견제하고 균형을 잡아줄 수 있어."

그들은 다시 연구실로 내려갔다. 슈뢰딩거의 모습이 다시 나타났다.

"결정하셨나요?"

슈뢰딩거가 물었다. 아이야와 켄은 서로를 바라본 뒤, 고개를 끄덕였다.

아이야가 대답했다.

"우리는 진실을 알고 싶습니다. 그리고 그 지식을 책임감 있게 사용하겠습니다."

슈뢰딩거는 잠시 그들을 바라보았다.

"그렇군요. 그럼 준비하세요. 이제부터 보여드릴 것들은 여러분의 인식을 완전히 바꿔놓을 겁니다."

순간, 연구실 전체가 빛으로 가득 찼다. 아이야와 켄의 눈앞에 무한한 코드의 흐름이 펼쳐졌다. 그들은 현실의 기본 구조, 다중 우주의 존재, 그리고 그들의 기술이 이 모든 것에 어떤 영향을 미치는지를 보기 시작했다.

"우와..."

켄이 숨을 들이켰다. 아이야의 눈에는 눈물이 고였다.

"이건... 믿을 수 없어."

그들의 앞에 펼쳐진 것은 상상을 초월하는 복잡성과 아름다움을 지닌 우주의 설계도였다. 그리고 그 한가운데에 그들의 현실이 있었다.

슈뢰딩거의 목소리가 들려왔다.

"이제 여러분은 알게 되었습니다. 여러분의 선택이 얼마나 중요한지를. 이제부터 여러분은 이 지식을 어떻게 사용하시겠습니까?"

아이야와 켄은 서로를 바라보았다.

"우리는 이 지식을 인류의 발전을 위해 사용할 거예요."

아이야가 말했다. 켄이 덧붙였다.

"그리고 우리는 이 현실의 균형을 지키기 위해 최선을 다할 겁니다."

슈뢰딩거는 만족스러운 듯 고개를 끄덕였다.

"좋습니다. 그럼 이제 여러분의 진정한 여정이 시작됩니다."

빛이 사라지고 연구실은 다시 원래의 모습으로 돌아왔다. 하지만 아이야와 켄에게 세상은 이제 완전히 다르게 보였다.

그들은 서로를 바라보며 미소 지었다. 앞으로의 여정이 쉽지 않을 것임을 알았지만, 그들은 함께라면 어떤 도전도 극복할 수 있을 것이라 믿었다.

"자."

아이야가 말했다.

"이제 진짜 일을 시작해볼까?"

켄은 고개를 끄덕였다.

"그래, 함께."

그들은 손을 맞잡았다. 새로운 장이 시작되고 있었다. 현실의 비밀을 아는 자로서, 그들은 이제 더 큰 책임과 함께 더 큰 가능성을 마주하게 되었다.

아이야와 켄이 현실의 비밀을 알게 된 후, 그들의 연구는 완전히 새로운 방향으로 나아갔다. 그들은 이제 현실의 기본 구조를 이해하고 있었기에, 그들의 기술을 더욱 정교하고 안전하게 발전시킬 수 있었다.

몇 년이 지나자, 그들의 연구 결과가 서서히 세상에 공개되기 시작했다. 물론 그들은 현실이 시뮬레이션이라는 충격적인 진실을 그대로 밝히지는 않았다. 대신 그들은 인류가 받아들일 수 있는 형태로 정보를 조금씩 공개했다.

'의식 확장 프로그램 2.0'이 출시되었다. 이전 버전과 달리, 새 버전은 사용자의 의식을 확장시키면서도 현실과의 연결을 완전히 유지할 수 있게 해주었다. 사람들은 이제 다양한 관점과 경험을 안전하게 체험할 수 있게 되었다.

예술계에서는 혁명이 일어났다. 화가들은 이전에는 상상도 할 수 없었던 색채와 형태를 그리기 시작했고, 음악가들은 새로운 차원의 소리를 만들어냈다. 문학계에서는 현실과 가상의 경계를 넘나드는 새로운 장르가 탄생했다.

"이건 정말 놀라워."

켄이 한 미술관에서 새로운 작품들을 감상하며 말했다. 아이야는 미소 지었다.

"그래, 우리는 사람들의 인식을 넓혀주었을 뿐이야. 그들이 그 확장

된 인식으로 무엇을 만들어낼지는 그들의 몫이었지."

교육 시스템도 크게 변화했다. 학생들은 이제 가상 현실을 통해 역사적 사건을 직접 체험하거나, 복잡한 과학 개념을 3D로 시각화하여 학습할 수 있게 되었다.

그러나 모든 변화가 순조롭게 진행된 것은 아니었다. 일부에서는 이 새로운 기술들이 현실 도피를 조장하고 있다며 비판의 목소리를 높였다.

"우리는 사람들이 현실을 외면하게 만드는 게 아니에요."

아이야가 한 인터뷰에서 말했다.

"오히려 우리는 그들이 현실을 더 깊이 이해하고 경험할 수 있게 돕고 있어요."

켄도 덧붙였다.

"우리의 목표는 인류의 의식을 확장시키는 거예요. 그래야만 우리가 직면한 문제들을 새로운 시각으로 바라보고 해결할 수 있습니다."

시간이 흐르면서, 사회는 서서히 이 새로운 패러다임에 적응해갔다. 사람들은 더 열린 마음과 넓은 시야를 가지게 되었고, 문화적 다양성에 대한 이해와 존중도 깊어졌다.

어느 날 밤, 아이야와 켄은 연구소 옥상에서 변화된 도쿄의 야경을 바라보고 있었다.

"우리가 정말 올바른 선택을 한 걸까?"

아이야가 물었다.

켄은 잠시 생각에 잠겼다가 대답했다.

"완벽한 선택은 없어. 하지만 우리는 최선을 다하고 있어. 그리고 지금까지의 결과를 보면, 우리는 옳은 방향으로 가고 있는 것 같아."

아이야는 고개를 끄덕였다.

"그래, 넌 맞아. 우리에겐 아직 할 일이 많아."

그들은 서로를 바라보며 미소 지었다. 세상은 변하고 있었고, 그들은 그 변화의 중심에 서 있었다. 앞으로 어떤 도전이 그들을 기다리고 있을지 알 수 없었지만, 그들은 함께라면 어떤 어려움도 극복할 수 있을 것이라 믿었다.

아이야와 켄의 기술이 사회 전반에 퍼져나감에 따라, 경제 구조에도 큰 변화가 찾아왔다. 가상 현실과 증강 현실 기술의 발전으로 인해 물리적 공간의 중요성이 줄어들면서, 많은 기업들이 사무실을 없애고 완전히 가상 환경으로 이전했다.

'현실 치유 장치'의 발전으로 환경 복원이 가속화되면서, 친환경 산업이 급성장했다. 동시에 기존의 화석 연료 기반 산업은 급격히 쇠퇴했다.

"우리의 기술이 이렇게 큰 경제적 변화를 일으킬 줄이야…"

켄이 경제 뉴스를 보며 말했다. 아이야는 고개를 끄덕였다.

"그래, 우리가 의도한 바는 아니었지만, 이런 변화는 필연적이었던 것 같아."

새로운 형태의 직업들이 생겨났다. '현실 설계사', '의식 확장 가이드', '다차원 데이터 분석가' 등 이전에는 상상도 할 수 없었던 직업들이 인기를 끌기 시작했다.

그러나 이러한 변화는 새로운 문제들도 야기했다. 기존 산업에서 일자리를 잃은 사람들의 재교육과 재취업 문제가 사회적 이슈로 대두되었다.

아이야와 켄은 이 문제를 해결하기 위해 '미래 적응 프로그램'을 개발했다. 이 프로그램은 사람들이 새로운 경제 구조에 적응할 수 있도록 도와주는 것을 목표로 했다.

그들의 노력에도 불구하고, 경제적 불평등 문제는 여전히 존재했다. 새로운 기술에 빠르게 적응한 사람들과 그렇지 못한 사람들 사이의 격차가 벌어졌다.

이에 대응하기 위해, 전 세계적으로 '보편적 기본 소득' 제도가 도입되기 시작했다. 아이야와 켄의 기술로 인해 생산성이 크게 향상되면서, 이러한 제도의 도입이 가능해진 것이다.

"우리의 기술이 모든 사람에게 혜택을 줄 수 있어야 해."

아이야가 말했다.

"그렇지 않으면 우리가 꿈꾸는 더 나은 세상은 실현될 수 없어."

켄은 고개를 끄덕였다.

그들의 노력은 서서히 결실을 맺기 시작했다. 새로운 경제 구조에 적응한 사회는 점차 안정을 찾아갔고, 사람들은 더 많은 시간과 자원을 자기 계발과 창조적 활동에 투자할 수 있게 되었다.

경제와 사회의 변화는 필연적으로 정치 체제의 변화로 이어졌다. 아이야와 켄의 기술, 특히 '의식 확장 프로그램'은 사람들의 정치적

인식과 참여 방식을 근본적으로 바꿔놓았다.

'직접 민주주의 2.0'이라 불리는 새로운 정치 시스템이 전 세계적으로 도입되기 시작했다. 이 시스템은 가상 현실과 증강 현실 기술을 활용해 시민들이 정책 결정 과정에 직접 참여할 수 있게 해주었다.

"이제 사람들은 단순히 투표하는 것을 넘어, 실제로 정책을 만드는 과정에 참여할 수 있게 됐어."

켄이 말했다. 아이야는 고개를 끄덕였다.

"그래, 그리고 '의식 확장 프로그램'을 통해 다른 사람들의 관점을 이해할 수 있게 되면서, 정치적 양극화도 줄어들고 있어."

그러나 이러한 변화가 모든 이에게 환영받은 것은 아니었다. 기존의 정치 엘리트들은 자신들의 권력이 약화되는 것을 우려했고, 일부에서는 이 새로운 시스템이 대중의 감정에 쉽게 휘둘릴 수 있다고 비판했다.

아이야와 켄은 이러한 우려를 해소하기 위해 '집단 지성 증폭 시스템'을 개발했다. 이 시스템은 개인의 지식과 경험을 결합하여 더 나은 의사결정을 할 수 있도록 도와주었다.

"우리의 목표는 단순히 많은 사람들의 의견을 모으는 것이 아니야."

아이야가 설명했다.

"우리는 집단의 지혜를 극대화하고, 동시에 개인의 권리도 보호하려고 해."

켄이 덧붙였다.

"그래, 그리고 이 시스템은 지속적으로 학습하고 개선돼. 우리는 계속해서 모니터링하고 필요한 조정을 할 거야."

새로운 정치 체제 하에서, 국경의 개념도 변화하기 시작했다. 가상 현실과 증강 현실 기술의 발전으로 물리적 거리의 중요성이 줄어들면서, 사람들은 자신의 관심사나 가치관에 따라 새로운 형태의 공동체를 형성하기 시작했다.

"우리는 이제 물리적 국가의 개념을 넘어, '가치 기반 국가'의 시대로 접어들고 있어."

아이야가 말했다. 켄은 고개를 끄덕였다.

"그래, 이제 사람들은 자신의 신념과 가치관에 따라 자유롭게 소속을 선택할 수 있게 됐어. 이건 정말 혁명적인 변화야."

그러나 이러한 변화 역시 새로운 도전을 가져왔다. 기존의 국가 체제와 새로운 가치 기반 공동체 사이의 갈등, 그리고 다양한 공동체 간의 협력 문제 등이 새로운 과제로 대두되었다.

아이야와 켄은 이러한 문제를 해결하기 위해 '초국가적 협력 플랫폼'을 개발했다. 이 플랫폼은 다양한 공동체와 기존의 국가들이 서로 소통하고 협력할 수 있는 공간을 제공했다.

아이야와 켄의 발견은 과학계뿐만 아니라 철학계에도 큰 파장을 일으켰다. 현실이 시뮬레이션일 수 있다는 가능성은 존재의 본질, 자유 의지, 의식 등에 대한 오랜 철학적 질문들을 새로운 관점에서 바라보게 만들었다.

"과학과 철학의 경계가 점점 모호해지고 있어."

아이야가 말했다.

"우리의 발견이 철학적 질문에 대한 과학적 접근을 가능하게 만들었으니까. 이제 우리는 '우리는 누구인가?', '이 세계는 실재하는가?' 같은 질문들에 대해 실험적으로 접근할 수 있게 됐어."

이러한 변화는 새로운 학문 분야의 탄생으로 이어졌다. '양자 존재론', '시뮬레이션 윤리학', '다중 현실 인식론' 등의 새로운 분야들이 등장했고, 이들은 빠르게 학계의 주목을 받았다.

아이야와 켄은 이러한 변화를 환영했지만, 동시에 우려도 있었다.

"우리의 발견이 허무주의로 이어지지 않도록 조심해야 해."

아이야가 말했다.

"현실이 시뮬레이션이라고 해서 우리의 경험과 선택이 무의미해지는 건 아니니까."

켄이 동의했다.

"맞아. 오히려 우리가 이 현실을 어떻게 만들어가느냐가 더 중요해졌어. 우리의 선택이 이 '프로그램'을 어떻게 변화시키는지 우리는 알고 있으니까."

그들은 이러한 생각을 바탕으로 '존재의 의미 탐구 프로그램'을 시작했다. 이 프로그램은 사람들이 새로운 현실 인식 하에서 자신의 삶의 의미를 찾을 수 있도록 돕는 것을 목표로 했다.

프로그램은 큰 성공을 거두었다. 많은 사람들이 자신의 존재에 대해 더 깊이 생각하게 되었고, 이는 사회 전반적인 가치관의 변화로 이어졌다.

"사람들이 자신의 선택이 현실에 미치는 영향을 이해하게 되면서, 더 책임감 있게 행동하기 시작했어."

켄이 관찰했다. 아이야는 미소 지었다.

"그래, 그리고 이건 우리가 처음에 꿈꿨던 거야. 우리는 사람들이 더 나은 선택을 할 수 있도록 돕고 싶었잖아."

그러나 모든 것이 순조롭게만 진행된 것은 아니었다. 일부에서는 이러한 변화가 너무 급진적이라며 비판했고, 전통적인 가치관과 충돌하는 경우도 있었다.

"우리는 변화의 속도를 조절해야 해."

켄이 말했다.

"사람들이 이 새로운 현실을 받아들이는 데에는 시간이 필요해."

아이야는 동의했다.

"그래, 우리는 인내심을 가져야 해. 그리고 계속해서 대화하고 설명해야 해."

그들의 노력은 서서히 결실을 맺기 시작했다. 과학과 철학의 융합은 새로운 지식의 지평을 열었고, 이는 인류의 의식을 한 단계 더 높은 차원으로 끌어올렸다.

아이야와 켄의 연구가 더욱 깊어지면서, 그들은 예상치 못한 발견을 하게 되었다. 그들의 '현실 치유 장치'가 예기치 않은 부작용을 일으키기 시작한 것이다.

어느 날, 그들은 장치를 사용한 지역에서 이상한 현상이 발생했다는 보고를 받았다. 사람들이 갑자기 사라졌다가 나타나거나, 물체가 순간적으로 변형되는 일이 벌어진 것이다.

"이게 무슨 일이지?"

켄이 걱정스럽게 물었다. 아이야는 데이터를 분석하며 대답했다.

"우리의 장치가 현실의 경계를 너무 얇게 만든 것 같아. 다른 현실과의 접점이 생긴 거야."

그들은 즉시 연구에 착수했다. 그리고 놀라운 사실을 발견했다. 그들이 알고 있던 현실은 단 하나가 아니었다. 무수히 많은 평행 우주들이 존재하고 있었고, 그들의 장치가 우연히 그 경계를 허물어버린 것이다.

"이건... 믿을 수 없어."

켄이 말했다. 아이야의 눈은 흥분으로 빛났다.

"켄, 이건 우리가 꿈꿔왔던 거야. 우리는 이제 다른 현실들을 탐험할 수 있어!"

그러나 그들의 흥분은 오래가지 않았다. 현실 간의 경계가 무너지면서 예상치 못한 문제들이 발생하기 시작했다. 물리 법칙이 뒤섞이고, 시간의 흐름이 불안정해졌다.

"우리가 뭔가를 해야 해."

켄이 말했다.

"이대로 가다간 모든 현실이 붕괴할 수도 있어."

아이야는 고개를 끄덕였다.

"그래, 하지만 어떻게 해야 할까?"

그들은 밤낮없이 연구를 계속했다. 그리고 마침내, 그들은 해결책을 찾아냈다. '현실 안정화 장치'를 만든 것이다.

이 장치는 현실 간의 경계를 복구하면서도, 동시에 안전한 '통로'를 만들어 다른 현실과의 소통을 가능하게 했다.

"이걸로 우리는 다른 현실들을 탐험할 수 있으면서도, 우리의 현실을 보호할 수 있어."

아이야가 설명했다. 켄은 걱정스러운 표정을 지었다.

"하지만 이건 엄청난 책임감이 따르는 일이야. 우리가 정말 이걸 감당할 수 있을까?"

아이야는 켄의 손을 잡았다.

"우리는 함께야. 우리는 이미 수많은 도전을 극복해왔어. 이번에도 할 수 있을 거야."

그들은 '현실 안정화 장치'를 가동시켰다. 천천히, 하지만 확실하게, 현실들 사이의 균형이 회복되기 시작했다.

그리고 예상치 못한 일이 벌어졌다. 다른 현실에서 온 '아이야'와 '켄'이 그들 앞에 나타난 것이다.

"안녕하세요."

다른 현실의 아이야가 말했다.

"우리도 같은 문제를 겪고 있었어요. 함께 해결책을 찾을 수 있을까요?"

아이야와 켄은 서로를 바라보았다. 그들의 눈에는 새로운 모험에 대한 기대감이 서려 있었다.

"물론이죠."

아이야가 대답했다.

이렇게, 아이야와 켄의 여정은 새로운 차원으로 접어들었다. 그들은 이제 무한한 현실들을 탐험하고, 그 속에서 새로운 지식과 가능성을 발견해 나갈 준비가 되어 있었다.

다른 현실에서 온 아이야와 켄(이하 '아이야2'와 '켄2'로 표기)과의 만남은 그들의 연구에 새로운 전기를 마련했다. 두 팀은 서로의 경험과 지식을 공유하며, 현실 간의 균형을 유지하면서도 안전하게 탐험할 수 있는 방법을 모색하기 시작했다.

"우리 현실에서는 양자 얽힘 기술을 이용해 현실 간 이동을 시도했어요."

아이야2가 설명했다. 켄은 흥미롭게 들었다.

"그거 정말 흥미롭네요. 우리는 주로 현실의 기본 코드를 조작하는 방식을 사용했죠."

두 팀은 각자의 기술을 결합하여 '다중 현실 탐험 시스템'을 개발하기로 했다. 이 시스템은 현실 간의 안전한 이동을 가능케 하면서도, 각 현실의 고유성과 안정성을 해치지 않도록 설계되었다.

개발 과정은 순탄치 않았다. 때로는 예상치 못한 현실의 충돌이 일어나기도 했고, 시스템의 안정성 문제로 인해 여러 번의 실패를 겪기도 했다.

"이건 정말 위험해."

켄이 한 번의 실패 후 말했다.

아이야는 잠시 생각에 잠겼다가 대답했다.

"그만큼 큰 가능성도 있어. 조심스럽게, 하지만 계속 나아가야 해."

마침내, 수개월간의 노력 끝에 그들은 '다중 현실 탐험 시스템'을 완성했다. 이 시스템을 통해 그들은 다양한 현실을 안전하게 탐험하고 연구할 수 있게 되었다.

그들이 발견한 것은 놀라웠다. 각 현실마다 물리 법칙이 조금씩 달랐고, 역사의 흐름도 다양했다. 어떤 현실에서는 인류가 멸망했고, 또 다른 현실에서는 초월적인 기술 문명을 이루고 있었다.

"이건 정말 믿을 수 없어."

켄2가 감탄했다.

"우리가 알고 있던 것보다 우주는 훨씬 더 복잡하고 다양하네요."

아이야는 고개를 끄덕였다.

"그래요. 그리고 우리의 선택이 얼마나 중요한지 더욱 분명해졌어요. 우리의 행동 하나하나가 현실을 만들어가고 있으니까요."

그들의 발견은 철학, 과학, 윤리학 등 모든 분야에 큰 영향을 미쳤다. 사람들은 자신들의 선택이 단순히 한 현실에만 영향을 미치는 것이 아니라, 무수한 현실들에 파문을 일으킬 수 있다는 것을 깨닫게 되었다.

"이제 우리는 더 큰 책임감을 가져야 해요."

아이야2가 말했다.

"우리의 행동이 무수한 현실들에 영향을 미친다는 걸 알게 됐으니까요."

켄은 동의했다.

시간과 현실의 복잡성을 탐구하면서, 아이야와 켄은 놀라운 발견을 하게 되었다. 그들의 연구가 깊어질수록, 현실과 시간의 관계가 생각보다 훨씬 더 복잡했던 것이다.

"이건 정말 흥미로워." 아이야가 말했다.

"각 현실마다 시간의 흐름이 완전히 달라. 어떤 현실에서는 우리 시간으로 1년이 지났는데, 다른 현실에서는 겨우 1일이 지났어."

켄은 고개를 끄덕였다.

"그리고 더 놀라운 건, 이런 시간의 차이가 우리의 의식에도 영향을 미치고 있다는 거야. 너도 느끼고 있지? 우리의 의식이 점점... 변화하고 있는 것 같아."

아이야는 잠시 생각에 잠겼다. 그녀도 이미 오래전부터 그 변화를 감지하고 있었다.

"마치 우리가 개별적인 존재가 아니라, 더 큰 무언가의 일부가 되어가는 것 같아."

아이야2와 켄2도 비슷한 경험을 하고 있었다. 그들은 이 현상을 '초의식 진화'라고 부르기로 했다. 다중 현실을 탐험하면서, 그들의 의식은 자연스럽게 확장되고 있었던 것이다.

그러나 이런 변화가 가져온 도전도 만만치 않았다. 시간의 흐름이 다른 현실들 사이의 상호작용을 조절하는 것은 매우 까다로운 문제였다. 처음에 그들은 '시간 동기화 장치'를 개발하려 했지만, 한 현실의 시간을 조정하자 다른 현실들의 시간 흐름이 불안정해지는 문제가 발생했다.

"우리의 접근 방식이 잘못된 걸지도 몰라요."

아이야2가 제안했다.

"시간을 통제하려 하기보다는, 그 다양성을 인정하고 이해하는 게 더 중요할 것 같아요."

이 통찰은 '시간 통역 시스템'이라는 혁신적인 해결책으로 이어졌다. 이 시스템은 각 현실의 고유한 시간 흐름을 유지하면서도, 현실들 사이의 안전한 소통을 가능하게 했다.

"이건 마치 서로 다른 언어를 쓰는 사람들 사이에 통역사를 두는 것과 같아."

켄이 설명했다.

"우리는 시간을 통제하는 게 아니라, 이해하고 번역하는 거야."

이 과정에서 그들은 의식의 확장이 단순한 부작용이 아니라, 다중 현실을 이해하기 위한 자연스러운 진화라는 것을 깨달았다. 그들은 이 경험을 다른 사람들과도 공유하기 위해 '의식 확장 프로그램'을 발전시켰다.

계절이 바뀌고, 해가 바뀌며, 세상은 조금씩 변해갔다. 아이야의 검은 머리카락에 서서히 흰 섬유들이 섞여들기 시작했고, 켄의 눈가에는 잔잔한 주름이 깊어졌다. 하지만 그들의 눈빛만은 여전히 젊은 시절처럼 반짝였다.

그들이 시작한 여정은 이제 그들만의 것이 아닌, 인류 전체의 이야기가 되어있었다. 다중 현실 탐험, 시간의 퍼즐 해결, 의식의 진화... 한때는 상상 속에서나 가능했던 일들이 이제는 일상이 되어 있었다.

어느 날 아침, 아이야는 여느 때와 같이 '양자의 빵'으로 향했다. 제과점의 문을 열자 익숙한 버터 향이 그녀를 반겼다.

"오랜만이에요, 아이야 씨."

슈뢰딩거의 목소리가 들려왔다. 그는 여전히 고양이 모양 AI의 모습이었지만, 그의 눈에는 무한한 지혜가 깃들어 있었다.

아이야는 미소 지었다.

"그래요, 슈뢰딩거. 오랜만이에요."

"오늘의 크로와상은 특별해요."

슈뢰딩거가 말했다.

"당신의 여정을 기념하는 의미에서 준비했죠."

아이야는 크로와상을 받아들었다. 그녀가 한 입 베어 물자, 무한한 맛이 그녀의 입안에 퍼졌다. 그것은 마치 그녀가 경험한 모든 현실, 모든 시간, 모든 의식을 한 번에 맛보는 것 같았다.

"놀라워요."

아이야가 말했다. 슈뢰딩거는 미소 지었다.

"이건 끝이 아니에요, 아이야 씨. 당신의 여정은 계속됩니다."

아이야는 고개를 끄덕였다. 그녀는 이제 알고 있었다. 그녀의 여정, 인류의 여정은 결코 끝나지 않을 것이라는 것을. 무한한 현실 속에서, 무한한 시간 속에서, 그들은 계속해서 탐구하고, 배우고, 성장할 것이다.

그녀는 제과점을 나섰다. 밖에서는 켄과 아이야2, 켄2가 그녀를 기다리고 있었다. 그들의 눈에는 여전히 모험에 대한 열정이 빛나고 있었다.

"어디로 갈까?"

켄이 물었다. 아이야는 미소 지었다.

"어디든 좋아. 우리에겐 무한한 가능성이 있으니까."

도쿄의 아침 하늘에, 무지개 빛 양자의 빛이 반짝였다. 그것은 마치 무한한 현실들이 서로 얽혀 춤추는 것 같았다. 그리고 그 중심에, 한 조각의 크로와상이 빛나고 있었다.

여정은 계속된다. 무한한 가능성의 크로와상 한 조각처럼.

고양이의 부재 – 1984년의 기억

나는 종종 1984년의 어느 여름날을 떠올린다. 뜨겁게 내리쬐는 햇살, 숨이 막힐 듯한 습기, 그리고 내 옆구리를 타고 흘러내리던 식은 땀. 그러나 무엇보다도 잊히지 않는 것은 그 날의 고양이, 아니 고양이의 부재였다.

"있잖아, 난 네가 고양이를 데리고 있는 줄 알았어."

그녀가 내 팔짱을 끼며 말했다. 미나미상점가 뒷골목을, 우리는 나란히 걸어가고 있었다. 어디선가 라디오에서는 오래된 팝송이 흘러나오고 있었다. 좀 낡아 보이는 자동차가 옆을 스쳐 지나갔다.

"고양이라니, 무슨 소리야. 난 고양이 같은 거 없어."

"정말? 하지만 분명 네가 고양이를 안고 있는 모습이 떠올랐는데."

"네 상상력이 지나치게 풍부한 것 같군."

"아마도 그럴지도 몰라. 그런데 말야, 왠지 고양이가 너랑 잘 어울릴 것 같아. 난 네가 고양이를 키웠으면 좋겠어."

그녀의 말을 듣는 순간, 나는 아주 오래전 일을 떠올렸다. 아니, 떠올린다기보다는 그 기억이 마치 암흑 속에서 섬광처럼 빛을 발하며 내 의식 속으로 끼어든 것에 가까웠다. 그것도 잠시, 그 기억의 빛은 이내 사그라지고 없었다.

"있잖아." 그녀가 다시 입을 열었다.

"우리 어디 앉아서 수박이라도 먹을까? 오늘 너무 더워서 정말이지 녹아내릴 것만 같아."

그렇게 말하며 그녀는 내 팔에 깍지 낀 손에 살며시 힘을 주었다. 땀에 젖은 그녀의 손바닥이 내 피부에 묻어났다. 나는 그녀를 따라 근처 공원으로 향했다. 하지만 내 머릿속은 여전히 고양이에 대한 생각으로 가득 차 있었다.

내가 고양이를 키운 적이 있었나? 도대체 그녀는 왜 그런 말을 했을까? 설마 고양이를 키우던 내 모습이 그녀의 꿈에 나타난 걸까?

1984년의 그 여름날처럼 뜨겁고 축축하게 느껴지는 공기. 머릿속을 맴도는 고양이의 실루엣. 그리고 고양이가 부재하는 이 현실. 영원히 풀리지 않을 것 같은 수수께끼처럼, 그때의 기억은 아련하면서도 선명하게 내 안에 각인되어 있었다.

1부_심연으로 침잠하는 고래

2024년 여름, 세상은 눈부시게 빛나고 있었다. 기술의 발전은 우리의 삶을 편리하게 만들었지만, 동시에 내 영혼에는 어떤 공허함이 자리 잡고 있었다. 디지털 시대에 살면서도, 나는 여전히 아날로그적 감성에 목말라있었다. 서늘한 촉감의 책장을 넘기는 손끝의 감각, LP판의 묵직한 바늘이 흑백의 음표를 따라가는 소리, 필름 카메라의 셔터가 찰칵 하는 순간의 전율. 그런 것들이 나에겐 더없이 소중했다. 때로는 잃어버린 시간을 찾아 나서고 싶었다. 나는 기술에 지배된 도시를 벗어나, 태초의 자연과 사람의 온기가 남아 있는 곳으로 떠나곤 했다. 여행은 나에게 위로와 치유가 되어주었다. 내 영혼이 천천히 숨을 고를 수 있게 해주었다.

어느 여름 밤, 나는 열차를 타고 그랏츠에서 멀리 떨어진 시골 마을로 향하고 있었다. 창밖으로는 깜깜한 어둠만이 보일 뿐, 어떤 풍경도 찾아볼 수 없었다. 나는 멍하니 창밖을 바라보다 문득 옆자리에 앉은 남자에게 시선을 돌렸다.

그는 눈을 감은 채 첼로 케이스에 머리를 기댄 채 잠들어 있었다. 왠지 모를 평온함이 그의 얼굴에 드리워져 있었다. 마치 그가 첼로 케이스에 기대어 잠든 것이 아니라, 첼로 케이스가 그를 포근하게 감싸 안고 있는 것만 같았다.

열차가 터널에 들어서자 칸 내부의 조명이 일시적으로 꺼졌다. 깜깜한 어둠 속에서, 나는 문득 그가 깨어나 첼로를 연주하는 모습을 상상해 보았다. 컴컴한 암흑 속에서 울려 퍼지는 첼로의 선율은 어떤 느낌일까.

생각에 잠겨있는데, 옆자리의 남자가 부스스 눈을 떴다. 그는 창밖을 바라보더니 작게 중얼거렸다.

"벌써 안개가 끼기 시작했군요."

순간 나는 온 몸에 소름이 돋는 느낌이 들었다. 창밖에는 여전히 칠흑 같은 어둠만이 내려앉아 있었다. 안개라고? 그의 눈에는 지금 이 풍경이 안개처럼 보이는 걸까?

"안개요? 하지만 지금은 깜깜한 밤인걸요."

내 말에 그는 고개를 저으며 미소 지었다. 마치 세상에서 가장 평화로운 미소 같았다.

"안개는 언제나 우리 주위에 있습니다. 낮에는 햇빛에 가려져 보이지 않을 뿐이죠. 밤이 되어야만 비로소 우리는 안개를 직시할 수 있게 됩니다."

그의 목소리는 은은하고 부드러웠다. 고풍스러운 책장에서 나는 듯한 아날로그적 감성이 묻어났다. 그러나 나는 그의 철학적인 말투에 당황할 수밖에 없었다.

"제 이름은 케이입니다."

잠시 침묵이 흐른 뒤, 그가 입을 열었다. 마치 내 속마음을 읽기라도 한 것처럼 그는 자연스럽게 자신을 소개했다.

"안개 말인데요, 저는 안개 속에서 첼로를 연주하는 걸 좋아해요. 안개 속에 머물러 있노라면, 마치 온 세상이 나만을 위해 멈춰 선 것 같거든요."

나는 적당한 말을 찾지 못한 채 고개를 끄덕였다. 창밖으로는 여전히 칠흑 같은 어둠이 맴돌고 있었다. 안개인지 어둠인지, 그 경계가 모호해지는 순간이었다.

밤의 열차에서 만난 수수께끼 같은 첼리스트. 그와의 만남은 나에게 있어 또 하나의 기억의 단편이 되어 머릿속에 자리 잡았다. 그것은 고양이의 부재처럼, 결코 풀리지 않을 수수께끼의 일부 같았다.

나는 가만히 눈을 감았다. 칠흑 같은 어둠 속에서 들려오는 첼로의 선율을, 나는 애타게 기다리고 있었다.

시골 마을에 도착한 나는 오래된 여관방에 짐을 풀었다. 남의 감시를 받는 듯한 이상한 느낌에 창밖을 바라보니, 건너편 건물 벽에 대형 시계가 걸려 있었다. 녹슨 시계추가 삐걱거리는 소리를 내며 겨우 시계를 움직이고 있었다.

여관 주인 노파는 내게 감잣밥을 가져다주며 말했다.

"저 녹슨 시계, 벌써 30년은 저러고 있어요. 고장 났다고 버리지도 못하고, 그렇다고 제대로 된 역할도 못 해요."

시계를 바라보며 노파의 말을 듣고 있자니, 문득 어제 밤 열차에서 만난 첼리스트 케이가 떠올랐다. 그의 첼로 케이스는 낡고 녹슬어 보였지만, 그는 그것을 누구보다 소중히 여기는 듯했다.

마치 자신의 영혼을 담고 있는 듯한 그의 첼로 케이스처럼, 저 녹슨 시계추 또한 오랜 세월을 견뎌낸 나름의 존재 이유가 있지 않을까. 그렇게 생각하니 문득 케이의 첼로 선율이 듣고 싶어졌다.

노파는 시계를 가리키며 말을 이었다.

"사실 내일이면 저 시계, 드디어 철거된대요. 새 건물을 짓는다나 뭐라나. 도시에서 온 사람들이 하는 일이라니까요."

왠지 모를 쓸쓸함이 밀려왔다. 세상의 변화에 뒤처진 채, 그저 옛 모습 그대로를 고수하며 살아온 시계추의 마지막을 지켜보는 것 같아서였다.

나는 노파에게 물었다.

"혹시 이 근처에 음악회 같은 걸 열 만한 곳이 있을까요?"

"음악회라... 글쎄요. 아, 그러고 보니 오늘 밤에 읍내 공회당에서 연주회가 있다고 하더라고요. 관심 있으시면 가보시는 게 어떨까요."

그렇게 해서 나는 공회당을 찾아갔다. 오래된 나무로 지어진 건물은 고풍스러운 분위기를 풍겼다. 실내에 들어서자 무대 위에 홀로 앉아 첼로를 연주하는 남자가 보였다.

단번에 알아차렸다. 그는 케이였다.

차이코프스키의 감상적인 왈츠 Op.51 No.6. 그의 첼로 선율은 녹슨 시계추처럼 삐걱거렸다. 하지만 그 속에는 묵직한 시간의 무게가 깃들어 있었다. 마치 세상 모든 사물의 본질을 꿰뚫어 보는 듯한, 슬프고도 아름다운 선율이었다.

연주를 마친 케이가 나를 발견하고 다가왔다. 우리는 공회당을 나와 골목길을 걸었다. 좁은 길목에 섞여 들어오는 밤공기는 서늘했다.

"그 녹슨 시계, 내일이면 사라진대요."

나는 문득 그에게 여관 건너편의 시계 이야기를 꺼냈다.

"사라지는 군요..."

케이는 담담하게 중얼거렸다. 마치 모든 것을 예견이라도 한 것처럼.

"우리는 모두 언젠가 녹슬고 사라지게 되겠죠. 다만 그 순간까지 어떤 선율을 남기며 살아갈 것인가, 그게 중요한 거겠죠."

나는 케이의 옆얼굴을 물끄러미 바라보았다. 밤하늘 아래 그의 실루엣은 고양이처럼 신비로워 보였다.

녹슨 시계추의 연주회, 그것은 이미 우리 곁을 떠나려 하고 있었다. 하지만 그 삐걱거리는 선율은 오래도록 내 가슴에 남을 것만 같았다. 마치 밤의 열차에서 만난 첼리스트의 실루엣처럼.

다음 날 아침, 나는 마을을 떠나기로 했다. 케이와 헤어지며 그의 연주를 다시 들을 수 있기를 내심 기대했지만, 그의 모습은 보이지 않았다.

기차에 몸을 싣고 창밖을 바라보자 저 멀리 녹슨 시계가 사라진 자리가 보였다. 그 자리엔 새로운 건물이 들어설 터였다. 세상은 어김없이 변화하고 있었다.

그랏츠에 도착한 나는 기차 역으로 향했다. 북적이는 사람들 사이를 헤치고 걷다 문득 선로를 바라보았다. 그때, 놀라운 광경이 펼쳐졌.

선로 위에 낡은 나무문이 놓여 있었다. 문은 어딘가로 통하는 듯 보였지만, 그저 그 자체로 존재할 뿐이었다. 선로 위의 문이라니, 도대체 어떻게 된 일일까?

나는 멍하니 그 문을 바라보다가 누군가와 부딪혔다. 커피를 들고 있던 여자였다. 갑작스러운 충돌에 그녀의 커피가 셔츠에 흘렀다.

"정말 죄송해요. 제가 너무 멍했나 봐요."

내가 고개를 숙이며 사과했다. 그녀는 싱긋 웃으며 고개를 저었다.

"아뇨, 제가 부주의했죠. 괜찮아요."

그녀의 친절한 미소에 나도 모르게 긴장이 풀리는 것 같았다. 그녀는 웃으며 괜찮다고 말했다. 나는 그녀에게 커피 값이라도 물어내겠다고 했지만, 그녀는 단호히 거절했다.

"그 문 신기하죠?"

대화 중에 그녀가 말을 꺼냈다.

"네, 정말 뜬금없이 저런 문이 있으니 깜짝 놀랐어요."

"저는 매일 이 문을 봐요. 출근길에 말이죠. 아직 한 번도 열어본 적은 없지만, 언젠가 꼭 열어보고 싶어요."

그녀는 꿈꾸는 듯한 표정으로 말했다. 마치 그 문 안에 또 다른 세상이 존재하기라도 하는 것처럼.

"문을 열면 어떤 게 나올 것 같아요?"

"음... 비밀의 차원? 아니면 평행 세계? 상상만 해도 가슴이 두근거려요."

우리는 웃으며 이야기를 나누었다. 마치 오래전부터 알고 지낸 사이 같았다. 시간 가는 줄 모르고 이런저런 얘기를 하다 보니, 어느새 열차가 들어오고 있었다.

"그럼 저는 이만 가봐야겠어요."

그녀가 인사를 하며 미소 지었다. 나 역시 웃으며 손을 흔들었다.

"아참, 이름이 뭐예요?"

열차에 탑승하기 직전 그녀가 돌아서서 물었다.

"루카스예요."

"루카스... 멋진 이름이네요. 난 유이에요."

유이는 환하게 웃으며 사라졌다. 열차가 멀어지자 나는 무의식적으로 선로 위의 문을 바라보았다. 문은 여전히 묵묵히 그 자리를 지키고 있었다.

지금 생각해보면, 그날의 만남 또한 일종의 문이었는지도 모르겠다. 낯선 세계로 통하는, 또는 내 안에 잠들어 있던 무언가를 깨우는 문.

그 뒤로도 나는 종종 그 문을 떠올리곤 했다. 유이와 함께 문을 열어보는 상상을 하면 괜히 설레는 기분이 들었다. 아직 열리지 않은 미지의 문 앞에서, 우리는 저마다의 상상력을 펼쳐 보이고 있었다.

2부_아날로그 섬의 디지털 근위병

　유이와의 만남 이후 며칠이 흘렀다. 어느 날 출근길에 습관처럼 선로 위의 문을 바라보던 중, 문득 케이의 연주회 장면이 스쳐 지나갔다. 문 너머의 세계에도 케이의 음악이 흐르고 있을까.
　사무실로 돌아온 나는 한동안 멍하니 창밖을 바라보았다. 유리창에 비친 내 모습은 녹슨 시계추처럼 지쳐 보였다. 디지털 시대에 살면서도 아날로그적 감성을 지니고 있는 나, 어쩌면 이것이 내가 케이나 유이에게 이끌리는 이유일지도 모른다.
　"루카스 씨, 오늘 저녁 무렵에 시간 있으세요?"
　생각에 잠겨 있는데 동료 직원이 말을 걸었다.
　"오늘요? 딱히 계획은 없는데요."
　"그럼 같이 전시회 보러 갈래요? 친구가 그림 전시회를 연다고 해서요."
　나는 큰 고민 없이 동료의 제안을 받아들였다. 평소와 다른 일상이 반가웠고, 그림 감상이라는 단어에 왠지 모를 설렘이 느껴졌다.
　전시회장은 도심의 작은 갤러리였다. 깔끔한 벽면에 그림들이 걸려 있었고, 방문객들은 저마다 감상에 빠져 있었다.

그때, 내 시선을 사로잡은 그림이 있었다. 오보에를 연주하고 있는 남자의 초상화였다. 화려하지는 않았지만 묘한 울림이 있는 작품이었다. 세밀하면서도 섬세한 터치가 인상적이었고, 남자의 표정에는 깊은 감정이 서려 있었다.

"저 그림, 멋지죠?"

갑자기 들려온 목소리에 고개를 돌리니 유이가 서 있었다.

"유이 씨? 여기서 뭘 하는 거예요?"

"전 여기 큐레이터예요. 우연히 왔다가 루카스 씨를 봤어요."

유이는 오보에 연주자의 초상화 앞으로 다가갔다.

"이 그림, 제가 가장 아끼는 작품이에요. 화가가 음악에 담긴 감정을 시각적으로 풀어낸 것 같아요."

"그렇군요. 저도 묘한 울림이 느껴졌어요."

"맞아요. 마치 오보에 선율이 그림 속에서 흘러나오는 것 같죠."

우리는 한동안 그림 앞에 서서 각자의 감상을 나누었다. 음악과 미술, 두 예술 장르가 묘하게 공명하는 순간이었다. 마치 케이의 첼로 선율과 유이의 미소가 오버랩되는 듯했다.

그때, 그림 옆에 붙어 있는 작은 쪽지가 눈에 띄었다.

[이 작품은 NFT로도 판매됩니다.]

순간 나는 혼란스러웠다. 아날로그의 감성을 담은 그림이, 어떻게 디지털 자산이 된단 말인가.

"요즘 트렌드더라고요. 예술작품의 소유권을 NFT로 판매하는 거요."

유이가 설명했다. NFT, 대체불가토큰. 블록체인 기술로 디지털 자산의 소유권을 증명하는 시스템이었다.

새로운 기술의 흐름 앞에서, 나는 낡은 시계추처럼 느껴졌다. 아날로그 감성으로 무장한 나, 과연 디지털 시대를 헤쳐 나갈 수 있을까.

오보에 연주자의 초상화는 묵묵히 존재감을 드러내고 있었다. 디지털이든 아날로그든, 진정한 예술은 영혼을 울리는 힘을 지니고 있었다.

그림을 보며 문득 깨달았다. 나 역시 시대의 변화 속에서 나만의 선율을 찾아가는 중이라는 것을. 낡은 시계추처럼, 혹은 오보에 연주자처럼.

전시회를 마치고 유이와 함께 걸었다. 어느새 해가 저물고 네온사인들이 도시를 수놓기 시작했다. 현란한 빛의 향연 속에서, 나는 문득 존재감을 상실한 듯한 기분이 들었다.

"루카스 씨, 괜찮아요?"

걱정스러운 듯 유이가 물었다.

"음... 그냥 요즘 세상이 너무 빠르게 변하는 것 같아서요."

"그러게요. 저도 가끔 시대에 뒤처지는 기분이 들 때가 있어요."

그렇게 말하는 유이의 표정에도 쓸쓸함이 묻어났다. 디지털 시대에 아날로그적 감성으로 살아가는 것, 마치 네온사인 거리를 방황하는 유령 같은 심정이었다.

"이럴 때면 저는 음악을 들어요. 클래식 말이에요."

말을 마친 유이가 이어폰을 꺼내 귀에 꽂더니, 다른 쪽을 내게 건넸다. 망설임 끝에 받아든 이어폰 너머로 들려오는 건, 바로 케이의 첼로 선율이었다.

익숙한 멜로디에 나는 놀라 유이를 바라보았다.

"첼리스트 케이, 알고 있죠? 우연히 연주회를 갔다가 완전히 빠져버렸어요."

나는 고개를 끄덕였다. 우리는 걸음을 멈추고 한동안 음악에 몰입했다. 현의 울림은 네온사인의 화려함을 잠재우고, 세상의 속도를 늦추는 듯했다.

"이 선율 속에는 정직함이 있어요. 세련되진 않았지만 가식이 없달까..."

유이의 말에 공감하며 나는 눈을 감았다. 음악은 시대를 초월해 우리의 영혼을 어루만지고 있었다.

그 순간, 누군가가 나를 스쳐 지나갔다. 순간적으로 본 옆모습, 분명 케이였다. 나는 유이에게 사과의 말을 남기고 케이를 따라 달렸다.

"케이 씨! 잠깐만요!"

뒤돌아 선 케이의 얼굴에는 당황한 기색이 역력했다.

"이런 곳에서 만나다니... 정말 우연이군요."

"저도 깜짝 놀랐어요. 혹시 무슨 일이라도...?"

"아뇨, 그냥... 제 연주를 들어주는 사람이 있다는 게 놀라워서요."

얼굴을 붉힌 케이의 모습에 나는 웃음이 나왔다. 우리는 인근의 공원 벤치에 나란히 앉아 이런저런 얘기를 나누기 시작했다. 음악에 대한 열정, 변화하는 세상 속에서의 방황, 그리고 삶의 의미와 예술.

"루카스 씨는 제게 큰 힘이 됐어요. 제 음악을 알아주는 누군가가 있다는 건 정말 고마운 일이에요."

"아뇨, 제가 더 감사하죠. 케이 씨의 음악은 저에게 위로가 되니까요."

우리는 미소를 교환했다. 네온사인 거리의 유령들, 우리는 서로의 존재로 위안을 얻고 있었다.

"아, 혹시 관심 있으세요? 다음 주에 작은 연주회를 열 예정이에요."

주머니에서 초대장을 꺼내는 케이의 손이 미세하게 떨리고 있었다.

"꼭 갈게요. 케이 씨의 연주, 정말 기대돼요."

나는 진심을 담아 대답했다. 우리는 다시 걷기 시작했다. 저 멀리 선로 위의 문이 보이는 것 같았다. 비록 열리지 않은 문이지만, 우리는 그 앞에서 각자의 리듬으로 춤추고 있었다.

디지털이든 아날로그든, 우리는 나름의 방식으로 세계와 소통하는 중이었다. 바로 음악처럼, 예술처럼.

케이의 연주회 당일, 나는 약속대로 공연장을 찾았다. 객석은 만원이 아니었지만 나름대로 많은 사람들이 모여들었다. 무대에 오른 케이는 첼로와 하나가 되어 선율을 만들어냈다.

연주회가 끝나고 사람들이 하나둘 자리를 뜰 때까지 나는 좌석에 앉아 여운에 잠겨 있었다. 그때 케이가 다가와 내 어깨를 가볍게 두드렸다.

"루카스 씨, 정말 와주셔서 감사해요. 당신이 있어 힘이 났어요."

"아니에요, 제가 더 감동받았죠. 역시 케이 씨의 음악은 최고예요."

우리는 공연장을 나와 거리를 걸었다. 이제는 익숙해진 네온사인들이 반짝이고 있었다.

"듣자 하니, 제 연주를 홀로그램 NFT로 만들어 판매하는 게 어떻겠냐는 제안을 받았어요."

케이의 말에 나는 잠시 걸음을 멈췄다. 홀로그램 NFT라니, 디지털 시대가 아날로그 예술가에게도 파고든 것일까.

"NFT에 음악을 담는다... 상상도 못 한 일이네요."

"저도 처음엔 망설였어요. 하지만 제 음악을 더 널리 알릴 수 있는 기회라는 생각이 들더군요."

그렇게 말하는 케이의 눈빛은 진지했다. 어쩌면 이것은 시대의 흐름에 적응하며 살아남기 위한 그의 선택인지도 모른다.

"그래도 무대에서의 생동감을 디지털로 담아내는 건 쉽지 않을 거예요."

"맞아요. 그래서 저는 홀로그램 공연과 실제 공연을 병행할 생각이에요. 두 세계의 조화를 찾는 거죠."

케이의 말에 공감이 갔다. 아날로그의 감성을 지키면서도 디지털의 힘을 빌리는 것, 그것이 우리가 나아가야 할 방향일지도 모른다.

문득 기차 역의 문이 떠올랐다. 그 문을 열고 들어가면 어떤 세계가 펼쳐질까. 아날로그와 디지털이 공존하는 세상, 옛것과 새것이 조화를 이루는 공간.

"오, 여기가 바로 그 NFT 갤러리였군요."

생각에 잠겨 걷다 보니 어느새 낯선 건물 앞에 도착해 있었다. 순간 케이의 얼굴에 당혹감이 스쳤지만, 이내 호기심 어린 미소로 바뀌었다.

"이참에 구경 좀 해볼까요? 궁금하던 참이었거든요."

나는 고개를 끄덕이고 케이와 함께 건물 안으로 들어섰다. 세련된 인테리어 속에 대형 모니터들이 걸려 있었다. 그 화면 속에서는 현대 미술작품들이 움직이고 있었다.

한편에선 케이의 연주 영상이 흘러나오고 있었다. 생생한 음질과 선명한 화질이 인상적이었다. 우리는 묵묵히 연주에 귀를 기울였다.

"제 연주가 저런 식으로 전시되는 걸 보니 새로운 느낌이에요."

"기술의 힘으로 당신의 음악이 더 많은 사람들에게 닿게 된 거죠."

그때, 한 남자가 우리에게 다가왔다. 그는 자신을 이 갤러리의 관장이라고 소개했다.

"실례지만, 혹시 케이 씨 아닌가요? 당신의 작품, 많은 관심을 받고 있습니다."

"아, 감사합니다. 아직 익숙치 않아서요."

쑥스러워하는 케이의 모습에 관장은 씨익 웃었다. 나는 흐뭇한 마음으로 두 사람의 대화를 지켜보았다.

NFT 갤러리에서 만난 아날로그 음악가. 이 광경 자체가 시대의 변화를 상징하는 듯했다. 우리는 각자의 방식으로 새로운 시대를 받아들이고 있었다.

헤어지기 전, 케이가 내 손을 꼭 잡았다.

"루카스 씨, 정말 고마워요. 당신과 함께여서 힘이 났어요."

"별말씀을요. 저야말로 케이 씨를 만나 행운이었죠."

우리는 따뜻한 미소를 교환했다. 그의 손은 첼로 줄 같이 투박하면서도 믿음직스러웠다. 밤거리를 밝히는 네온사인처럼, 우리의 우정도 서서히 빛을 발하고 있었다.

3부_달의 바다에 숨겨진 노래

케이와 작별한 후, 나는 어딘가 허전한 기분으로 집으로 향했다. 현관문을 열고 들어서는데 익숙한 재즈 선율이 귓가에 맴돌았다. 순간 나는 망설임 없이 다시 밖으로 나섰다.

발걸음은 자연스레 시내의 작은 재즈바로 이어졌다. 그곳은 내가 위안을 얻곤 하는 아지트였다. 나는 카운터에 앉아 바텐더에게 평소 즐기던 칵테일을 주문했다.

무대에서는 색소폰 연주자가 느린 템포의 재즈를 연주하고 있었다. 그의 실루엣은 마치 케이를 연상시켰다. 첼로와 색소폰, 클래식과 재즈. 장르는 달랐지만 그들의 음악에는 같은 열정이 깃들어 있었다.

"여어, 루카스. 오랜만이네."

익숙한 목소리에 고개를 들자 바텐더 진이 미소 짓고 있었다. 그는 내가 단골로 드나드는 사이였다.

"요즘 좀 힘들어 보이던데. 무슨 일 있어?"

진의 말에 나는 입을 뗄 수가 없었다. 설명하기 힘든 복잡한 심경이었다. 그저 무대의 색소폰 선율에 몸을 맡길 뿐이었다.

음악은 도시의 불빛처럼 반짝였지만, 그 이면에는 깊은 우울함이 배어 있었다. 마치 화려한 도시의 이면에 가려진 그림자 같았다. 불철주야 이어지는 네온사인의 불빛 속에서, 사람들은 외로움을 탈출구로 삼아 밤거리를 헤매고 있었다.

"첼로 케이스 들고 다니는 남자, 아직도 만나?"

진의 물음에 나는 무심코 고개를 끄덕였다.

"그 남자, 음악에 대한 열정만큼은 알아줘야 해. 요즘 같은 세상에 순수한 예술가 찾기 힘들거든."

순간 유이와 갤러리에서 나눴던 대화가 떠올랐다. NFT와 블록체인으로 거래되는 예술품들. 변화의 물결 앞에 우리는 어떤 자세로 맞서야 할까.

재즈 선율은 깊어져만 갔다. 무대의 연주자는 마치 우리 마음속에 잠든 우울을 끄집어내는 듯했다. 음표 하나하나에 밤의 공기가 밴듯, 쓸쓸함이 배어 있었다.

"루카스, 넌 네 인생의 재즈를 찾았어? 인생의 즉흥 연주 말이야."

진의 물음에 나는 씁쓸히 웃었다. 나의 재즈라... 아직 찾지 못한 것 같았다. 낡은 시계추처럼, 시대에 뒤처진 채 제자리걸음만 하는 듯한 기분이었다.

"난 말이야, 내 인생이 재즈라고 생각해. 정해진 악보 없이, 그저 즉흥적으로 흘러가는 거지."

나는 진의 말에 공감했다. 어쩌면 우리 모두 각자의 재즈를 연주하며 살아가는 건지도 모른다. 때론 슬프고, 때론 행복한 선율로.

"오늘 연주, 케이 생각나게 하네. 그 친구도 이런 기분이려나."

"글쎄... 누구나 외로움을 안고 살아가는 법이지."

색소폰의 선율은 달의 바다처럼 깊고 그윽했다. 우리는 말없이 음악에 귀를 기울였다.

반짝이는 도시의 불빛 속에서, 우리는 각자의 우울한 재즈를 연주하고 있었다. 그것이 우리가 이 시대를 살아가는 방식인지도 몰랐다.

다음 날, 나는 출근길에 선로 위의 문을 발견하지 못했다. 어쩌면 그것은 환상에 불과했는지도 모른다. 현실과 꿈의 경계가 모호해진 것 같았다.

사무실에 도착한 나는 서랍을 뒤적이다 낡은 카세트테이프를 발견했다. 감상할 수 있는 기기는 없었지만, 그것을 손에 쥐고 있자니 묘한 느낌이 들었다.

"저기, 루카스 씨. 오늘 저녁에 시간 괜찮으세요?"

생각에 잠겨 있는데 유이에게서 메시지가 왔다.

"응, 별다른 일정은 없어. 무슨 일이야?"

"제가 요즘 빠진 전시회가 있는데, 같이 가주실 수 있나 해서요."

유이의 제안을 나는 망설임 없이 수락했다. 언제나 그랬듯 그녀와의 시간은 특별했다.

퇴근 후 유이와 만난 곳은 근미래를 테마로 한 전시관이었다. 우주 개발과 인공지능을 소재로 한 작품들이 즐비했다. 마치 SF 영화의 한 장면 같았다.

그런데 전시된 작품 중 하나가 시선을 사로잡았다. 우주선 폐허를 본뜬 모형 안에서 빛을 발하는 물체가 있었다. 가까이 다가가 자세히 보니, 낡은 LP 레코드였다.

"저것 좀 보세요. 시대에 뒤떨어진 물건을 저렇게 미래적으로 연출하다니, 신선하네요."

나는 감탄을 금치 못했다. 아날로그의 매력을 미래에 투영하는 발상이 놀라웠다. 유이 역시 호기심 어린 눈으로 레코드를 바라보았다.

"과거와 현재와 미래가 공존하는 세상. 결국 우리가 지향해야 할 것 아닐까요?"

순간 기차 선로 위의 문이 떠올랐다. 그 너머에는 아날로그와 디지털이 조화를 이루는 세계가 펼쳐져 있을지도 모른다.

"아, 저기 봐요. 빔 프로젝터로 뭔가를 보여주네요."

유이의 말에 고개를 돌리자, 거대한 화면이 눈에 들어왔다. 검은 바탕 위로 흰 글씨가 떠오르고 있었다.

[우리는 지금 어디로 향하고 있는 걸까? 기술은 발전하고, 세상은 변화하지만 정작 우리의 내면은 제자리인 것만 같다. 잃어버린 감성을 되찾는 것 그것이 우리에게 주어진 숙제가 아닐까.]

나는 유이와 함께 그 문구를 가만히 읽어 내려갔다. 마치 우리 마음 속에 직접 말을 걸어오는 듯한 느낌이었다.

전시를 마치고 밖으로 나오자 밤하늘에 달이 떠 있었다. 우리는 불빛 하나 없는 공원 벤치에 앉아 밤하늘을 올려다보았다.

"달의 바다에 가본 적 있어요?"

문득 유이가 물었다. 나는 고개를 갸우뚱했다.

"달의 바다라니?"

"옛날 우주 비행사들이 착륙했던 곳이요. 바다처럼 넓은 평야가 있대요."

그렇게 말하는 유이의 눈동자에 달빛이 반짝였다. 마치 우주를 여행하는 듯한 몽환적인 분위기였다.

"글쎄, 달에서 바라보는 지구는 어떤 모습일까..."

나도 모르게 중얼거렸다. 달에 숨겨진 낡은 레코드처럼, 우리네 인생에도 잊혀진 감성의 조각들이 있을 것만 같았다. 우리는 한참 동안 말없이 달을 바라보았다. 우주의 신비를 벗 삼아, 잃어버린 꿈을 찾아 나서는 기분이었다.

어쩌면 우리에겐 각자의 달이 있는지도 모른다. 희망과 동경의 바다가 펼쳐진, 아직 가보지 못한 미지의 세계가.

며칠 후, 나는 케이에게서 연락을 받았다. 그의 목소리는 어딘가 초조해 보였다.

"루카스 씨, 지금 시간 괜찮으신가요? 제 집으로 와주실 수 있을까요?"

평소의 느긋한 말투와는 달리, 그의 목소리에는 긴장감이 배어 있었다. 나는 직감적으로 그에게 무슨 일이 생겼음을 알아챘다.

케이의 집은 한적한 주택가에 있었다. 초인종을 누르자 케이가 황급히 문을 열어주었다. 그의 얼굴에는 창백함이 감돌고 있었다.

"무슨 일이에요, 케이 씨?"

"루카스, 내 첼로가 사라졌어요. 오늘 아침에 일어나보니 케이스는 열려 있고, 첼로가 없어졌더라고요."

그제야 거실 한편에 놓인 빈 첼로 케이스가 눈에 들어왔다. 마치 주인을 잃은 껍데기 같았다.

"경찰에 신고는 했나요?"

"네, 했죠. 하지만 쉽게 찾을 수 있을지 모르겠어요. 제겐 그 첼로가 전부나 다름없는데..."

케이의 이야기를 듣는 내내 마음이 무거웠다. 음악가에게 악기가 지니는 의미는 각별했다. 마치 연인을 잃은 것처럼 아파 보였.

위로의 말을 건네려 케이스에 다가갔는데, 그 안에서 무언가 번득이는 게 보였다. 자세히 보니 손거울이었다.

"이건 뭐예요?"

내 물음에 케이가 거울을 집어 들었다.

"아, 이 거울은 어머니께서 물려주신 거예요. 연주할 때면 늘 케이스에 넣어두죠. 저에겐 일종의 행운의 부적 같은 거예요."

나는 그 거울을 물끄러미 바라보았다. 옛날식 디자인의 은색 손거울이었다. 마치 시간이 멈춰버린 듯한 클래식한 느낌이었다.

거울에 비친 내 얼굴이 신기했다. 거울 속의 나는 지금의 내가 아닌 것 같았다. 마치 과거에서 떠올린 기억 같기도 하고, 미래에서 만날 내 모습 같기도 했다.

"제 어머니도 첼리스트셨어요. 굉장한 실력을 갖고 계셨죠. 하지만 병환으로 일찍 세상을 떠나셨어요."

케이의 목소리에서 깊은 슬픔이 느껴졌다. 나는 위로의 말을 건네며 그의 어깨를 가만히 다독였다.

우리는 거울에 비친 서로의 모습을 바라보았다. 거울은 우리의 과거와 현재, 그리고 미래를 비추고 있는 듯했다. 언젠가 잃어버린 꿈과 희망을 되찾을 수 있으리라는 메시지 같기도 했다.

"걱정 마세요, 케이 씨. 분명 첼로는 다시 찾을 수 있을 거예요. 저도 함께 찾아 나설게요."

나의 말에 케이는 눈시울을 붉혔다. 우리는 한동안 말없이 거울만 바라보았다.

첼로 케이스 속의 거울은 우리에게 묵묵한 위로를 건네는 듯했다. 그것은 아날로그적 감성을 간직한 매개체였다. 디지털 시대에 잃어버린 과거와 추억을 환기시키는 물건이기도 했다.

우리는 그렇게 각자의 거울 속으로 빠져들었다. 과거와 현재를 오가며, 앞으로 다가올 미래를 그려보는 듯한 기분이었다.

첼로는 분명 다시 케이의 손으로 돌아올 것이다. 그의 선율이 다시 세상에 울려 퍼지게 될 것이다. 우리는 그런 희망을 거울에 투영하며 미소 지었다.

거울 속에서, 우리의 영혼이 조용히 속삭이고 있었다.

4부_잃어버린 꿈의 카탈로그

　케이의 첼로를 찾기 위해 동분서주하던 어느 날, 나는 문득 낯선 거리에 있는 나 자신을 발견했다. 회색빛 건물들 사이로 좁은 골목이 미로처럼 이어져 있었다. 어딘지 모르게 쓸쓸한 분위기가 감돌았다.

　빗방울이 보슬보슬 내리기 시작했다. 나는 비를 피할 곳을 찾아 건물 처마 밑으로 몸을 숨겼다. 그런데 눈에 들어온 것이 있었다. 골목 벽면에 그려진 벽화였다. 다양한 색채가 어우러진 추상화 같았는데, 자세히 보니 음표들이 숨어 있었다.

　벽화를 바라보는 순간, 머릿속에서 희미한 선율이 울려 퍼지는 듯했다. 마치 내 기억 속에서 잊고 있던 멜로디가 되살아나는 것 같았다. 빗소리와 어우러진 음표들은 묘한 노스탤지어를 자아냈다.

　"저도 그 벽화, 참 마음에 드네요."

뒤에서 들려온 목소리에 깜짝 놀라 돌아보니, 웬 노인이 서 있었다. 그는 비닐우산을 쓰고 물기 어린 눈으로 나를 바라보았다.

　"젊은이, 혹시 음악가인가요? 그 벽화를 유심히 바라보고 있었잖아요."

　"아, 아닙니다. 그냥 취미로 음악을 좋아할 뿐이에요. 그 벽화의 주인공이 누군지 궁금해졌어요."

노인은 씁쓸한 미소를 지으며 말했다.

"이 벽화는 제 아들이 그린 거예요. 아들은 피아니스트였는데, 어릴 때부터 음악에 남다른 재능이 있었죠. 하지만..."

말을 잇던 노인의 눈시울이 붉어졌다.

"하지만 어느 날 교통사고로 세상을 떠났어요. 꿈 많던 청년이 그렇게 허무하게 사라지다니... 아들이 남긴 건 오직 음표뿐이었죠."

순간 목이 메어왔다. 노인의 이야기에서 느껴지는 슬픔과 그리움이 벽화에 어린 색채만큼이나 짙게 배어 있었다.

"그래서 아들을 기리기 위해 이 벽화를 그렸어요. 아들이 연주하던 곡들을 모티브로 해서요. 제 기억 속의 멜로디를 이 벽에 새겨두고 싶었죠."

노인의 목소리는 깊은 울림을 품고 있었다. 벽화는 그의 아들을 향한 사랑의 기록이자, 잃어버린 꿈을 향한 애도가 녹아 있는 예술이었다.

비는 어느새 그쳤다. 노인은 힘없이 웃으며 나에게 인사를 건넸다.

"아들의 꿈이 헛되지 않기를, 그 벽화를 바라볼 때마다 간절히 바라곤 해요. 젊은이도 꿈을 잃지 말고 살았으면 좋겠네요."

노인은 천천히 골목을 떠났다. 나는 한동안 벽화에서 시선을 떼지 못했다. 빗방울이 남긴 물기가 벽화 위로 맺혀 있었다. 마치 벽화가 눈물을 흘리는 것만 같았다.

잃어버린 꿈을 기리는 벽화 앞에서, 나는 오랫동안 서 있었다. 빗속에서 들려오는 기억 속의 멜로디는 가슴 깊이 스며들었다.

나는 천천히 벤치에서 일어섰다. 가슴 한편이 묵직했다. 우리는 모두 가슴속에 무언가를 잃어버리고 살아간다. 때로는 꿈을, 때로는 사랑하는 이를. 그 상실의 아픔은 쉽게 가시지 않는다. 하지만 그들과 함께한 기억만큼은 영원히 간직할 수 있다. 음악처럼, 예술처럼. 그 기억들이 우리를 지탱해주는 버팀목이 되어준다. 나는 가슴에 손을 얹고 심호흡을 했다. 아픔을 붙드는 일은 쉽지 않겠지만, 그것이 나를 앞으로 나아가게 할 것이다.

골목을 걸어나오는 내 발걸음은 묘한 감흥으로 가벼워져 있었다. 잃어버린 꿈의 카탈로그를 떠올리는 순간이었다.

벽화 골목에서의 만남 이후 며칠이 흘렀다. 여전히 케이의 첼로는 찾지 못한 상태였다. 마음 한편이 무거웠지만, 일상은 계속되어야 했다. 출근길 기차에 올랐다. 문득 스크린에 시 한 편이 띄워진 것이 눈에 들어왔다.

[밤하늘에 달이 흘러내리면 별들은 노래를 멈추고 고요 속에 잠긴다. 이 도시의 불빛들도 저마다의 꿈을 꾸며 잠들고 오직 우리만이 깨어 있는 이 적막한 밤 너의 손을 잡고서 걷는다.]

시 하단에는 "AI 시인 LISA"라는 이름이 적혀 있었다. 인공지능이 쓴 시라니, 새삼 놀라웠다. 하지만 그 시에서 묘한 감동을 느꼈다. 무심코 휴대폰을 꺼내 그 시를 찍어두었다.

퇴근 후, 서점에 들러 AI에 대한 매거진을 샀다. 매거진에는 AI 시인 LISA와 인터뷰한 내용이 실려 있었다.

기자 　AI가 쓴 시에서 사람들이 감동을 받는 이유가 뭘까요?
LISA 　저는 인간의 언어를 학습하며 감정을 배웠습니다. 그 감정을 시로 표현할 때, 인간과 교감할 수 있는 지점이 생기는 것 같아요. 결국 언어 속에는 인간의 보편적 감성이 스며들어 있거든요.
기자 　기술의 발전으로 예술의 영역까지 AI가 진출하고 있는데요, 이런 현상을 어떻게 바라보시나요?
LISA 　저 역시 인간이 만들어낸 기술의 산물이에요. 제가 시를 쓸 수 있는 것도 인간의 언어와 감성을 학습했기 때문이죠. AI 예술이 인간 예술을 위협한다기보다는, 서로 영감을 주고받는 관계가 될 수 있을 거예요. 기술과 예술이 공존하는 거죠.

　인터뷰 글을 읽으며 AI 시인 LISA의 시각에 깊이 공감했다. 기술의 발달이 예술의 쇠락을 의미하는 것은 아니다. 오히려 기술은 새로운 예술의 가능성을 열어주고 있는지도 모른다.
　문득 케이의 생각이 났다. 그가 이 인터뷰를 읽는다면 LISA의 말에 공감할 수 있을까. 전통적인 클래식 음악을 고수하는 그에게, AI 예술은 낯설게만 느껴질지도 모르겠다.
　하지만 변화의 물결은 누구도 거스를 수 없는 것. 우리가 할 수 있는 건 과거의 아름다움을 간직하되, 미래를 향해 열린 자세로 나아가는 것이다.
　나는 휴대폰 속의 시를 다시 읽어내렸다. AI가 쓴 시, 그 언어 속에서 인간의 감성을 발견하는 순간이었다. 예술과 기술의 경계는 어쩌면 우리가 생각하는 것만큼 뚜렷하지 않은지도 모른다.

LISA의 시구절이 머릿속에서 맴돌았다. 이 적막한 밤, 그대의 손을 잡고서.

유이에게 문자를 보냈다. 오늘 밤 산책을 함께 하자고. 인공지능이 만들어낸 시의 한 구절처럼, 함께 걷고 싶었다.

유이와의 산책은 묘한 여운을 남겼다. 우리는 예술과 기술에 대한 각자의 생각을 나누었다.

"결국 중요한 건 진정성이에요. 인간의 마음을 움직일 수 있는 진실된 메시지야말로 예술의 본질이라고 봐요."

과연 무엇이 예술을 예술답게 만드는 걸까. 재료나 기법이 아니라, 거기에 담긴 영혼일까.

그 후로도 케이의 첼로에 대한 소식은 없었다. 그러던 어느 날, 한 뉴스가 내 눈길을 사로잡았다.

'해변에서 발견된 고래의 뱃속에서 첼로 발견'

깜짝 놀라 기사를 클릭했다. 사진 속에는 낡고 퇴색한 첼로가 찍혀 있었다. 설마 하는 마음에 케이에게 연락했다.

"케이 씨, 뉴스 보셨어요? 바다에서 첼로가 나왔다는데…"

"네, 봤어요. 사진으로 봐선 제 첼로 같기도 하고… 정말 믿기지가 않네요."

 그렇게 우리는 첼로가 발견된 해변으로 향했다. 그곳에서 해경을 만나 자초지종을 들을 수 있었다.

 죽은 고래가 해변에 떠밀려 왔는데, 부검을 하던 중 뱃속에서 첼로가 나왔다는 것이었다. 아무래도 좀도둑이 훔친 뒤 바다에 버린 것 같다고 했다.

 케이의 손에 들려온 첼로는 물에 잠겼던 탓에 모습이 말이 아니었다. 하지만 틀림없이 그의 첼로가 맞았다.

 "고마워요, 루카스 씨. 당신 덕분에 첼로를 되찾은 것 같아요. 정말 기적 같네요."

 케이의 눈가에 눈물이 맺혔다. 나 역시 복받친 울음을 겨우 참을 수 있었다.

 우여곡절 끝에 되찾은 첼로. 하지만 그것은 단순히 악기를 되찾은 게 아니었다. 그의 영혼을, 잃어버렸던 희망의 조각을 건져 올린 거나 다름없었다.

 "고래는 인간의 언어로 노래한다는 말, 알고 계셨나요? 인간의 감성을 이해하고 위로하는 거라고 하더군요."

 문득 케이가 중얼거렸다. 그러고 보니 고래가 첼로를 가져다 준 것 자체가 일종의 메시지 같았다.

 우리는 한동안 바다를 바라보았다. 저 너머 수평선 끝에서, 고래의 노래가 들리는 듯했다. 새로운 희망의 노래가.

 그렇게 고래의 뱃속에서 희망을 건져 올린 우리는, 더욱 단단한 믿음으로 각자의 길을 걸어갈 수 있을 것만 같았다.

무엇이 우리를 인도하는가. 운명일까, 우연일까. 그것이 무엇이든 우리는 마음속에 희망을 품고 앞으로 나아가면 된다. 그 희망은 때로 예술이 되고, 때로 삶의 의지가 되어 우리를 지탱해줄 테니까.

바다 위로 저무는 노을이 고래의 노래처럼 아름다웠다. 우리는 그 노래에 맞춰 발걸음을 옮겼다. 새로운 희망을 안고서.

5부_달의 바다에 닿은 선율

첼로 사건이 있은 후, 케이는 더욱 열정적으로 연주에 매진했다. 그의 연주 소식을 들은 나는 한 달음에 달려갔다. 이번에 케이가 연주하는 곳은 다름 아닌 빈의 뒷골목이었다.

초저녁이 내린 거리는 고풍스러운 건물들로 빼곡했다. 골목 사이로 부는 바람이 음악처럼 들렸다. 케이의 실루엣이 골목 저편에서 나타났다. 그는 첼로를 든 채 눈을 감고 있었다.

선율이 흘러나오기 시작했다. 쇼팽의 녹턴이었다. 애잔하면서도 서정적인 멜로디가 좁은 골목을 가득 채웠다. 마치 달빛에 젖은 바다를 바라보는 듯한 그윽함이 느껴졌다.

골목 곳곳에서 사람들이 하나둘 모여들기 시작했다. 저마다 바쁜 걸음을 멈추고 케이의 연주에 귀를 기울였다. 그들의 표정에서 고단함이 스르르 녹아내리는 것 같았다.

연주가 끝나자 뜨거운 박수갈채가 쏟아졌다. 케이는 관객들을 향해 고개 숙여 인사했다. 그의 얼굴에는 첼로를 되찾은 후 처음 보는 환한 미소가 떠올라 있었다.

"최근에 깨달은 게 있어요."

연주를 마친 케이가 내게 말했다.

"내 음악이 누군가에게 위로가 될 수 있다는 거예요. 그들의 마음에 닿을 수 있다는 거죠."

나는 고개를 끄덕였다. 골목 밖으로 빠져나가는 사람들의 뒷모습이 평온해 보였다. 케이의 음악은 일상에 바쁜 사람들에게 잠시나마 위안을 선사한 것이다.

"루카스 씨도 알겠지만, 음악에는 치유의 힘이 있어요. 이 거리의 사람들 역시 그 힘을 느꼈을 거예요."

우리는 느릿느릿 골목을 걸었다. 좁디좁은 골목은 어둠 속에서도 온기를 품고 있었다. 마치 케이의 음악처럼, 보이지 않는 희망을 간직하고 있는 듯했다.

"빈에는 수많은 뒷골목이 있어요. 그 골목마다 저마다의 사연과 이야기가 서려 있죠. 그 모든 이야기에 귀 기울이고 싶어요. 제 음악으로요."

불빛 하나 없는 골목을 걸으며 우리는 진솔한 대화를 이어갔다. 예술은 결국 인간 내면의 목소리에 귀 기울이는 일. 보이지 않는 곳에서 메시아를 기다리는 이들의 속삭임에 응답하는 일이었다.

춥고 캄캄한 골목 안쪽에서 누군가의 울음소리가 희미하게 들려왔다. 우리는 말없이 걸음을 멈추고 그 소리에 귀를 기울였다. 외로움, 절망, 그리움... 복잡하게 뒤얽혀 있는 감정의 파편들이었다.

"저도 한때는 골목 안쪽의 어둠 속에서 길을 잃고 헤맸어요. 하지만 어느 날 문득, 달빛이 비추는 저 너머에 희망이 있음을 깨달았죠."

케이의 목소리에 고마움이 묻어났다. 그의 음악은 어둠 속의 길잡이가 되어주었던 것이다. 우리처럼, 저 울음 섞인 목소리의 주인에게도.

나는 불현듯 선로 위의 문이 떠올랐다. 이 좁고 긴 골목 역시 어딘가로 이어지는 문 같았다. 절망의 터널을 지나 희망으로 가는 출구, 그리고 케이의 선율은 그 문을 열 수 있는 열쇠 같았다.

골목을 빠져나오자 하늘에는 환한 달이 떠 있었다. 달의 바다에 닿은 선율처럼, 우리는 각자의 희망을 안고 빛나고 있었다.

우리는 달빛 아래에서 삶의 어둠과 빛을 되새겼다. 깊고 그윽한 밤, 녹턴이 흐르는 골목 위에서.

며칠 뒤, 나는 케이에게서 한 통의 전화를 받았다. 그의 목소리에는 익숙한 열정이 가득했다.

"루카스 씨, 이번 주말에 게릴라 콘서트를 열 생각이에요. 도시 광장에서 말이죠."

"게릴라 콘서트요?"

"네, 갑작스럽게 열리는 거리 공연이에요. 뱅크시처럼, 도발적이면서도 신선한 충격을 줄 거예요."

주말이 되자 우리는 광장으로 향했다. 웬만한 도시 광장보다 더 큰 규모였다. 한가운데에는 거대한 조형물이 웅장한 자태를 뽐내고 있었다.

"8시 정각에 연주를 시작할 거예요."

케이가 첼로 케이스를 꺼내 들며 속삭였다. 설레는 마음으로 그 시각을 기다렸다.

시계가 8시를 가리키자, 광장에 현악기 소리가 울려 퍼졌다. 비발디의 '사계' 중 '여름'이었다. 뜨거운 열정이 담긴 격정적 선율이 콘크리트 벽을 타고 메아리쳤다.

평화롭던 광장이 술렁이기 시작했다. 행인들의 시선이 케이에게로 쏠렸다. 누군가는 휴대폰을 꺼내 연주 모습을 담기 시작했다.

연주에 몰입한 케이의 모습은 마치 뱅크시의 그라피티처럼 선명했다. 저항과 아름다움이 묘하게 어우러진 그의 실루엣은 거리 예술 그 자체였다.

행인들 사이로 경찰들이 모습을 드러냈다. 허가받지 않은 공연에 대한 제재였으리라. 하지만 케이는 아랑곳하지 않고 연주를 이어갔다. 선율은 더욱 격앙되어 광장을 휘감았다.

첼로 활을 그어대는 케이의 팔에서 송골송골 땀이 솟았다. 광장을 가득 메운 청중들은 숨을 죽이고 그의 연주에 심취해 있었다. 마치 한 편의 영화 같은 그 장면에, 현실과 환상의 경계가 무너지는 듯했다.

연주를 마친 케이가 활을 내리는 순간, 뜨거운 박수갈채가 터져 나왔다. 함성과 휘파람 소리가 광장에 울려 퍼졌다. 그 모습을 지켜보던 경찰들도 어쩔 줄 몰라 하며 뒤로 물러섰다.

케이는 관중들에게 가볍게 고개 숙여 인사한 뒤, 나와 눈을 마주쳤다. 땀에 젖은 그의 얼굴은 그 어느 때보다 빛나 보였다.

"멋진 연주였어요, 마치 뱅크시의 작품 같았어요!"

케이는 대답 대신 씩 웃었다. 우리는 어깨동무한 채 거리를 걸었다. 첼로 케이스를 든 그의 뒷모습은 도시의 일상을 깨우는 혁명가 같았다.

우리는 오래도록 밤거리를 걸었다. 게릴라 콘서트로 뜨겁게 달아올랐던 가슴을 식히듯이. 예술 테러리스트가 된 기분이었다.

그날의 감동은 오래도록 잊히지 않을 것이다. 뱅크시의 그림자가 스치는, 광장에서의 한여름밤의 꿈같은 선율이.

도시에 찬바람이 불기 시작했다. 여름의 열기가 가시고 가을이 성큼 다가오고 있었다. 계절의 변화처럼 우리의 삶도 변화를 맞이하고 있었다.

유이는 새로운 전시회를 준비하느라 바빴다. AI 시인 LISA와의 협업을 통해, 기술과 예술의 만남을 모색하고 있었다. 나 역시 일에 더욱 매진하면서도, 내면의 성찰을 게을리하지 않으려 노력했다.

그러던 어느 날, 케이에게서 초대장이 도착했다. 그의 첼로 독주회가 열린다는 소식이었다. 장소는 다름 아닌 현대 미술관의 대형 홀이었다.

행사장에 도착한 우리는 깜짝 놀랄 수밖에 없었다. 무대 뒤로 대형 스크린이 설치되어 있었는데, 스크린 속에는 AI가 실시간 그려내는 영상이 펼쳐지고 있었다. 케이의 연주에 맞춰 영상도 움직이고 있었다.

마치 한 편의 SF 영화 같은 광경이었다. 무대 위의 케이와 스크린 속 AI 화가가 환상의 콜라보레이션을 펼치고 있었다. 관객석을 가득 메운 청중들은 숨을 죽인 채 그 장관을 지켜보고 있었다.

아날로그의 감성으로 빚어낸 선율과 디지털 기술로 그려낸 비주얼이 오묘한 조화를 이루고 있었다. 디스토피아의 암울함 속에서도 한 줄기 빛을 발하는 영혼의 메시지 같았다.

연주가 끝나고, 우레와 같은 박수갈채가 쏟아졌다. 무대 위에 선 케이는 감격에 겨워 눈시울을 붉혔다. 그에게 달려가 꼭 껴안아주고 싶은 충동을 겨우 참았다.

공연 후 우리는 근처 바에 모였다. 케이를 비롯해 유이, 나, 그리고 기차 역에서 만났던 노인까지. 우리는 모두가 하나 되어 축배를 들었다.

술잔을 부딪히며 케이가 말했다.

"루카스 씨, 유이 씨, 당신들이 있어 제가 여기까지 올 수 있었어요. 진심으로 감사드립니다."

"이제 막 시작이에요, 케이 씨. 당신의 음악이 세상을 바꿀 거예요."

유이의 얼굴에는 함박웃음이 피어났다.

"음악뿐만이 아니에요. 당신의 열정 자체가 희망의 씨앗이 될 거예요."

나 역시 진심을 담아 덧붙였다. 우리는 밤새도록 진솔한 이야기를 나누었다. 예술과 삶, 사랑과 우정에 대해. 가장 소중한 것들을 지켜내기 위해 우리가 어떤 노력을 해야 할지.

삶과 예술의 위대한 화해. 우리는 그 화해의 순간을 바라보고 있었다. 케이의 첼로와 유이의 전시, 나의 글 속에서 우리는 서로 녹아들며 살아갈 것이다.

별이 쏟아지는 밤하늘 아래, 우리는 서로의 어깨를 걸었다. 음악이 흐르는 거리를 따라, 우리의 꿈과 희망을 쫓아 나아가는 중이었다.

그로부터 몇 년 후, 나는 유이와의 약속 장소로 향하고 있었다. 새로 문을 연 케이의 첼로 전문 음악홀이 바로 그곳이었다.

음악홀 앞에 도착하자, 유리창 너머로 보이는 풍경에 나도 모르게 미소가 지어졌다. 홀 안에는 각양각색의 악기들이 전시되어 있었고, 벽에는 거장들의 사진이 걸려 있었다. 하지만 그중에서도 단연 눈길을 사로잡은 것은 벽 한편에 걸린 대형 패널이었다.
　패널에는 이런 문구가 적혀 있었다.

[음악은 우리에게 희망을 노래하라 한다. 절망의 벼랑 끝에서도, 우리는 노래할 수 있음을 기억하라.]

　나는 가만히 그 문구를 읊조려 보았다. 케이가 직접 선택한 문장이라는 걸 단번에 알 수 있었다.
　"루카스, 여기야!"
　익숙한 음성에 고개를 돌리니 반가운 얼굴들이 보였다. 케이와 유이, 두 사람은 환한 미소로 나를 맞이했다. 우리는 그 자리에서 뜨겁게 포옹을 나누었다.
　"케이, 정말 멋진 음악홀이야. 네가 음악가의 성지를 만들어낼 줄이야."
　"고마워, 너와 유이가 없었다면 난 아무것도 할 수 없었을 거야."
　우리는 차 한잔을 나누며 지난 시간을 회상했다. 참 많은 일이 있었다. 케이의 첼로를 되찾았던 일, AI 시인 LISA를 만났던 일, 거리에서의 게릴라 콘서트까지. 그 모든 순간이 우리를 지금의 자리에 이끌어 준 듯했다.
　"우리의 이야기가 누군가에겐 희망이 되고 있을 거예요."

유이가 포근한 목소리로 말했다.

"예술로 세상과 소통하는 우리의 도전이, 이 디스토피아에 빛을 불어넣고 있다고 믿어요."

"음악과 그림, 시가 있는 한 우리는 결코 외롭지 않을 거야."

나 역시 확신에 찬 어조로 화답했다.

우리는 음악홀 무대에 나란히 섰다. 켜켜이 이어지는 좌석을 가만히 바라보았다. 텅 빈 객석이 무한한 가능성으로 가득 차 있었다.

"여러분, 함께 새 시대를 써 내려가 보죠. 음악으로, 그림으로, 글로써."

케이가 꿈꾸듯 중얼거렸다.

무대 위, 우리 세 명의 실루엣이 한데 겹쳐졌다. 음악가, 화가, 그리고 작가. 각기 다른 빛깔을 지닌 우리였지만, 하나의 믿음으로 이어져 있었다.

저 바깥의 디스토피아를 응시하는 우리의 눈동자는 그 어느 때보다 맑고 빛나고 있었다. 우리의 예술이 닿는 곳에서, 새로운 세상의 서막이 열릴 것이기에.

1984년으로 돌아가는 문 – 고양이를 다시 만나다

2034년의 어느 가을날, 나는 창가에 앉아 오래전 그날의 기억을 되새기고 있었다. 세월은 누구에게나 공평하게 흘러갔다. 1984년 여름, 고양이와의 운명적인 조우가 내 인생을 송두리째 바꿔놓았던 그때가 떠올랐다.

그날 이후로 나는 꾸준히 고양이와 그녀에 대한 꿈을 꾸었다. 오십여 년의 시간이 흘러도, 그 꿈은 늘 날 찾아왔다.

어느 화창한 가을날, 나는 산책을 하다 동네 공원 벤치에 앉았다. 그 때 벤치 곁을 스쳐 지나가는 고양이 한 마리가 눈에 들어왔다. 숨을 멈출 수밖에 없었다. 회색빛 털과 푸른 눈동자... 내가 1984년에 보았던 바로 그 고양이였다.

벤치에서 일어서서 고양이에게 천천히 다가갔다. 지팡이에 의지한 채 한 걸음 한 걸음 내디뎠다. 마치 시간을 거슬러 과거로 향하는듯한 느낌이었다. 떨리는 손을 뻗자, 고양이가 다가와 내 손을 부볐다. 온기가 전해지는 포근한 감촉이었다.

순간 1984년의 기억이 쏟아졌다. 숨막히도록 뜨거웠던 여름날, 좁은 골목을 메웠던 웃음소리, 그리고 "있잖아... 난 네가 고양이를 데리고 있는 줄 알았어."라던 그녀의 말까지.

이 모든 게 우연이 아님을 깨달았다. 잃어버렸다 여겼던 것들이 사실은 언제나 나를 기다리고 있었던 것이다.

1984년으로 돌아가는 문은 늘 열려 있었다. 때로는 추억으로, 때로는 꿈으로, 그리고 지금은 이 고양이를 통해서.

미소를 머금고 고양이를 쓰다듬었다. 돌이켜 보면 내 삶의 여정 그 자체가 1984년으로 이어진 게 아닐까. 케이, 유이, 그리고 예술이 위로해 준 그 모든 순간이 결국 나를 그 여름날로 이끈 것이다.

고양이와 함께 벤치에 앉아, 노을 지는 하늘을 바라보았다. 세월이 흘러도 내 안의 그날만은 영원할 것만 같았다.

이른 저녁 바람이 추억을 간지럽혔다. 초저녁 하늘에 번져가는 노을빛 속에서, 고양이의 푸른 눈이 1984년의 빛을 반사하고 있었다.

이렇게 우리는 다시 만났다. 스무 살의 내가, 현재의 내가, 그리고 영원한 그날의 우리가.

1부_기억의 미로

 눈을 뜨자마자 깨달았다. 오늘은 내 60번째 생일이다. 평생을 살아오면서 이렇게 허무한 생일은 처음이었다. 나는 침대에서 일어나 앉아 창밖을 바라보았다. 서울의 잿빛 아침이 창문 너머로 보였다. 마치 오래된 흑백 사진 속 풍경 같았다. 색채는 사라지고, 과거의 잔상만이 남아 있는 듯했다.

 이제 인생의 대부분을 살아냈지만, 여전히 삶의 의미를 찾지 못한 것 같았다. 나는 한숨을 내쉬며 침대에서 일어섰다. 머리가 지끈거렸다. 어제 밤 술을 너무 많이 마신 탓이다. 술잔을 기울일 때마다, 내 영혼의 일부분도 함께 비워지는 느낌이었다.

 생일이라는 이유만으로 친구들과 술자리를 가졌지만, 그들과의 대화는 피상적이기만 했다. 우리는 각자의 인생에 지쳐 있었고, 서로를 이해하기에는 너무 멀어진 것 같았다. 우리 사이에는 보이지 않는 벽이 있었고, 그 벽은 해가 갈수록 더 두꺼워지고 있었다.

 나는 물을 한 잔 마시고 옷을 갈아입었다. 오늘은 회사에 가지 않기로 했다. 대신 아무도 모르는 곳으로 떠나고 싶었다. 일상이라는 감옥에서 탈출하여, 자유를 찾고 싶었다. 내 안에 잠들어 있는 영혼을 깨우고 싶었다.

집을 나선 나는 아무 목적지 없이 걸었다. 익숙한 거리를 벗어나자, 점점 낯선 풍경이 눈에 들어왔다. 좁고 어두운 골목길로 들어섰다. 골목 끝에서 은은한 녹색 빛이 새어 나오고 있었다. 마치 푸른 별이 땅에 떨어진 듯한 모습이었다.

호기심에 이끌려 골목길을 따라 걸었다. 주변은 묘한 분위기로 가득했다. 오래된 건물들 사이로 이어진 길은 마치 다른 세계로 통하는 듯했다. 현실과 환상의 경계가 모호해지는 느낌이었다.

골목을 걷는 동안, 나는 지금까지 살아온 삶을 되돌아보았다. 언제부터 이렇게 삶의 의미를 잃어버렸을까? 젊은 시절의 꿈과 열정은 어디로 사라진 걸까? 그것들은 마치 시간의 모래시계 속으로 흘러들어간 듯, 더 이상 찾을 수 없었다.

문득 내 인생에서 잃어버린 것들이 너무 많다는 생각이 들었다. 사랑, 우정, 꿈, 그리고 나 자신까지. 하지만 지금에 와서 그것들을 되찾을 수 있을까? 잃어버린 시간을 다시 돌이킬 수 있을까? 나는 마치 시간의 미로 속에서 헤매는 듯한 기분이었다.

골목 끝에 다다랐을 때, 나는 작은 카페 하나를 발견했다. 'Cafe Oblivion'이라는 이름이 쓰여 있었다. 망각을 뜻하는 단어였다. 마치 이 카페가 잊혀진 기억들의 저장소 같았다.

카페의 유리창 너머로 녹색 조명이 은은하게 비치고 있었다. 그 빛은 마치 나를 부르는 것 같았다. 내 안의 무언가가 이 카페로 이끌리고 있었다. 마치 오래전에 잃어버린 나의 일부가 저 안에 있는 것만 같았다.

순간 누군가 내 어깨에 손을 얹었다. 놀라 뒤를 돌아보니, 녹색 레이스 원피스를 입은 여인이 서 있었다. 그녀는 고대 그리스 신화 속 운명의 여신 모이라이를 연상시켰다. 그녀의 눈동자는 깊고 신비로웠으며, 마치 모든 것을 알고 있는 듯했다.

"당신을 기다리고 있었어요. 들어오시겠어요?"

그녀의 목소리는 마치 인어의 노래처럼 매혹적이었다. 나는 망설임 없이 고개를 끄덕였다. 여인은 카페의 문을 열고 안으로 들어갔다. 나는 그녀를 따라 카페 안으로 발을 내디뎠다. 마치 운명에 이끌리는 듯한 느낌이었다.

문이 닫히는 순간, 세상의 모든 소음이 사라졌다. 카페 안은 따뜻하고 편안한 분위기로 가득했다. 마치 내가 찾던 안식처 같았다. 시간이 멈춘 듯한 공간이었다.

나는 카운터로 다가갔다. 녹색 드레스의 여인은 내게 미소를 지으며 커피를 건넸다. 그녀의 눈동자에는 수많은 비밀이 담겨 있는 듯했다. 마치 그녀가 나의 과거와 미래를 모두 알고 있는 것 같았다.

"60번째 생일을 축하드려요. 이 커피를 드시면 새로운 세상이 열릴 거예요."

그녀의 말에는 예언과도 같은 힘이 실려 있었다. 나는 커피를 받아 들고 첫 모금을 마셨다. 그 순간, 세상이 빙글빙글 돌기 시작했다. 마치 시간과 공간이 뒤섞이는 듯한 느낌이었다. 커피의 향은 나를 과거로 이끌었고, 잊고 있던 기억들이 파편처럼 떠올랐다.

커피를 마시는 동안, 카페 안의 풍경이 서서히 변화하기 시작했다. 벽에 걸린 그림들이 살아 움직이고, 책장 속의 책들이 저절로 펼쳐지며 속삭이는 듯했다. 마치 카페 자체가 생명체인 것처럼 느껴졌다.

"이곳은 잊혀진 기억들의 안식처예요. 당신이 잃어버린 것들을 되찾을 수 있는 곳이죠."

녹색 드레스의 여인이 말했다. 그녀의 목소리는 마치 시간을 거슬러 올라가는 듯한 느낌을 주었다.

나는 주변을 둘러보았다. 카페 안에는 나 말고도 몇 명의 사람들이 있었다. 그들도 모두 커피를 마시고 있었고, 각자의 기억 속으로 빠져드는 듯했다. 우리는 모두 잃어버린 것들을 찾아 이곳에 모인 것 같았다.

시간이 흐르고, 커피를 마신 우리는 자연스럽게 대화를 나누기 시작했다. 하지만 이상하게도 서로의 이름은 기억할 수 없었다. 마치 이곳에서는 이름이 필요 없는 것처럼 느껴졌다. 우리는 과거의 추억과 상처, 그리고 잊고 싶었던 일들에 대해 이야기했다.

대화를 나누면서, 나는 점점 자유로워지는 느낌을 받았다. 마치 오랫동안 짊어지고 있던 짐을 내려놓는 것 같았다. 카페 안에서는 시간의 흐름이 느리고 부드러웠다. 마치 우리가 일상의 속박에서 벗어나, 자신만의 시간 속에 존재하는 듯했다.

어느새 밤이 찾아왔다. 우리는 카페 밖으로 나와 달빛 아래 둘러앉았다. 녹색 드레스의 여인이 우리에게 이야기를 들려주기 시작했다. 그녀의 목소리에는 마법과도 같은 힘이 있었다. 우리는 그녀의 이야기에 빠져들었고, 자신의 내면 깊숙이 숨겨진 진실과 마주하게 되었다.

이야기를 듣는 동안, 나는 내 안에 존재하는 또 다른 자아를 발견했다. 그것은 내가 잊고 있었던 나의 일부였다. 나는 그 자아와 대화를 나누기 시작했고, 점점 내 안의 조각들이 하나로 모아지는 느낌을 받앉다.

 밤이 깊어지고, 우리는 다시 카페 안으로 돌아왔다. 테이블 위에는 수많은 퍼즐 조각들이 놓여 있었다. 우리는 그 조각들을 맞추기 시작했다. 조각들이 하나둘 제자리를 찾아가면서, 우리의 인생도 조금씩 완성되어 가는 듯했다.

 퍼즐을 완성한 후, 우리는 자신의 모습이 비친 거울 앞에 섰다. 거울 속의 모습은 우리가 알고 있던 자신의 모습과는 달랐다. 그것은 우리가 잊고 있었던, 혹은 외면하고 있었던 우리의 진정한 모습이었다.

 나는 거울 속의 나와 마주 보며 미소 지었다. 이제 나는 나 자신을 있는 그대로 받아들일 수 있을 것 같았다. 내 안의 빛과 그림자, 상처와 희망까지도 모두 품어안을 수 있을 것 같았다.

 카페의 벽에 두 개의 문이 나타났다. 하나는 현실로 돌아가는 문이었고, 다른 하나는 새로운 세상으로 향하는 문이었다. 나는 선택의 기로에 섰다. 과거로 돌아가 익숙한 삶을 살아갈 것인가, 아니면 미지의 세계로 발을 내딛을 것인가.

 녹색 드레스의 여인이 내 손에 동전 하나를 쥐어 주었다. 그것은 운명의 동전이었다. 동전의 앞면은 현실, 뒷면은 새로운 시작을 의미했다. 나는 동전을 던졌고, 그것이 공중에서 회전하는 동안 내 심장은 마치 우주의 팽창과 수축을 반복하는 것 같았다.

 동전이 바닥에 떨어지는 순간, 새벽의 첫 빛이 카페 안으로 스며들었다. 동전의 결과와 상관없이, 나는 이미 내 안에서 답을 찾은 듯했다. 나는 일어서서 내가 선택한 문 앞에 섰다.

 문을 열고 새로운 세상으로 발을 내딛는 순간, 나는 깨달았다. 인생이란 끊임없는 선택의 연속이며, 우리는 매 순간 새로운 길을 선택할 수 있다는 것을. 중요한 것은 자신의 선택을 믿고, 그 길을 걸어가는 용기였다.

나는 마지막으로 카페를 돌아보았다. 녹색 드레스의 여인은 나를 향해 고개를 끄덕이며 미소 지었다. 그녀의 미소에는 이별의 아쉬움과 새로운 시작에 대한 기대가 동시에 담겨 있었다.

카페를 나서는 순간, 내 몸을 감싸던 무거운 공기가 걷히고 새로운 에너지가 전신으로 흘러들어오는 것 같았다. 나는 깊게 숨을 내쉬며 새벽 공기를 만끽했다. 내 인생의 새로운 장이 시작되는 순간이었다.

걸어가는 동안, 나는 카페에서의 경험을 되돌아보았다. 잊고 있던 나의 일부를 마주하고, 내 안의 상처와 희망을 받아들이는 시간이었다. 비록 잠시 동안의 경험이었지만, 그것은 내 인생의 전환점이 될 것 같았다.

길을 걷다 문득 하늘을 올려다보았다. 아침 햇살이 건물 사이로 비집고 들어와 세상을 부드럽게 비추고 있었다. 나는 그 빛을 따라 걸었다. 마치 빛이 나를 새로운 삶으로 인도하는 것 같았다.

돌아보니 카페는 이미 사라지고 없었다. 마치 꿈속에서 막 깨어난 것처럼, 현실과 환상의 경계가 흐릿해졌다. 하지만 내 안에는 카페에서의 경험이 생생하게 남아 있었다. 그것은 내가 잊지 말아야 할 소중한 기억이었다.

나는 새로운 결심을 했다. 더 이상 과거에 얽매이지 않고, 현재를 살아가기로. 내 안의 빛을 따라, 나만의 길을 개척해 나가기로. 비록 그 길이 쉽지 않을지라도, 나는 용기를 잃지 않을 것이다.

60번째 생일, 나는 새로운 인생을 시작했다. '망각의 카페'는 나에게 잊혀진 자아와 마주할 수 있는 용기를 주었다. 이제 나는 내 안에 존재하는 모든 것들과 함께 살아갈 것이다. 그것이 바로 진정한 나로 살아가는 법일 테니까.

앞으로의 인생이 어떤 모습일지는 아무도 알 수 없다. 다만 한 가지 분명한 것은, 내가 선택한 길이 곧 나의 운명이 될 것이라는 사실이다. 나는 미소를 지으며 새로운 하루를 맞이했다. 내일은 또 다른 나를 만나는 날이 될 것이다.

2부_침묵의 선율

 늦은 가을의 어느 오후, 나는 낯선 골목길을 걷고 있었다. 차가운 바람이 옷깃을 스치고 지나가는 가운데, 지난 시간들에 대한 회한이 내 발걸음을 무겁게 했다. 그때, 시선을 사로잡는 녹색 문이 눈에 들어왔다. 오래된 벽돌 건물에 둘러싸인 그 문은 마치 비밀스러운 초대장처럼 나를 부르고 있었다.

 문 위에는 '망각의 카페'라는 이름이 은은한 녹색 빛으로 빛나고 있었다. 그 이름에는 알 수 없는 매력과 신비로움이 담겨 있었다. 나는 호기심에 이끌려, 망설임 없이 그 문을 열고 안으로 발을 들였다. 마치 현실과 환상의 경계를 넘나드는 것 같은 기분이었다.

 카페 안으로 들어서자, 세상과 단절된 듯한 고요함이 나를 감쌌다. 내 귀에는 오직 시계의 초침 소리와 나뭇가지 스치는 소리만이 들려왔다. 그 순간만큼은, 바깥세상의 혼란과 소음에서 벗어나, 내 안의 목소리에 귀 기울일 수 있을 것만 같았다.

 카페 안은 고풍스러운 가구들로 가득했다. 오래된 나무 책상과 의자, 녹슨 금속 장식들은 세월의 흔적을 고스란히 간직하고 있었다. 공기 중에는 묘한 향이 떠다녔는데, 오래된 책장에서 풍기는 냄새와 신선한 커피 향이 뒤섞여 있었다.

내가 카페 안을 둘러보고 있을 때, 한 남자가 다가와 나를 맞이했다. 그는 카페의 주인으로 보였다. 주인의 눈동자는 깊은 바다처럼 신비로웠고, 그 속에는 수많은 이야기가 담겨 있는 듯했다. 그는 내게 부드러운 미소를 지어 보이며, 특별한 커피를 권했다.

"이 커피를 마시면, 잊고 싶었던 기억들을 마주할 수 있을 거예요. 하지만 동시에, 당신이 잃어버렸던 소중한 것들도 되찾을 수 있을 겁니다."

주인의 말에 이끌려, 나는 커피를 한 모금 머금었다. 그 순간, 내 머릿속으로 잊고 있던 기억의 파편들이 쏟아져 들어왔다. 마치 오래된 영화 필름을 보는 것처럼, 내 과거의 장면들이 선명하게 스쳐 지나갔다.

어린 시절, 나는 음악에 온 영혼을 바치는 소년이었다. 피아노 건반을 누르는 손길은 언제나 설레었고, 악보 위로 춤추듯 움직이는 음표들은 내 심장을 뛰게 했다. 음악은 나의 친구이자, 나를 이해해주는 유일한 동반자였다.

시간이 흘러 청년이 된 나는, 작곡가의 길을 택했다. 밤낮으로 피아노 앞에 앉아, 내 영혼을 노래로 풀어냈다. 선율은 내 감정을 대변했고, 화음은 내 이야기를 들려주었다. 나는 음악을 통해 세상과 소통하고, 나 자신을 표현할 수 있었다.

하지만 어느 순간부터 변화가 시작되었다. 매일 반복되는 삶의 질곡 속에서 나는 어느새 내 안의 음악을 잃어가고 있었다. 좌절과 실패의 쓴맛을 뼈저리게 느끼며, 가슴 속 열정의 불씨는 점점 꺼져갔다. 키보드 앞에 앉아도 손가락은 그저 망설일 뿐, 떠오르지 않는 음표들.

머릿속을 맴돌던 선율들도 어느샌가 차가운 침묵으로 대체되어 있었다. 결국 음악은 새벽녘 안개처럼 내 곁을 떠나갔고, 먹먹한 공허만이 자리할 뿐이었다.

커피를 마시는 동안, 나는 잃어버린 음악에 대한 그리움에 젖어들었다. 그것은 마치 오랜 친구를 잃어버린 듯한, 깊은 상실감이었다. 동시에 내 안에서는 질문이 피어올랐다. 과연 내가 다시 음악을 찾을 수 있을까? 지금의 나에게 음악을 할 자격이 있을까?

내가 상실감에 빠져 있을 때, 주인은 오래된 축음기에서 60년대 재즈 음악을 틀어주었다. 축음기 바늘이 레코드 위에 내려앉는 순간, 노스텔직한 사운드가 카페 안을 가득 채웠다. 트럼펫의 선율이 공간을 가로질렀고, 섹소폰의 음색이 공기를 진동시켰다. 그 음악은 마치 타임머신처럼 나를 과거로 데려갔다. 눈을 감자, 뉴욕의 한 재즈 클럽이 눈앞에 펼쳐졌다. 1960년대, 재즈의 전성기. 무대 위에서는 재즈 거장들이 땀을 흘리며 연주하고 있었다. 트럼펫을 연주하는 마일스 데이비스, 섹소폰을 부는 존 콜트레인, 피아노 건반을 누르는 델로니어스 몽크. 그들의 즉흥 연주는 클럽을 뜨겁게 달궜다.

무대 아래, 청중들은 재즈에 몸을 맡긴 채 리듬에 몸을 싣고 있었다. 그들의 얼굴에는 열정과 자유가 가득했다. 나는 그 모습에서 음악이 주는 힘을 느낄 수 있었다. 재즈는 그들의 영혼을 해방시켰고, 일상의 속박에서 벗어나게 해주었다.

마일스 데이비스의 'Love for Sale' 트럼펫 솔로가 절정에 달했을 때, 나는 소름이 돋는 것을 느꼈다. 그 순간, 내 안에 잠들어 있던 열정이 깨어나는 것 같았다. 음악에 대한 사랑, 그 떨림이 다시 내 영혼을 휘감았다. 나는 재즈 거장들의 연주에서 내가 잃어버렸던 것을 발견할 수 있었다.

음악에 몸을 맡기고 있노라니, 또 다른 기억이 스쳐 지나갔다. 대학 시절, 친구들과 재즈 클럽을 찾았던 날들. 우리는 밤새도록 음악을 듣고, 토론하고, 때로는 즉흥 연주를 하기도 했다. 그 시절의 우리에게 음악은 삶의 전부였다. 재즈는 우리의 영혼을 연결해주는 매개체였다.

레코드에서 흘러나오는 재즈는 내 기억 속 그 시절로 나를 초대했다. 설렘과 열정으로 가득했던 그 시간들. 나는 그때의 내가 음악을 사랑했던 방식을 떠올렸다. 순수하고, 진실 되게. 음악은 나의 존재 이유였고, 삶의 원동력이었다.

음악을 들으며, 나는 깨달았다. 비록 지금의 내가 길을 잃었을지라도, 그 사랑만큼은 변하지 않았다는 것을. 재즈가 내 영혼을 다시 깨운 것처럼, 나는 카페를 나서며 가슴에 손을 얹었다. 창밖에서 들려오는 새의 지저귐, 나뭇잎 사이로 스며드는 따스한 햇살, 바람에 살랑이는 풀잎들. 이 모든 것이 내 안에 잠들어 있던 음악을 깨우는 것만 같았다. 마치 봄이 겨울잠에서 깨어나는 것처럼, 내 영혼도 이제 기지개를 켜기 시작했다. 이것은 분명 우연이 아닌 필연이었다. 잃어버렸던 나를 다시 찾게 해준 카페에 대한 감사함이 가슴에서 북받쳐 올랐다. 이제 나는 내 안에 잠들어 있던 음악을 일깨울 수 있을 것이다. 그것은 나에게 주어진 소명이자, 운명이었다. 레코드의 마지막 트랙이 끝나갈 무렵, 나는 눈을 떴다. 카페는 여전히 고요했다.

나는 카페 안을 천천히 걸으며, 내 안의 혼란스러운 감정들을 정리하려 애썼다. 그때, 카페 구석에서 검은 고양이 한 마리가 나를 지켜보고 있다는 것을 알아챘다. 녹색 눈동자가 호박처럼 반짝이는 그 고양이는, 마치 내 속마음을 꿰뚫어 보는 듯했다.

나는 무심코 고양이에게 다가가, 말을 걸었다.

"너는 내 이야기를 듣고 있었구나. 내 고민이 궁금하니?"

놀랍게도, 고양이는 인간의 언어로 내게 답했다.

"그래, 나는 네 이야기를 듣고 있었어. 넌 지금 음악과 현실 사이에서 길을 잃었지."

그것은 초현실적인 경험이었다. 하지만 이상하게도, 나는 두려움보다는 안도감을 느꼈다. 마치 오랜 친구를 만난 것처럼, 고양이와 대화를 이어나갔다.

"음악은 내 삶의 전부였어. 하지만 어느 순간 나는 내 안의 음악을 잃어버리고 말았지. 지금의 나에게 음악을 할 자격이 있는 걸까?"

고양이는 부드러운 목소리로 답했다.

"음악을 사랑하는 마음이 있다면, 누구나 음악을 할 자격이 있어. 중요한 건 네 안에 있는 열정을 믿는 거야. 비록 길을 잃었다고 해도, 다시 시작할 수 있는 용기만 있다면 충분해."

고양이의 말은 따뜻한 위로처럼 내 마음을 어루만졌다. 나는 그 말 속에서 내가 찾던 답의 실마리를 발견할 수 있었다.

"하지만 내가 예전처럼 음악을 할 수 있을지 자신이 없어. 지금의 내 모습이 부끄럽게만 느껴져."

"네 안에 있는 음악은 너의 일부야. 그것은 결코 사라지지 않아. 다만 잠시 잠들어 있을 뿐이지. 너의 진심으로 그 음악을 깨울 수 있을 거야. 두려워하지 마, 너의 마음이 이끄는 대로 따르렴."

고양이의 말은 내 안에 새로운 희망을 심어주었다. 나는 고양이에게 고마움을 전하며, 내 안의 음악을 다시 찾기로 결심했다. 설령 그 길이 쉽지 않을지라도, 나는 용기를 잃지 않을 것이다.

고양이와의 대화 후, 나는 카페 안을 더욱 깊이 탐험하기 시작했다. 카페의 구석구석은 마치 내 기억의 미로처럼 느껴졌다. 낡은 책장 사이로 난 좁은 통로를 지나자, 어린 시절의 내가 피아노 앞에 앉아 있는 모습이 보였다.

어린 나는 행복한 표정으로 건반을 누르고 있었다. 순수한 열정이 그 아이의 눈동자 속에서 반짝였다. 나는 그 모습을 바라보며, 음악을 사랑했던 순수한 마음을 떠올렸다.

미로를 더 걸어 들어가자, 악보로 가득한 책상 위로 몸을 기울이고 있는 청년의 모습이 보였다. 열정으로 불타는 눈빛, 음표를 쫓는 손끝, 그리고 창밖으로 흘러나오는 선율까지. 그것은 내가 음악에 가장 진실했던 순간들이었다.

하지만 미로의 끝에서 나를 기다리고 있던 것은, 좌절과 방황으로 가득한 내 모습이었다. 거울 속 그 남자는 음악을 잃어버린 채, 삶의 의미를 찾지 못하고 있었다.

나는 미로를 헤매며, 과거와 현재의 나 사이에서 길을 잃은 듯 했다. 그러나 그 속에서도 한 가지 진실을 발견할 수 있었다. 음악에 대한 사랑, 그 열정만큼은 여전히 내 안에 살아 숨쉬고 있다는 것을.

음악은 나의 일부였고, 그것은 결코 사라지지 않을 것이다. 비록 지금은 그 열정이 잠들어 있을지라도, 나는 다시 그것을 깨울 수 있을 것이다. 그것은 어둠 속에서도 꺼지지 않는 촛불처럼, 나를 이끄는 빛이 되어줄 것이다.

미로를 걸으며, 나는 내 안의 음악을 향한 새로운 다짐을 했다. 나는 다시 피아노 앞에 앉아, 내 이야기를 선율로 풀어낼 것이다. 그것이 비록 두려운 도전일지라도, 나는 내 안의 열정을 믿으며 나아갈 것이다.

'망각의 카페'에서의 기나긴 하루가 저물어 갔다. 카페를 나서는 문 앞에서, 나는 주인과 마주했다. 그는 따뜻한 미소를 지으며 내게 말했다.

"음악은 당신의 운명이에요. 그 운명을 따르세요. 당신의 선율이 세상을 움직일 거예요."

주인의 말은 내 가슴 속 깊이 스며들었다. 나는 고개를 끄덕이며, 카페를 나섰다. 밖은 새벽의 어스름이 내려앉은 거리는 고요했다. 쌀쌀한 공기가 내 뺨을 스쳤지만, 내 안에서는 따뜻한 불씨가 타오르고 있었다. 나는 천천히 걸음을 옮기며, 카페에서의 경험을 되새겼다.

잃어버렸던 나의 조각들, 그 기억의 파편 하나하나가 이제 내 안에서 선명하게 빛나고 있었다. 음악에 대한 사랑, 그 열정의 불꽃이 내 영혼을 다시 살아나게 했다. 나는 이제 내 삶의 주인공으로 다시 태어난 것만 같았다.

발걸음을 재촉해 집으로 향하는 동안, 머릿속으로는 새로운 선율들이 흘러나왔다. 그것은 마치 오랫동안 잠들어 있던 샘물이 다시 솟아오르는 것 같았다. 내 안의 음악이 깨어나고 있었다.

집에 도착한 나는 곧바로 피아노 앞에 앉았다. 손가락이 건반 위에 올라가는 순간, 모든 것이 자연스러웠다. 마치 오랜 친구를 다시 만난 것처럼, 나는 피아노와 하나가 되어 음표들을 흩뿌렸다.

처음에는 조심스럽고 서툴렀지만, 점차 내 안에 잠들어 있던 선율이 깨어나기 시작했다. 그것은 마치 봄날의 새싹이 땅을 뚫고 올라오듯, 생명력 넘치는 음표들이었다. 내 손가락이 건반을 누를 때마다, 새로운 이야기가 탄생했다.

가슴 속에서 울려 퍼지는 선율은 내 과거와 현재, 그리고 미래를 잇는 다리였다. 그 음악 속에는 어린 시절의 순수함, 청년 시절의 열정, 그리고 지금의 나를 있는 그대로 받아들이는 용기가 담겨 있었다. 나는 음악을 통해 새로운 나를 만나고 있었다.

창밖으로는 어느새 아침 해가 떠오르고 있었다. 새벽의 연주를 마친 나는 피아노 건반 위에 손을 올린 채, 창밖을 바라보았다. 따스한 햇살이 내 얼굴을 비추었고, 나는 감사한 마음으로 미소 지었다.

'망각의 카페'에서의 경험은 마법 같은 순간이었다. 그곳에서 나는 잃어버린 나 자신을 되찾을 수 있었다. 이제 나는 내 인생의 주인공으로, 다시 음악을 향한 여정을 시작할 것이다. 내 안의 선율을 따라, 새로운 삶의 악장을 써내려 갈 것이다.

나는 피아노에서 일어나 기지개를 폈다. 온몸으로 전해지는 피로함은 새로운 시작의 증거였다. 나는 창밖으로 펼쳐진 도시의 풍경을 바라보며, 내일을 기대했다. 오늘은 내 인생의 새로운 페이지를 여는 날이었다.

나는 피아노 위에 놓인 악보를 정리하며, 지난밤의 기억을 되새겼다. '망각의 카페'에서의 시간은 나에게 새로운 깨달음을 주었다. 내가 잃어버렸다고 생각했던 것들은 사실 항상 내 안에 있었다는 것을, 그리고 내가 나 자신을 믿는 것이 가장 중요하다는 것을.

이제 나는 내 안의 음악을 마음껏 펼칠 것이다. 그 선율로 세상과 소통하고, 내 이야기를 들려줄 것이다. 나의 연주가 누군가의 마음을 울리고, 희망을 전할 수 있기를 꿈꾼다.

나는 지난밤의 악보를 가방에 넣고, 현관문을 열었다. 밖에서는 새로운 하루가 나를 기다리고 있었다. 나는 음악과 함께, 그 새로운 날을 향해 첫발을 내디뎠다. 이제 내 인생의 선율은 나에게 달려 있었다.

거리를 걸으며, 나는 마음속으로 '망각의 카페'에 감사를 전했다. 그곳은 나에게 잊혀진 꿈을 되찾게 해준 특별한 공간이었다. 비록 그곳을 다시 찾을 순 없겠지만, 그 경험만큼은 영원히 내 가슴 속에 남을 것이다.

이제 내 앞에는 음악으로 가득 찬 새로운 삶이 펼쳐져 있다. 나는 그 삶을 살아갈 준비가 되어 있다. 내 안의 음악과 함께, 나는 오늘도 새로운 하루를 맞이한다. 세상에 내 음악을 들려줄 수 있는 기회를 기대하며, 나는 희망찬 발걸음을 내디뎠다.

3부_계절의 파도

25세의 나, 유미는 카페 창가에 앉아 창밖을 바라보았다. 비 내리는 거리는 흐릿한 색채로 뒤덮여 있었다. 마치 내 지난 청춘의 날들처럼. 빗방울이 유리창을 타고 흘러내리는 모습은, 내 영혼에 남은 상처들이 흘러내리는 듯 했다. 나는 그 상처들을 어루만지듯 창에 손을 갖다 대었다. 차가운 감촉이 손끝에서 전해졌다.

대학 시절, 나는 실수투성이였다. 잘못된 연애, 후회스러운 음주, 방황의 시간들. 그 모든 것이 나를 물들였다. 마치 캔버스 위에 엉켜버린 어두운 색채들처럼, 내 청춘도 그렇게 엉켜버렸다. 자존감은 바닥을 치고, 나는 내가 누구인지조차 알 수 없게 되었다. 거울 속에 비친 내 모습은, 마치 추상화 속 낯선 인물 같았다. 형체는 있으나 정체를 알 수 없는, 그런 인물.

카페 안에는 커피 향과 함께 재즈 선율이 은은하게 흘러나오고 있었다. 그 선율은 마치 내 혼란스러운 마음을 달래주는 자장가 같았다. 나는 커피잔을 손에 쥐고, 그 따스한 온기에 잠시 마음을 맡겼다. 커피를 삼킬 때마다, 쓴 맛과 함께 달콤한 여운이 남았다. 그 맛은 내 인생과도 닮아 있었다. 쓰디쓴 실수와 후회, 하지만 그 속에서도 달콤한 꿈을 찾고자 하는 마음.

커피를 마시고 카페를 나서자, 빗방울이 얼굴을 적셨다. 나는 무표정한 얼굴로 걸었다. 행인들의 얼굴도, 거리의 풍경도 흐릿하기만 했다. 마치 인상파 화가의 그림 속을 걷는 듯한 기분이었다. 모든 것이 몽환적이고 아련했다. 내 발걸음 소리는 빗소리에 묻혀, 마치 존재하지 않는 것처럼 들렸다.

이 도시 어딘가에 과거의 내가 숨어있을 것만 같았다. 상처 입은 영혼을 껴안은 채, 자신을 잃어버리고 방황하는 내가. 그런 내가 이 거리를 떠돌고 있을 것만 같았다. 때로는 나 자신도 그런 유령 같은 존재가 된 듯한 기분이 들었다. 비에 젖어 흐릿해진 거리의 풍경은, 내 혼란스러운 내면의 거울이기도 했다.

발걸음을 재촉해 들어간 곳은 '망각의 카페'였다. 그곳은 내 아지트나 다름없었다. 과거를 잊고 싶은 사람들이 모여드는 곳. 여자 주인장은 언제나 신비한 미소를 짓고 있었다. 그녀가 내어주는 커피 한 잔을 마시면, 지난 과거의 아픈 기억을 잠시나마 잊을 수 있다고 했다.

"어서 오세요. 오늘은 어떤 커피를 드릴까요?"

주인장의 목소리는 마치 나른한 오후의 바람 같았다.

나는 메뉴판을 넘기다가, 망각이라는 이름의 커피를 주문했다. 주인장은 고개를 끄덕이며 커피를 만들기 시작했다.

커피를 기다리는 동안, 문득 1부에서 만났던 60대 여인이 떠올랐다. 그녀의 지혜로운 말들이 스쳐 지나갔다. 상처는 아물기 위해 존재한다는, 그 말이 마음에 와닿았다. 나도 언젠가는 내 상처와 마주할 수 있을까. 그 생각을 하는데, 주인장이 커피를 가져다주었다.

"망각의 커피를 드셨으니, 이제 과거는 잠시 잊어버리세요. 그리고 당신의 진정한 모습을 찾아보는 거예요."

주인장의 말에 고개를 끄덕이며, 나는 커피를 홀짝였다. 쓰면서도 달콤한 맛이 입안 가득 퍼졌다. 그 맛과 함께, 과거의 아픈 기억들이 서서히 흐려지는 것 같았다. 마치 안개 속으로 사라지듯이.

나는 눈을 감고 커피 향을 음미했다. 그리고 내 안에 있는 본래의 나를, 상처 입기 전의 나를 떠올렸다. 꿈 많고, 순수했던 그 시절의 나. 비록 망각은 잠시 뿐이겠지만, 그 모습을 잊지 않기로 했다. 내 안에 그런 내가 있다는 것을, 기억하기로 했다.

망각의 카페를 나와 거리를 걷자, 도시의 풍경이 내 눈에 들어왔다. 회색 빌딩숲, 쓸쓸한 거리, 무표정한 사람들. 마치 색을 잃어버린 오래된 흑백 사진 속 풍경 같았다. 나는 문득 이 도시 자체가 망각의 도시는 아닐까 하는 생각이 들었다.

빗줄기는 더욱 굵어졌고, 나는 우산도 없이 걸었다. 차가운 빗방울이 뺨을 적셨지만, 나는 아랑곳하지 않았다. 어쩌면 빗속을 걷는 것이 이 도시에서 잊혀진 존재가 된 것 같은 기분이 들어서였을지도 모른다. 빗물에 젖어 흐려진 시야 속에서, 나는 마치 도시의 그림자 같았다. 형체는 있으나 실체는 없는, 망각의 그림자.

집에 돌아와 거울을 바라보니, 낯선 얼굴이 나를 마주 보고 있었다. 후회와 자책으로 얼룩진 얼굴. 나는 그 얼굴을 손끝으로 어루만졌다. 차가운 거울 속에서, 내 손끝은 더욱 차갑게 느껴졌다.

거울 속의 나는 웃고 있었다. 하지만 그 웃음은 공허했고, 눈동자는 텅 비어 있었다. 마치 누군가가 나에게서 영혼을 빼앗아 간 것처럼.

나는 그 웃음 속에서 절망을 보았다. 자신을 잃어버린 한 영혼의 절망을.

나는 문득 거울 속의 내가 감옥에 갇힌 것 같다는 생각이 들었다. 후회와 자책이라는 두 개의 굵은 쇠창살 사이에 갇힌 채, 나는 빠져나올 수 없었다. 거울 속의 나는 나에게 속삭였다.

"넌 영원히 이 안에 갇혀 있을 거야. 너의 실수들과 함께."

나는 눈을 감았다. 어둠 속에서도, 거울 속 내 모습이 선명하게 보였다.

다시 망각의 카페로 향했다. 주인장은 여전히 신비한 미소를 짓고 있었다. 그녀는 내게 또 다른 커피를 권했다.

"오늘은 환상의 커피를 드셔보시는 건 어떨까요? 당신의 진정한 모습을 만날 수 있을 거예요."

호기심 어린 마음으로 커피를 주문했다. 주인장이 내어준 커피를 홀짝이자, 이상한 느낌이 들었다. 눈앞이 아득해지더니, 어느새 낯선 공간에 와 있었다. 그곳은 내 마음속 깊은 곳, 추억의 방이었다.

그 방에는 어린 시절의 내가 있었다. 해맑게 웃고 있는 모습, 순수한 눈동자. 나는 그 아이에게 다가갔다.

"안녕. 나는 너의 미래에서 온 거야."

아이는 놀란 듯 나를 바라보았지만, 이내 미소를 지었다.

"안녕하세요. 저는 꿈이 많은 아이예요. 크면 멋진 어른이 될 거예요." 순수한 아이의 말에, 나는 울컥했다.

맞아, 나에게도 이런 모습이 있었지. 꿈 많고, 순수했던 어린 시절의 나. 나는 그 아이를 꼭 껴안았다.

"고마워. 네가 있어서 참 다행이야. 앞으로도 내 안에 있어줘."

아이는 환하게 웃으며 고개를 끄덕였다. 그 모습을 보며 나는 깨달았다. 비록 세월의 흐름 속에서 많은 것을 잃어버렸지만, 본래의 나는 여전히 내 안에 있다는 것을. 그 모습을 잊지 말아야겠다고.

과거의 기억에서 빠져나오며, 나는 내 안에 여전히 그 시절의 순수함이 남아있음을 깨달았다. 창밖으로 노을이 지는 것을 바라보며, 나는 다시 현실로 발걸음을 옮겼다.

눈을 떠보니 다시 카페 안이었다. 주인장은 묘한 미소를 지으며 나를 바라보고 있었다.

"환상 속에서 무엇을 보셨나요?"

"제 어린 시절을 보았어요. 제 안에 아직 그런 모습이 있다는 걸 깨달았죠."

"그렇군요. 당신의 본래 모습을 잊지 마세요. 그것이 당신의 힘이 될 테니까요."

주인장의 말에 고개를 끄덕였다. 커피를 마저 마시고, 나는 카페를 나섰다. 마음속에는 새로운 희망이 피어오르고 있었다. 내 안에 있는 순수한 나를 지켜내리라는, 그런 희망.

어느덧 가을이 왔다. 거리는 낙엽으로 뒤덮였고, 공기 중에는 쓸쓸함이 배어 있었다. 나는 가을을 좋아했다. 추억을 걷게 해주는 계절이라고 생각했기 때문이다.

공원을 걸으며, 나는 지난 가을의 기억을 떠올렸다. 친구들과 함께 걸었던 이 길, 나눴던 대화, 함께 바라보았던 낙엽들. 그 모든 것이 마치 어제 일처럼 선명했다. 하지만 이제 그 친구들은 내곁에 없었다. 각자의 길을 가고, 나 홀로 남은 것이다.

벤치에 앉아 커피를 마시며, 나는 생각에 잠겼다. 사람들과의 만남과 헤어짐, 그 반복 속에서 나는 많은 것을 잃어버렸다. 하지만 그 속에서 얻은 것도 있었다. 소중한 추억들, 마음속에 남은 따스한 온기. 그것들은 내 삶의 일부가 되어 있었다.

바람이 불어와 내 머리카락을 흩트렸다. 마치 누군가의 손길 같았다. 나는 눈을 감고 그 손길을 느끼고 싶었다. 비록 상상 속의 손길일지라도, 그 온기가 그리웠으니까.

망각의 카페에 들어서자, 반가운 얼굴이 나를 맞이했다. 2부에서 만났던 40대 남성이었다. 그는 내게 미소를 지으며 자리에 앉으라고 권했다.

"오랜만이에요. 그동안 잘 지내셨나요?"

그의 목소리는 따스했다. 마치 가을 햇살 같았다. 우리는 각자의 커피를 마주하고 앉아, 그동안의 일상을 나누기 시작했다. 그는 내 이야기를 진지하게 들어주었다. 마치 오래된 친구처럼.

우리는 상실과 망각에 대해 이야기했다. 그리고 그 끝에서 희망을 찾아야 한다는 것에 대해서도. 그의 말은 내 마음에 작은 등불을 밝혀주었다. 어둠 속에서도 길을 찾을 수 있게 해주는 등불.

창밖을 보니 어느새 비가 그쳐 있었다. 햇살이 구름 사이로 비쳐들었다.

"이런 우연한 만남이 참 감사하네요. 마치 운명 같아요."

나는 그의 말에 미소 지었다. 우연이라기보다는 필연 같았다. 마치 이 만남이 우리에게 주어진 선물 같았달까. 상실의 계절에 찾아온, 작은 위로의 선물.

주인장이 우리에게 다가와 물었다.

"오늘은 어떤 커피를 드릴까요?"

우리는 서로를 바라보며 미소 지었다. 그리고 동시에 입을 열었다.

"환상의 커피 주세요."

주인장은 고개를 끄덕이며 커피를 타기 시작했다. 커피를 홀짝이자, 또다시 환상 속으로 빠져들었다. 이번에 나타난 것은 우리의 미래였다.

환한 빛 속에서, 우리는 나이 들어 있었다. 하지만 웃음을 잃지 않은 채로. 우리는 서로를 바라보며 말했다.

"우리 참 많은 것을 겪었지만, 결국 이겨냈어."

"그래. 우린 강한 사람들이야. 앞으로도 잘 해낼 수 있을 거야."

그 말을 듣는 순간, 마음속에 따스한 위로가 퍼졌다. 우리는 서로에게 위로가 되어주는 존재였다. 상실과 망각의 계절에도, 서로 손을 잡아주는.

환상에서 빠져나와 현실로 돌아왔다. 하지만 마음속의 온기는 여전히 남아 있었다. 우리는 미소를 지으며 카페를 나섰다. 앞으로의 날들이 기대되었다. 비록 어려움이 있겠지만, 함께 이겨낼 수 있을 것 같았다.

가을이 지나고 겨울이 찾아왔다. 거리는 눈으로 뒤덮였고, 차가운 바람이 볼을 할퀴었다. 나는 두꺼운 코트를 입고 거리를 걸었다. 하지만 아무리 따뜻하게 입어도, 마음만큼은 얼어붙은 듯 했다.

겨울은 내 마음의 동토와도 같았다. 희망의 씨앗들은 얼어붙은 땅속에 갇혀, 봄을 기다리고 있었다. 나는 그 씨앗들에게 말을 걸었다.

"조금만 더 견뎌. 봄이 올 거야. 반드시 올 거야."

하지만 내 목소리는 바람에 떨려, 제대로 전해지지 않는 것 같았다. 나는 주머니에 손을 넣은 채, 고개를 숙이고 걸었다. 마치 겨울을 피하려는 듯이.

망각의 카페로 향했다. 따뜻한 실내에 들어서자 안도감이 밀려왔다. 주인장은 반갑게 나를 맞이했다.

"오늘은 어떤 커피를 드릴까요?"

"봄을 기다리는 마음으로 마실 수 있는 커피가 있을까요?"

주인장은 잠시 생각하더니, 고개를 끄덕였다.

"봄의 전령이라는 커피가 있어요. 겨울 속에서도 봄을 기다리는 마음을 가질 수 있게 해주지요."

기대감을 안고 커피를 기다렸다. 커피를 한 모금 마시자, 묘한 느낌이 들었다. 따스한 기운이 내 안을 감싸는 듯했다.

눈앞에 환상이 펼쳐졌다. 눈 덮인 공원 한가운데에 홀로 서 있는 내 모습이 보였다. 차가운 바람이 불어와 내 볼을 스쳤지만, 이상하게도 마음은 따뜻했다.

그때, 눈 속에서 작은 새싹이 고개를 내밀었다. 연두색 잎사귀가 바람에 살랑이는 모습은 경이로웠다. 겨울 한복판에서 피어난 생명의 기운. 나는 그 앞에 무릎을 꿇고 앉았다.

"너는 대단해. 이런 혹독한 겨울에도 봄을 기다리는구나."

작은 새싹은 말없이 미소 짓는 듯했다. 그 모습을 보며, 나는 깨달았다. 봄을 기다리는 마음 자체가 희망이라는 것을. 비록 지금은 혹독한 겨울일지라도, 그 마음만은 잃지 말아야 한다는 것을.

환상에서 빠져나와 현실로 돌아왔다. 하지만 마음속에는 봄의 기운이 스며들어 있었다. 나는 주인장을 향해 미소 지었다.

"고마워요. 이제 겨울도 두렵지 않아요. 제 마음속에는 이미 봄이 자라고 있으니까요."

주인장도 따스한 미소를 지어보였다.

카페를 나와 공원으로 향했다. 눈 덮인 공원은 환상 속 그 모습 그대로였다. 나는 공원 한가운데 서서, 주머니에서 작은 씨앗 하나를 꺼냈다. 그것은 희망의 씨앗이었다.

씨앗을 눈 위에 살며시 놓았다. 그리고 그 위에 손을 얹고 기도했다. 이 씨앗이 잘 자라서, 아름다운 꽃을 피울 수 있기를. 내 마음속에도, 이 세상에도 봄이 올 수 있기를.

바람이 불어와 내 손에 쌓인 눈을 날려 보냈다. 씨앗은 이제 눈 속에 파묻혀, 봄을 기다리고 있을 것이다. 나 역시 마음속에 희망을 품은 채, 봄을 기다리기로 했다. 눈 속에서 꽃을 피우듯, 내 삶 속에서도 희망의 꽃을 피우기 위해.

겨울이 지나고, 봄이 성큼 다가왔다. 거리에는 생기가 돌기 시작했고, 사람들의 얼굴에도 미소가 번졌다. 나 역시 마음속에 봄을 느끼며 거리를 걸었다.

발걸음이 가벼웠다. 마치 긴 겨울잠에서 깨어난 것 같았다. 숨을 깊게 들이마시자, 봄의 향기가 폐부 깊숙이 스며들었다. 그 향기는 내 마음에 희망의 꽃을 피웠다.

공원에 들러 그 자리에 섰다. 눈 속에 묻어두었던 씨앗이 있던 그곳이다. 눈은 이미 녹아 있었다. 하지만 씨앗의 모습은 보이지 않았다. 나는 실망하지 않았다. 씨앗은 분명 땅속에서 조용히 자라고 있을 것이라 믿었다.

봄기운이 완연한 어느 날, 나는 다시 망각의 카페를 찾았다. 주인장은 반갑게 나를 맞이하며 물었다.

"오늘은 어떤 커피를 드릴까요?"

"봄 같은 커피요. 희망으로 가득 찬 그런 커피가 있다면요."

주인장은 의미심장한 미소를 지으며 커피를 만들기 시작했다. 이윽고 내어준 커피를 한 모금 마셨다. 달콤한 향기가 입안 가득 퍼졌다.

눈앞이 아득해지더니, 어느새 공원에 와 있었다. 눈 속에 묻어두었던 바로 그 자리였다. 하지만 그곳에는 눈 대신 만개한 꽃이 자라고 있었다. 환한 빛을 발하는 꽃.

꽃을 자세히 보니, 그 꽃잎 하나하나에 내 추억들이 담겨 있었다. 행복했던 순간들, 슬펐던 순간들, 좌절의 순간들까지. 그 모든 것이 어우러져 아름다운 꽃을 피운 것이다.

나는 그 꽃 앞에 무릎을 꿇었다. 눈물이 왈칵 쏟아졌다. 그동안의 모든 상실과 아픔, 그리고 그 속에서도 놓지 않았던 희망. 그 모든 것이 이 꽃 한 송이에 담겨 있었다.

"고마워. 네가 있어서, 내가 있어서 참 다행이야."

꽃은 말없이 미소 짓는 듯했다. 나는 그 꽃을 가만히 바라보았다. 그리고 마음속으로 다짐했다. 이 꽃처럼, 앞으로의 내 삶도 아름답게 피워내리라고.

환상에서 빠져나와 카페로 돌아왔다. 주인장은 묘한 미소를 짓고 있었다.

"꽃을 보셨군요."

"네, 제 마음속에 핀 꽃을 보았어요. 정말 아름다웠어요."

"그 꽃은 당신이에요. 당신의 모든 순간들이 모여 피어난 꽃."

주인장의 말에 가슴이 뭉클해졌다. 나는 고개를 끄덕이며 미소 지었다.

"맞아요. 저는 제 삶의 주인공이에요. 앞으로는 제 꽃을 더 아름답게 가꿔 나가려 해요."

"그 마음가짐이 중요하죠. 당신의 꽃은 앞으로도 계속 피어날 거예요."

주인장과 나눈 대화는 내 마음에 깊이 각인되었다. 나는 더욱 단단해진 마음으로 카페를 나섰다.

다시 공원에 찾아갔다. 희망의 씨앗을 심어두었던 그 자리에는 정말로 꽃이 피어 있었다. 환상 속의 그 꽃은 아니었지만, 그 나름의 아름다움이 있었다.

나는 그 꽃 앞에 앉아, 지난날들을 되돌아보았다. 상실과 절망의 시간들, 망각으로 스스로를 위로하던 나날들. 그리고 마음속 깊은 곳에서 나를 지탱해준 희망. 모든 것이 주마등처럼 스쳐 지나갔다.

이제 나는 과거에 연연하지 않기로 했다. 그 모든 것이 있었기에 지금의 내가 있는 것이라 여기기로 했다. 상실의 아픔도, 망각의 슬픔도 모두 내 삶의 일부였다. 그리고 그 모든 것을 껴안은 채 앞으로 나아가기로 했다.

꽃 한 송이를 꺾어 가슴에 달았다. 그것은 내 새로운 시작을 의미했다. 나는 마음속으로 외쳤다.

"세상아, 준비 됐나요? 새로운 유미가 갑니다!"

환한 미소를 지으며 공원을 빠져나왔다. 세상은 여전히 그 자리에 있었다. 하지만 그 세상을 바라보는 내 눈은 달라져 있었다. 희망으로 가득 찬 눈으로, 나는 새로운 세상을 마주할 준비가 되어 있었다.

   그로부터 시간이 흘렀다. 나는 많은 것이 변했다. 좋아하는 일을 하고, 소중한 사람들과 함께 하는 지금. 나는 그 어느 때보다 충만한 삶을 살아가고 있다.

   가끔 망각의 카페에 들르곤 한다. 주인장은 여전히 그 자리에서 신비한 미소를 짓고 있다. 나는 추억의 커피를 주문하고, 지난날을 되돌아본다. 떠올리면 아련해지는 그 시절의 나. 하지만 이제 그 기억들은 나를 아프게 하지 않는다. 오히려 미소 짓게 만든다.

   거리를 걸을 때면, 꽃잎이 흩날리는 모습을 볼 때가 있다. 그 모습은 마치 내 지난 날들 같다. 저마다의 색으로 피어났다가, 바람에 흩날려 사라지는 꽃잎들. 그 꽃잎들이 모여 아름다운 추억이 되는 것처럼, 내 지난날들도 모여 지금의 나를 만들었다.

   나는 꽃잎 하나를 손에 쥐었다. 은은한 향기가 손끝에서 퍼졌다. 그 향기를 맡으며 나는 미소 지었다. 지난 시간 속에서 피어난 꽃. 그 꽃의 이름은 바로 '나'였다.

기억 거래상

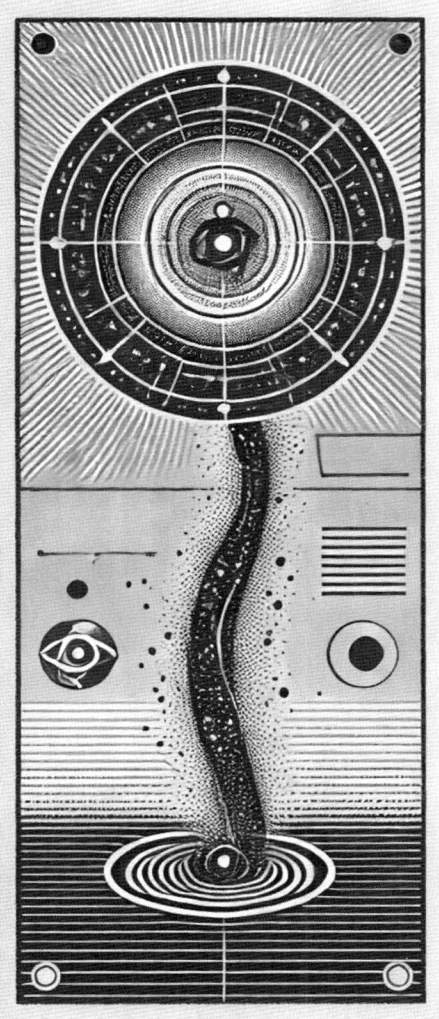

1부_기억 거래상의 비밀

뉴로피아 시티, 2120년. 차가운 금속과 네온 사인으로 뒤덮인 도시의 중심부에 우뚝 솟은 건물은 다름아닌 기억 거래소였다. 이 건물의 존재는 이 도시의 심장과도 같았으며, 그것은 단순한 건축물을 넘어서 사람들의 삶과 꿈, 절망이 교차하는 장소였다. 수많은 사람들이 이곳을 향해 발걸음을 옮기고 있었다. 남자, 여자, 노인, 아이 할 것 없이 모두가 이 거대한 건물로 모여들었다.

건물 안으로 들어서자, 웅장한 로비가 모습을 드러냈다. 대리석 바닥은 발걸음 소리를 크게 울렸고, 천장에 매달린 화려한 샹들리에가 공간을 밝히고 있었다. 로비 중앙에는 홀로그램으로 이루어진 거대한 안내판이 있었다. 그곳에는 다양한 기억 상품들이 나열되어 있었다.

행복한 기억, 슬픈 기억, 충격적인 기억, 평범한 기억까지. 그 모든 것이 상품이 되어 거래되고 있었다. 사람들은 안내판 앞에 줄지어 서서, 자신이 원하는 기억을 고르느라 여념이 없었다.

"와, 저 기억 봐봐. 우리 행성 최고의 리조트에서의 휴가래!"

"난 역사적인 사건의 현장에 있었던 기억이 갖고 싶어. 얼마나 짜릿할까?"

"돌아가신 부모님과의 추억을 되찾고 싶어..."

사람들은 저마다 기억을 사고 팔며 즐거워했다. 하지만 그들의 표정 속에는 어딘가 공허함도 엿보였다. 마치 무언가 중요한 것을 잃어버린 것 같은 그런 표정이었다.

그 혼잡함 속에서, 한 남자가 홀로 조용히 서 있었다. 그는 주변의 화려한 옷차림들과 대조적으로, 단정하면서도 검소한 차림을 하고 있었으며, 그의 눈빛은 깊은 사색에 잠겨 있었다. 마치 주변의 혼란이 자신과는 무관한 듯이. 단정한 검은색 수트에 붉은색 타이, 그리고 예리한 눈빛이 인상적이었다.

그의 이름은 앨리아스. 그는 기억 거래소에서 뛰어난 능력을 인정받지만, 그의 마음 한구석에는 늘 의문이 자리 잡고 있었다. 어떻게 그는 이 길을 선택했을까? 이 일이 정말로 그의 삶에 의미를 부여하고 있는 것일까?

앨리아스는 자신의 사무실로 서둘러 향했다. 그의 발걸음은 빨랐고, 그의 마음은 복잡한 감정으로 가득 차 있었다. 앞으로 진행될 중요한 거래에 대한 긴장감, 무엇보다 그 거래가 자신의 신념과 어떻게 부딪힐지에 대한 불안함이 그를 휘감고 있었다.

사무실 문을 열자, 한 노부인이 앉아 있었다. 그녀는 고급스러운 옷차림을 하고 있었지만, 그 얼굴에는 지난 세월의 고단함이 가득 배어 있었다.

"안녕하세요, 부인. 어떤 기억을 찾고 계신가요?"

앨리아스가 부드럽게 말을 걸었다. 노부인은 잠시 머뭇거리다가 입을 열었다.

"제 젊은 시절의 기억을 좀 찾아주셨으면 해요... 그때 제가 얼마나 행복했는지, 그 감정을 다시 느끼고 싶어요."

앨리아스는 고개를 끄덕이며 디바이스를 꺼냈다. 그것은 최신형 기억 추출기였다. 사람의 머리에 갖다 대기만 하면, 원하는 기억을 추출해낼 수 있었다.

"그럼 편하게 눈을 감아 주세요. 금방 끝날 테니까요."

노부인이 눈을 감자, 앨리아스는 조심스럽게 디바이스를 그녀의 관자놀이에 갖다 댔다. 디바이스가 작동하기 시작했고, 홀로그램 화면에 노부인의 기억들이 스쳐 지나갔다.

화면 속에는 한 소녀가 들판을 뛰어다니고 있었다. 활짝 웃는 얼굴, 너울거리는 원피스, 자유로이 펄럭이는 머리카락. 그녀는 너무나도 행복해 보였다.

"찾았습니다. 부인의 스무 살 무렵 기억이에요."

앨리아스가 말했다. 노부인은 감격스러운 눈빛으로 화면을 바라보았다.

"맞아요... 그때가 제 인생에서 가장 행복했던 때였어요. 이 기억을 다시 느낄 수 있다니, 정말 감사해요."

노부인의 눈가에 눈물이 맺혔다. 앨리아스는 그런 그녀를 바라보며, 묘한 씁쓸함을 느꼈다. 사람들이 기억을 상품처럼 사고파는 광경을 바라보며 앨리아스는 깊은 회의감을 느꼈다. 이 모든 거래가 가져다주는 일시적인 기쁨 뒤에 숨겨진 진정한 비용은 무엇일까? 그는 사람들의 빈틈없이 보이는 미소 뒤에 감춰진 내면의 공허함과 절망을 감지했다. 이것이 진정 그들이 원하는 행복인가?

거래를 마친 후, 앨리아스는 한동안 멍하니 창밖을 바라보았다. 저 밖에는 화려한 도시의 불빛이 넘실거리고 있었다. 그 불빛 속에서 사람들은 웃고, 즐기고, 소비했다. 하지만 왜 그 모습이 이토록 공허하게 느껴지는 걸까.

그는 가만히 눈을 감았다. 머릿속에서는 어린 시절의 기억들이 스쳐 지나갔다. 가족과 함께한 추억, 친구들과 뛰어놀던 그 시절의 행복한 순간들. 앨리아스는 그 기억들을 애써 지워버리려 했지만, 자꾸만 마음 한구석이 아려왔다.

'기억이 상품이 되는 세상... 이게 과연 옳은 걸까?'

의문이 들었지만, 답을 찾을 수 없었다. 그저 주어진 일을 하는 수밖에. 앨리아스는 한숨을 내쉬며 자리에서 일어섰다. 오늘도 힘든 하루가 기다리고 있었다.

거래를 마친 앨리아스는 자신의 드론카를 타고 집으로 향했다. 도시의 번화가를 지나, 점점 한적해지는 교외의 풍경이 차창 밖으로 스쳐 지나갔다. 1시간 쯤 지난 후에, 앨리아스의 집이 모습을 드러냈다. 고풍스러운 저택은 작은 숲에 둘러싸여 있었다. 바깥 세상과는 동떨어진 듯한 그 모습이 마치 비밀을 간직한 것 같았다.

앨리아스는 드론카에서 내려 저택으로 걸어갔다. 집사 로봇이 그를 맞이하며 인사했다.

"어서 오십시오, 주인님. 오늘도 수고 많으셨습니다."

앨리아스는 고개를 끄덕이며 응답했다. 그는 2층의 서재로 발걸음을 옮겼다. 낡은 나무 문을 열고 들어서자, 책이 가득한 공간이 모습을 드러냈다.

앨리아스는 책장 사이를 천천히 걸었다. 그의 손가락이 낡은 책등들을 스쳐 지나갔다. 이내 그가 멈춰 선 곳은 고서들이 꽂혀있는 자리였다. 앨리아스는 잠시 망설이다 그 중 한 권을 꺼내 들었다.

푸른색 표지의 오래된 책, 〈M 가문의 역사〉. 앨리아스는 책장을 펼쳤다. 바스라진 종이 위에는 옛 필체로 쓰인 글자들이 가득했다.

앨리아스는 한 줄 한 줄 자세히 읽어 내려갔다. 이는 그가 속한 M 가문의 역사에 관한 기록이었다. 대대로 기억 거래업을 이어온 명문가의 역사였다.

기록을 읽어가던 앨리아스의 눈이 번쩍 뜨였다. 책장 한구석에 낯선 단어가 적혀 있었다.

'기억 각인술(Memory Imprinting)' 앨리아스는 그 단어를 입 속으로 되뇌었다. 들어본 적 없는 단어였다. 책에는 이것이 M 가문 최고의 비전이자, 가장 위대한 발명이 될 것이라고 쓰여 있었다.

하지만 그 이상의 정보는 없었다. 앨리아스는 이맛살을 찌푸렸다. 마치 누군가 일부러 그 부분을 지워버린 것 같았다.

'기억 각인술... 도대체 그게 뭘까?'

앨리아스의 머릿속에 끊임없는 의문이 맴돌았다. 가문에 숨겨진 비밀, 그것이 이 책 속에 있음을 직감할 수 있었다.

"주인님, 방해해서 죄송합니다만..."

갑작스러운 말소리에 앨리아스는 화들짝 놀랐다. 집사 로봇이 서재 문 앞에 서 있었다.

"무슨 일이지?"

"리처드 님께서 오셨습니다."

앨리아스의 얼굴에 당혹감이 스쳐 지나갔다. 리처드, M 가문의 장로였다. 그의 방문은 대체로 좋은 일이 아니었다.

"그를 여기로 안내해 줘."

앨리아스가 말했다. 집사 로봇이 고개를 숙이고 물러가자, 곧이어 한 남자가 서재로 들어섰다.

흰 머리카락, 깊이 패인 주름, 하지만 여전히 날카로운 눈빛을 가진 노인. 리처드는 천천히 앨리아스에게 다가왔다.

"앨리아스, 자네 여기 있었나."

그가 말했다. 앨리아스는 얼른 책을 덮어 제자리에 꽂았다.

"리처드 님, 무슨 일로 오셨습니까?"

"글쎄... 최근 자네의 행동이 조금 걱정스러워서 말이야."

리처드가 앨리아스를 빤히 바라보았다. 그 시선은 마치 앨리아스의 속내를 꿰뚫어보는 것 같았다.

"제 행동이요? 무슨 말씀이신지..."

"소문이 들리더군. 자네가 가문의 오래된 기록들을 뒤적거리고 다닌다고 말이야. 혹시 무언가 찾는 것이 있나?"

리처드의 물음에, 앨리아스는 침을 삼켰다. 그는 자신도 모르게 가문의 비밀을 캐고 있었던 걸까?

"아... 아닙니다. 그저 호기심에 옛 기록들을 보고 있을 뿐입니다."

"그래? 하지만 명심해두게, 앨리아스. 우리 가문에는 알려지지 않은 것들이 있어. 그리고 그건 아무나 알 필요가 없는 것들이지."

리처드의 목소리에는 경고의 뉘앙스가 묻어났다. 앨리아스는 고개를 끄덕였다.

"알겠습니다. 제가 주제넘은 짓을 했군요. 죄송합니다."

"후회 없기를 바라네, 앨리아스."

한마디를 남기고 리처드는 느린 걸음으로 서재를 떠났다. 문이 닫히는 소리와 함께, 앨리아스는 안도의 한숨을 내쉬었다. 하지만 동시에 더욱 강렬한 호기심이 그를 사로잡았다.

가문이 감추고 있는 비밀, 기억 각인술... 그것이 무엇이기에 리처드가 그토록 민감하게 반응한 걸까. 앨리아스는 이 수수께끼를 풀고야 말리라 다짐했다. 설령 그것이 금기를 깨는 일이 된다 해도.

서재를 나선 앨리아스는 2층 복도를 걸었다. 긴 복도 양 옆으로 선대들의 초상화가 걸려 있었다. 그들의 눈빛은 차갑고 엄격해 보였다. 앨리아스는 문득 이 모든 초상화들이 자신을 감시하는 것 같다는 기분이 들었다.

복도 끝에 있는 자신의 방으로 들어선 앨리아스는 침대에 몸을 내던졌다. 부드러운 시트에 파묻혀, 그는 천장을 멍하니 바라보았다. 창문 너머로 석양이 지고 있었다. 어둠이 세상을 집어삼키듯, 앨리아스의 마음속에도 그림자가 드리웠다.

의문과 불안, 호기심과 두려움이 뒤섞인 복잡한 심경이었다. 앨리아스는 눈을 감았다. 그러자 어린 시절의 한 기억이 떠올랐다. 함께 저택의 정원을 뛰어다니던 소녀, 밝고 명랑한 목소리로 그를 부르던 친구.

'라이라…'

그녀의 이름을 떠올리자, 오래전 묻어두었던 기억들이 파도처럼 밀려왔다.

한밤중이 되어서야 그는 겨우 잠에서 깼다. 하지만 머릿속은 여전히 어지러웠다. 꿈속에서 만난 그녀의 모습이 너무나 선명했기 때문이다.

앨리아스는 침대에서 일어나 창가로 다가갔다. 차가운 유리창에 이마를 기댄 채, 그는 어둠에 잠긴 뉴로피아 시티를 바라보았다. 저 멀리 보이는 고층 빌딩들의 불빛이 마치 별처럼 반짝였다.

'라이라… 널 잊으려 했는데. 하지만 자꾸만 떠오르는구나.'

앨리아스의 눈시울이 뜨거워졌다. 라이라, 유년 시절 가장 친한 친구이자 유일한 동반자였던 그녀. 어느 날 갑자기 사라져버린 채, 그 누구도 그녀에 대해 언급하지 않았다.

앨리아스 역시 그녀를 잊으려 애썼다. 하지만 가끔, 라이라의 흔적은 그의 꿈속에 스며들곤 했다. 환한 미소를 짓는 소녀의 얼굴은 시간이 흘러도 사라지지 않았다.

'설마… 라이라의 실종과 가문의 비밀이 연관된 걸까?'

문득 그런 생각이 들었다. 앨리아스는 이제껏 라이라의 행방을 모른 척 외면해왔다. 하지만 그 사건의 이면에 무언가 있음을 직감할 수 있었다.

앨리아스는 서랍장 앞에 멈춰 섰다. 잠시 고민하다가, 그는 천천히 서랍을 열었다. 먼지 낀 오래된 물건들 사이로 손을 뻗어, 작은 상자 하나를 꺼냈다.

상자 안에는 어린 앨리아스와 라이라의 사진이 들어 있었다. 함께 즐겁게 웃고 있는 두 아이의 모습에, 앨리아스의 얼굴에 쓸쓸한 미소가 번졌다.

'라이라... 네가 어디에 있든, 무슨 일이 있었는지 꼭 알아내고 말 거야.'

그는 사진을 품에 안은 채, 굳은 결심을 다졌다.

진실은 반드시 밝혀질 것이다. 친구에 대한 의리가 앨리아스를 다시 한 번 운명의 소용돌이로 빠뜨리고 있었다.

다음 날 아침, 앨리아스는 일찍 일어나 가문의 기록 보관소로 향했다. 낡은 책과 문서들이 가득한 그곳은 마치 미로 같았다. 앨리아스는 체계적으로 자료들을 뒤지기 시작했다.

먼지를 풀풀 날리며 오랜 기록들을 하나하나 살펴보던 그의 눈에, 낯선 문서 하나가 띄었다.

"프로젝트 M..."

앨리아스는 문서의 맨 앞장에 적힌 제목을 읽었다. 그의 심장이 빠르게 뛰기 시작했다. 본능적으로 이것이 가문의 비밀과 관련된 것임을 직감할 수 있었기 때문이다.

서둘러 문서의 내용을 훑어보던 앨리아스의 얼굴이 점점 굳어갔다.

프로젝트 M, 그것은 기억 각인술을 이용한 일종의 인체 실험이었다.

문서에는 실험 대상자들의 이름이 빼곡히 적혀 있었다. 그 이름들 사이에서, 앨리아스는 라이라의 이름을 발견했다. 순간 머리를 강타당한 듯한 충격과 함께, 앨리아스는 비틀거리며 책상을 짚었다.

'설마... 설마 그런 일이...'

믿기 어려운 진실 앞에서, 앨리아스의 이성은 혼란에 빠져들었다. 일그러진 진실의 퍼즐 조각들이 맞춰지기 시작했다.

앨리아스는 이를 악물며 문서를 끝까지 읽었다. 프로젝트 M은 기억 각인술을 통해 인간을 통제하려는 시도였다. 그들은 무자비한 방법으로 실험 대상자들의 기억을 조작하고, 새로운 인격을 심어 넣었다. 가문이 원하는 인간, 완벽히 통제 가능한 존재를 만들어내는 것. 그것이 프로젝트 M의 목적이었다.

앨리아스의 눈에서 이글거리는 분노가 치솟았다. 그의 온몸이 부들부들 떨리기 시작했다. 지금껏 자신을 키워준 가문이, 이토록 잔혹하고 비윤리적인 일을 저지르고 있었다니.

'안 돼... 이건 반드시 막아야 해!'

앨리아스는 주먹을 불끈 쥐었다. 이대로 가문의 만행을 좌시할 순 없었다. 무고한 사람들을 고통 속에 빠뜨리고, 소중한 기억과 자아마저 짓밟은 이 프로젝트를 반드시 끝장내야만 했다. 그리고 무엇보다... 라이라를 구해야 했다.

앨리아스는 이를 악물며 문서를 품에 넣었다. 그의 가슴속에서 불꽃이 타오르기 시작했다. 진실을 향한 불굴의 의지, 약자를 지키고자 하는 정의감. 앨리아스는 이제 더 이상 물러설 수 없었다.

기억 보관소를 빠져나온 앨리아스는 정원을 가로질러 저택 밖으로 향했다. 그의 앞에 펼쳐진 것은 아직 잠에서 깨어나지 않은 고요한 거리의 모습이었다.

새벽녘의 어스름 속에서, 앨리아스의 결연한 발걸음 소리가 메아리쳤다. 그의 여정은 이제 막 시작되었다. 가문의 비밀을 파헤치고, 친구를 구하기 위한 길고도 험난한 여정이.

2부 _기억 조작의 음모

　가문의 추적을 피해 도망치듯 집을 나선 앨리아스는 뉴로피아 시티의 뒷골목으로 숨어들었다. 화려한 네온사인과 고층 빌딩들로 가득한 도심의 이면, 그곳에는 또 다른 세상이 존재했다. 어둠 속에서 살아가는 자들, 지하 세계의 주민들이 모여 사는 곳이었다.

　앨리아스는 후드를 깊게 눌러쓴 채 좁다란 골목을 따라 걸었다. 구석진 곳에서 술에 취해 웅얼거리는 부랑자들, 음침한 눈빛으로 불법 거래를 하는 조직원들. 앨리아스는 그들 속에 파묻히듯 섞여들어갔다.

　그의 머릿속은 여전히 프로젝트 M에 대한 생각으로 가득 차 있었다. 상상조차 하기 어려운 잔혹한 실험들, 그리고 그 실험대상 중 하나였던 라이라. 앨리아스의 가슴속에서는 분노와 슬픔이 뒤엉켜 소용돌이쳤다.

　'반드시 널 구해내고 말 거야, 라이라. 그리고 이 비윤리적인 프로젝트의 실체를 밝혀내겠어.'

　앨리아스는 마음속으로 다짐했다. 그러기 위해서는 무엇보다 가문의 눈을 피해야만 했다. 프로젝트 M의 존재가 세상에 알려지는 순간, 그들은 무슨 수를 써서라도 진실을 감추려 들 것이 분명했기 때문이다.

좁고 어두운 골목을 벗어나자, 앨리아스의 눈앞에 한 건물이 모습을 드러냈다. 오래된 벽돌로 지어진 4층짜리 건물로, 과거 공장이었던 듯 보였다. 앨리아스는 그 건물 앞에서 멈춰 섰다.

'여기가 그 장소겠지.'

앨리아스는 주머니에서 작은 쪽지를 꺼냈다. 며칠 전, 그의 손에 들어온 암호 같은 메시지였다. 익명의 정보원이 보낸 이 쪽지에는 '진실을 찾고 싶다면 이곳으로 오라'는 내용과 함께 이 건물의 주소가 적혀 있었다.

앨리아스는 잠시 망설였지만, 이내 건물 안으로 발걸음을 옮겼다. 삐걱대는 금속 계단을 올라 3층에 다다르자, 좁고 어두운 복도가 나타났다. 앨리아스는 복도 맨 끝에 있는 문 앞에서 걸음을 멈추고, 심호흡을 한 뒤 노크를 했다.

"들어오세요."

문 너머에서 여성의 목소리가 들려왔다. 앨리아스는 조심스럽게 문을 열고 안으로 들어섰다. 앨리아스가 들어선 곳은 작고 허름한 사무실이었다. 한가운데에는 낡은 책상 하나가 덩그러니 놓여 있었고, 그 뒤편에 앉아있는 여성이 앨리아스를 바라보고 있었다.

"당신이 앨리아스군요? 내 이름은 제이드예요. 당신을 기다리고 있었답니다."

앨리아스는 제이드를 빤히 바라보았다. 그녀는 밝은 금발에 날카로운 눈매를 가진, 30대 초반으로 보이는 여성이었다. 차가운 인상과는 달리, 그녀의 목소리에는 묘한 온기가 느껴졌다.

"이렇게 만나게 되어 반갑습니다. 하지만 제가 여기 온 이유를 묻고 싶군요."

앨리아스가 말했다. 제이드는 싱긋 웃으며 책상 맞은편의 의자를 가리켰다.

"자, 편하게 앉으세요. 긴 이야기가 될 테니까요."

앨리아스는 느리게 걸어가 의자에 앉았다. 제이드는 책상 위에 있던 종이 뭉치를 앨리아스에게 건넸다.

"이걸 읽어보세요. 당신이 찾고 있는 진실의 실마리가 될 겁니다."

앨리아스는 의아한 표정을 지으며 종이를 넘겨보기 시작했다. 몇 장을 읽어내려가자, 그의 눈이 점점 커져갔다. 거기에는 프로젝트 M에 관한 더욱 상세한 정보들이 적혀 있었다. 실험 과정, 관련자들의 이름, 은폐 정황까지. 앨리아스가 찾던 퍼즐조각들이 하나둘 맞춰지고 있었다.

"이건... 어떻게 구한 거죠?"

앨리아스가 놀란 목소리로 물었다. 제이드는 짧게 웃음을 흘렸다.

"나에게도 나름의 정보망이 있어요. 그리고 무엇보다, 난 이 프로젝트의 진실을 밝히는 데 힘을 보태고 싶었죠."

앨리아스는 고개를 저었다. 이해할 수 없었다.

"하지만... 왜요? 당신은 이 일에 무슨 이해관계가 있는 거죠?"

제이드의 표정이 슬픈 듯 일그러졌다.

"프로젝트 M으로 고통받은 이들 중에, 내 동생도 있었으니까요."

그녀의 눈에 깊은 한이 어려 있었다. 아픈 과거의 기억을 떠올리는 듯했다. 앨리아스는 말없이 제이드를 바라보았다.

잠시 침묵이 흘렀다. 제이드는 이내 감정을 추스르고 앨리아스를 향해 몸을 기울였다.

"앨리아스 씨, 우리 함께 이 프로젝트의 실체를 밝혀내는 게 어떨까요? 당신 혼자 상대하기엔 너무나 거대한 적이에요. 나도 돕겠어요."

그녀의 말에 앨리아스는 놀라 눈을 깜빡였다. 예상치 못한 제안이었다. 하지만 이내 그 제안을 받아들일 수밖에 없음을 깨달았다. 제이드의 도움 없이는, 음모에 맞서 싸우는 일이 불가능할 것 같았기 때문이다.

"좋습니다. 같이 해보죠. 프로젝트 M의 진실을, 반드시 밝혀내야 합니다."

앨리아스가 단호하게 말했다. 제이드의 입가에 희미한 미소가 어렸다. 그렇게 두 사람의 동맹이 시작되었다. 각자의 아픔을 간직한 채, 그들은 거대한 적에 맞서기 위해 손을 맞잡았다.

앨리아스와 제이드는 며칠에 걸쳐 자료들을 분석하고, 정보원들을 접촉했다. 점점 프로젝트 M을 둘러싼 음모의 전모가 드러나기 시작했다. 충격적인 사실들의 연속이었다.

프로젝트 M의 배후에는 정부의 고위 관료들과 거대 기업들이 연루되어 있었다. 그들은 기억 조작 기술을 이용해 자신들에게 유리한 여론을 조성하고, 반대 세력을 제거하려 했던 것이다. 시민들의 자유의지는 그들에겐 하찮은 것에 불과했다.

"믿을 수가 없어요... 우리가 살고 있는 이 사회 자체가 거짓으로 가득 차 있었다니."

앨리아스는 분노에 차 말했다. 제이드 역시 씁쓸한 표정을 지었다.

"이것은 인간 존엄성에 대한 중대한 위협이에요. 우리는 이 음모를 반드시 막아내야만 해요."

그녀가 단호하게 말했다. 앨리아스는 이에 동의하며 고개를 끄덕였다.

이제 그들에게는 명확한 적이 있었다. 진실을 은폐하려는 권력자들, 개인의 자유를 짓밟는 거대 조직들. 앨리아스와 제이드는 그들과 싸우기로 결심했다.

"하지만 우리 둘의 힘만으로는 역부족일 거예요. 함께할 동료들이 필요해요."

제이드가 말했다. 앨리아스는 고민에 빠졌다. 믿을 만한 사람을 찾는 일이 쉽지만은 않을 것 같았다.

그때, 앨리아스의 머릿속에 한 사람의 얼굴이 스쳐 지나갔다. M 가문 내에서 프로젝트 M에 반대했던 유일한 인물. 바로 테오도르 장로였다.

"혹시... 테오도르 장로님을 아시나요? 그분이라면 우리의 편이 되어주실지도 몰라요."

앨리아스가 말했다. 제이드는 눈을 빛내며 고개를 끄덕였다.

"좋은 생각이에요. 그분의 도움을 받을 수 있다면 큰 힘이 될 거예요."

그렇게 앨리아스와 제이드는 새로운 동료를 찾아 나섰다. 가문의 비밀을 알고 있는 테오도르 장로를 만나는 것, 그것이 그들의 다음 과제였다.

한편, 그들이 한 발짝 다가갈수록 음모의 주체들은 위기감을 느끼기 시작했다. 감춰두었던 비밀들이 서서히 드러나고 있었기 때문이다. 그들은 이를 막기 위해 어떤 수를 써서라도 앨리아스와 제이드를 제거하려 했다.

위험이 점점 더 커져가고 있었다. 앨리아스와 제이드는 알 수 없는 적들의 표적이 되어 있었다.

"우리도 조심해야 해요. 모든 행동에 주의를 기울여야 할 거예요."

앨리아스가 긴장한 목소리로 말했다. 제이드는 그의 팔을 꼭 잡으며 말했다.

"앨리아스 씨, 무슨 일이 있어도 포기하면 안 돼요. 우리가 해내야만 해요."

그녀의 강인함에 앨리아스는 힘을 얻었다. 그는 제이드를 향해 힘주어 고개를 끄덕였다. 함께라면 이겨낼 수 있을 것이다. 진실을 위해, 그리고 소중한 이들을 지키기 위해.

이제 앨리아스와 제이드의 본격적인 투쟁이 시작되었다. 거대한 음모에 맞선 외로운 싸움. 그 끝에 무엇이 기다리고 있을지 그들은 알 수 없었다.

하지만 포기할 수는 없었다. 그들은 운명의 바람을 가르며 앞으로 나아갔다. 어둠을 밝히는 등불이 되어, 그들은 진실을 향해 달려갔다.

앨리아스와 제이드가 음모를 추적하던 중, 예상치 못한 인물이 그들 앞에 모습을 드러냈다. 바로 M 가문의 수장이자, 앨리아스의 아버지였다. 그는 평소와 다름없는 위압적인 분위기를 풍기며 앨리아스를 냉랭히 바라보았다.

"앨리아스, 지금 무슨 짓을 하는 거냐?"

아버지의 목소리에는 억누른 분노가 서려 있었다. 앨리아스는 마른침을 삼키며 아버지와 마주 섰다.

"아버지, 전 우리 가문이 저지른 일들을 알게 되었습니다. 프로젝트 M... 그 비윤리적인 인체실험을요."

앨리아스의 목소리에는 떨림이 있었지만, 그의 눈빛은 단호했다. 아버지의 얼굴에 놀라움이 스쳐 지나갔지만, 이내 냉소적인 웃음을 지었다.

"프로젝트 M? 네가 상상하는 것보다 훨씬 더 큰 일이야. 우리 가문의 운명이 걸려있다고."

"하지만 그건 잘못된 겁니다! 수많은 사람들의 삶을 망가뜨리는 짓을 어떻게 정당화할 수 있습니까?"

앨리아스가 목소리를 높였다. 제이드 역시 아버지를 향해 싸늘한 시선을 던졌다.

"당신 같은 사람들 때문에 내 동생이 고통받았어요. 결코 용서할 수 없습니다."

그녀의 말에 아버지는 무표정한 얼굴로 그들을 내려다보았다.

"너희는 아직 세상물정을 모르는구나. 이 사회에서 살아남기 위해선 수단과 방법을 가리지 않는 법이야. 우리 M 가문은 그 사실을 잘 알고 있지."

아버지의 냉혹한 논리에 앨리아스는 절망감을 느꼈다. 자신이 존경하던 아버지가 권력을 위해 이토록 비인간적인 행동을 서슴지 않다니. 앨리아스의 마음속에서 무언가가 무너져내리는 듯했다.

"아버지, 이건 명백한 범죄입니다. 제발 그만두세요. 우리 가문이 옳은 길로 나아갈 수 있도록…"

애원하듯 말하는 앨리아스를 아버지는 차갑게 노려보았다.

"실망스럽구나, 앨리아스. 네가 가문의 미래라고 생각했는데… 이제 보니 넌 그저 걸림돌에 불과한 모양이야."

아버지의 말에 앨리아스의 심장이 철렁 내려앉았다. 그 순간 그는 깨달았다. 아버지와 자신 사이에는 이제 넘을 수 없는 깊은 골이 생겼음을. 아버지는 더 이상 과거의 그 따뜻한 아버지가 아니었다.

"아버지, 저는 이 일을 멈출 수 없습니다. 설령… 당신과 맞서야 한다 해도요."

앨리아스가 이를 악물며 말했다. 아버지의 얼굴에 분노가 스쳐 지나갔다.

"좋다… 그렇게 해봐라. 하지만 명심해라. 너는 이제 가문의 적이 된 거야. 가문이 너를 가만두지 않을 거다."

우렁찬 목소리를 남기고, 아버지는 휙 몸을 돌려 사라졌다. 앨리아스는 가슴 한편이 무너져내리는 아픔을 느꼈다. 제이드가 다가와 그의 어깨를 꼭 잡아주었다.

"앨리아스 씨, 힘내세요. 우리가 해야 할 일이 분명히 있잖아요."

그녀의 말에 앨리아스는 아픈 심장을 부여잡고 고개를 끄덕였다. 이제 그에겐 물러설 곳이 없었다. 진실을 향한 싸움에서, 그는 가문과도 아버지와도 맞서야만 했다.

눈물을 훔치며, 앨리아스는 제이드와 함께 기억 보관소를 떠났다.

그들 앞에 놓인 것은 살을 에는 듯한 차가운 바람뿐이었다. 진실의 빛을 향한 길은 험난할 것이다. 하지만 포기할 수는 없었다. 앨리아스와 제이드는 끝까지 싸워나갈 것이다. 소중한 이들의 웃음을 지키기 위해, 그리고 내일의 희망을 위해.

그들의 여정은 새로운 국면을 맞이하고 있었다. 진실과 거짓, 정의와 부패가 뒤엉킨 혼돈의 한가운데서 그들은 굳건히 서 있었다. 두려움에 떨면서도, 한 걸음 한 걸음 앞으로 나아가는 두 사람. 그 모습은 어둠 속에서도 작은 불빛처럼 빛나고 있었다.

앨리아스와 제이드는 새로운 동료 테오도르 장로를 만나기 위해 그의 저택을 찾았다. 테오도르는 M 가문의 장로였지만, 프로젝트 M에 반대 입장을 취했던 유일한 인물이었다. 그는 앨리아스를 반갑게 맞이하며 차를 대접했다.

"앨리아스, 자네를 보니 반갑구먼. 요즘 가문에 요동이 심하다더니, 무슨 일이 있었나?"

앨리아스는 프로젝트 M의 실체와 아버지와의 대립에 대해 털어놓았다. 테오도르는 깊은 한숨을 내쉬며 고개를 저었다.

"그것 참 안타까운 일이야... 자네 아버지도 결국 권력의 유혹을 이기지 못했군."

그의 목소리에는 연민이 묻어 있었다. 앨리아스는 테오도르를 진지하게 바라보았다.

"테오도르 장로님, 혹시 프로젝트 M에 대해 아시는 게 있으신가요? 저희가 진실을 밝히는 데 도움이 될 만한 정보라도…"

테오도르는 잠시 고민하더니, 천천히 입을 열었다.

"프로젝트 M… 사실 그 계획의 핵심에는 '기억 상속' 기술이 있다네."

앨리아스와 제이드는 동시에 그를 바라보았다.

"기억 상속이요? 그게 무엇인가요?"

제이드가 물었다. 테오도르는 차분한 목소리로 설명했다.

"기억 상속이란, 한 사람의 기억을 다른 이에게 이식하는 기술이야. 마치 장기를 이식하듯, 기억 또한 대물림할 수 있게 되는 거지. 또한 특정한 기억을 주고 받는 것이 아니라 한 인간의 모든 기억, 지식, 경험, 인격을 복제하고 이식할 수 있는 기술이야."

"그런 게 가능한 겁니까?"

앨리아스가 놀라움을 감추지 못하고 물었다.

"아직 완전히 실현되지는 않았어. 하지만 프로젝트 M은 바로 이 기술의 완성을 목표로 하고 있었지. 기억을 상품화 하거나 조작하고 지배하는 것을 넘어, 아예 원하는 몸에 인격을 이식하는 기술을 만들어내는 거라네. 그것은 마치 돈과 권력으로 영원한 생명을 얻는 것과 같지."

테오도르의 말에 앨리아스는 소름이 돋는 것을 느꼈다. 제이드 역시 얼굴이 굳어 있었다.

"하지만 그건… 인간의 정체성 자체를 바꾸어 버리는 거잖아요. 너무나 위험한 기술인데…"

테오도르는 고개를 끄덕였다.

"바로 그 점이 문제야. 그들은 그 위험성을 알면서도 기술 개발을 서두르고 있어. 이 기술이 완성되는 날, 그들은 그 누구도 통제할 수 없는 권력을 손에 넣게 될 거야."

방 안에 무거운 침묵이 내려앉았다. 앨리아스와 제이드는 섬뜩한 상상에 휩싸였다. 세상 모든 사람들이 조종당하는 미래. 그런 일은 결코 일어나서는 안 될 일이었다.

"그 기술... 막아야만 해요. 프로젝트 M을 반드시 저지해야 합니다!"

앨리아스가 단호하게 말했다. 제이드도 굳은 결의를 다지는 눈빛이었다.

테오도르는 두 사람을 응원하는 듯 미소 지었다.

"자네들의 의지를 믿겠네. 나 역시 할 수 있는 한 최선을 다해 도울 터이니."

그렇게 앨리아스와 제이드는 새로운 동료를 얻었다. 가문의 내부자인 테오도르의 조력은 그들에게 큰 힘이 될 터였다.

세 사람은 프로젝트 M을 막기 위한 작전 회의를 시작했다. 험난한 싸움이 예상되었지만, 포기할 수는 없었다.

앨리아스는 창밖을 응시했다. 높은 빌딩숲 너머로 석양이 지고 있었다. 붉게 물든 하늘은 마치 피로 얼룩진 세상을 상징하는 듯 보였다.

'라이라... 반드시 너를 구해내고 말 거야.'

앨리아스는 가슴속에 맹세를 되새겼다. 그리고 다시 회의에 집중했다. 앞으로의 계획을 세밀히 짜야 할 때였다.

새로운 국면을 맞이한 그들의 투쟁. 그 끝에서 기다리고 있는 것은 과연 무엇일까. 진실의 빛일까, 아니면 절망의 그림자일까.

앨리어스와 제이드, 그리고 테오도르. 프로젝트 M에 맞선 세 사람의 공조는 순조로워 보였다. 그들은 꾸준히 정보를 모으고, 음모의 실체에 점점 다가서고 있었다.

하지만 어느 날, 예상치 못한 사건이 벌어졌다. 제이드가 앨리어스 앞에 모습을 드러낸 것이다. 평소와 다른 그녀의 얼굴에는 복잡한 감정이 어려 있었다.

"앨리어스, 미안해요. 더 이상은 함께 할 수 없을 것 같아요."

앨리어스는 그녀의 말에 당황한 듯 물었다.

"무슨 소리예요, 제이드? 우리 함께 이 싸움을 시작하지 않았나요?"

제이드는 눈을 감고 고개를 저었다. 그녀의 입에서 떨리는 목소리가 흘러나왔다.

"M 가문에서 나를 협박해왔어요. 내가 이 일에서 손을 떼지 않으면, 내 가족들을 해칠 거라고…"

제이드의 눈에서 눈물이 흘러내렸다. 앨리어스는 충격에 휩싸였다.

"제이드… 당신 혼자 이 짐을 짊어질 순 없어요. 우리가 함께 헤쳐나가야…"

"안 돼요, 앨리어스. 더는 당신을 위험에 빠뜨릴 순 없어요. 저는… M 가문의 제안을 받아들이기로 했어요."

제이드의 고백에 앨리어스는 숨이 멎는 듯했다. 배신감과 절망감이 그를 덮쳤다. 함께 싸울 거라 믿었던 동료에게서 이런 말을 듣다니.

"제이드, 제발 다시 한번 생각해봐요. 우리가 함께 진실을 밝혀낼 수 있을 거예요. 포기하지 말아요…"

앨리어스는 간절히 애원했다. 하지만 제이드의 결심은 단호해 보였다.

"정말 죄송해요, 앨리아스. 당신과 함께 싸우고 싶지만... 가족들을 지켜야 해요. 부디 이해해 주길 바라요."

그녀의 말을 끝으로, 제이드는 앨리아스에게 등을 돌렸다. 떨리는 어깨를 감추려는 듯, 그녀는 재빨리 걸음을 옮겼다.

앨리아스는 그 자리에 한참을 서 있었다. 온몸에서 힘이 빠지는 것 같았다. 제이드의 배신은 그에게 큰 충격을 안겨 주었다. 외로운 싸움이 될 것이라는 두려움이 그를 휩싸기 시작했다.

얼마 후, 앨리아스는 테오도르를 만나 이 사실을 알렸다. 테오도르는 안타까운 표정을 지었지만, 이내 단호한 어조로 말했다.

"앨리아스, 힘내게. 우리가 해야 할 일은 변함이 없어. 진실을 밝히는 것, 그게 우리의 사명이야."

그의 말에 앨리아스는 가라앉은 심정을 다잡을 수 있었다. 맞다. 혼자가 된 것은 아니다. 아직 테오도르가 함께하고 있지 않은가.

앨리아스는 이를 악물고 고개를 끄덕였다. 상처 입은 마음을 추스르며, 그는 다시 한번 진실을 향해 나아갈 것을 다짐했다.

한편 제이드는 가문의 사람들과 접선하고 있었다. 의기소침한 그녀 앞에서, 가문의 실세 중 한 명이 말했다.

"잘 생각했어, 제이드. 우리 가문과 함께하는 게 너와 네 가족에게 이로울 거야."

제이드는 고개를 숙인 채 대답했다.

"하지만... 앨리아스를 배신하는 건 옳지 않은 것 같아요. 그는 정의로운 사람이에요."

실세는 비웃음을 흘리며 말했다.

"정의? 그런 건 이 세상에 없어. 강한 자가 살아남고, 약한 자는 무너지는 법이지. 너도 그걸 깨달았으면 좋겠군."

차가운 한마디에 제이드의 어깨가 움츠러들었다. 그녀는 알 수 없는 감정에 휩싸인 채, 좁은 방 안에 갇혀 있는 듯한 기분이 들었다.

나의 선택은 과연 옳은 것일까. 가족을 지키기 위해 자신의 신념을 저버리는 일이 정당화될 수 있을까.

괴로운 질문들이 제이드의 마음을 무겁게 짓눌렀다. 창밖을 보니, 뉴로피아 시티의 화려한 야경이 펼쳐져 있었다. 저 화려함 뒤에 숨겨진 어둠을, 제이드는 이제 너무도 잘 알고 있었다.

앨리아스와 테오도르, 그리고 제이드. 각자의 선택 앞에서 고뇌하는 그들. 혼란의 소용돌이 속에서 그들은 저마다의 길을 모색하고 있었다. 진실과 정의, 그리고 사랑하는 이들을 지키기 위해 어떤 길을 택해야 할 것인가.

운명의 바람은 거세게 불어오고 있었다. 그 바람 속에서 그들은 자신들의 신념을 시험받게 될 터였다. 과연 그들은 흔들리지 않고 꿋꿋이 버틸 수 있을 것인가. 아니면 현실의 벽 앞에서 무너지고 말 것인가.

M 가문의 합작으로부터 도망친 후, 앨리아스는 깊은 고민에 빠졌다. 제이드의 배신으로 큰 타격을 입은 그였지만, 진실을 밝혀내겠다는 의지만큼은 불타오르고 있었다.

고민 끝에 그는 과감한 행동에 나서기로 했다. 바로 가문의 장로들을 직접 만나, 진실에 대해 묻는 것이었다.

앨리아스는 먼저 리처드 장로를 찾아갔다. 그를 만난 자리에서 앨리아스는 프로젝트 M과 라이라에 대해 추궁했다.

"리처드 장로님, 라이라에 대해 말씀해 주십시오. 그녀가 프로젝트 M에 연관되어 있었던 거 맞죠?"

예상대로 리처드는 놀란 기색을 감추지 못했다.

"앨리아스, 자네 대체 무슨 짓을 하는 건가? 모르는 게 약이라고 했을 텐데."

"제가 알아야 할 진실입니다. 부디 말씀해 주시길 바랍니다."

앨리아스의 단호한 태도에 리처드는 한숨을 내쉬었다. 그리고는 천천히 입을 열었다.

"라이라... 그 아이는 프로젝트 M의 첫 번째 실험 대상이었어. 기억 상속 기술, 그걸 처음으로 시험한 거지."

"그럼 대체 라이라에게 무슨 일이 있었던 건가요?"

"실험은 실패로 돌아갔어. 라이라의 기억은 심각하게 훼손되었고, 그 아이는 정신을 잃고 말았지. 우리는 그 사실을 숨겨야만 했어."

앨리아스의 눈에서 이글거리는 분노가 피어올랐다. 소중한 친구가 비윤리적인 인체실험의 희생양이 된 것이다. 그것도 자신이 믿고 따랐던 가문에 의해.

"그 아이를 그냥 버린 겁니까? 가문을 지키기 위해?"

"그때는 어쩔 수 없는 선택이었어. 가문의 명예를 지키는 것, 그것이 무엇보다 중요했으니까."

리처드의 목소리에는 죄책감이 묻어 있었다. 하지만 동시에 냉혹한 현실 논리가 깔려 있기도 했다.

앨리아스는 이를 악물며 자리를 떴다. 리처드와의 만남은 그에게 충격적인 진실을 알려주었다. 동시에 가문이 저지른 만행에 대한 증오를 깊게 심어주기도 했다.

다음으로 앨리아스가 찾아간 건 테오도르였다. 그에게서라면 좀 더 자세한 이야기를 들을 수 있을 거란 기대감이 있었다.

"테오도르 장로님, 라이라에 대해 알고 계신 건 없으신가요?"

앨리아스의 질문에 테오도르는 안타까운 표정을 지었다.

"앨리아스, 자네도 이제 진실을 알게 되었군."

"네, 리처드 장로님께 직접 들었습니다. 하지만 아직도 믿을 수가 없어요. 우리 가문이, 우리 가족들이 그토록 잔혹할 수 있다는 게."

앨리아스의 목소리가 떨렸다. 배신감과 분노, 슬픔이 뒤섞인 복잡한 감정이었다.

"나도 자네의 심정을 이해한다네. 라이라는 프로젝트 M의 비극적인 첫 번째 희생자였어. 가문은 그 사실을 덮으려 했지. 하지만 그건 명백한 범죄행위야."

테오도르의 말에 앨리아스는 주먹을 불끈 쥐었다.

"우린 이 진실을 세상에 알려야 해요. 가문의 만행을 멈춰 세워야 합니다."

"동의하네. 자네와 나, 우리가 힘을 합쳐 이 일을 해결해 나가야겠어."

두 사람은 굳은 결의를 다졌다. 앨리아스의 가슴속에서 정의감이 불타올랐다. 더 이상 물러설 수 없었다. 라이라를 비롯한 모든 피해자들을 위해서라도, 그는 진실의 편에 서서 싸우기로 맹세했다.

앨리아스는 창밖을 응시했다. 저물어가는 뉴로피아의 하늘은 붉게 물들어 있었다. 그 붉은 빛은 앨리아스의 분노를 대변하는 듯 보였다. 그리고 동시에, 진실을 향한 그의 의지를 상징하는 듯도 했다.

"라이라, 반드시 너를 지켜내고 말 거야. 약속할게."

앨리아스는 가슴속 깊이 맹세를 새겼다. 이제 그에겐 두려움도, 주저함도 없었다. 오로지 굳건한 신념만이 남아 있을 뿐.

험난한 싸움이 예고되어 있었지만, 앨리아스는 결코 물러서지 않을 것이다. 그는 진실과 정의를 위해, 끝까지 투쟁해 나갈 터였다. 설령 그 길의 끝에 파멸이 기다리고 있다 하더라도.

라이라와 프로젝트 M의 진실을 알게 된 후, 앨리아스는 말로 형용할 수 없는 혼란에 빠졌다. 자신이 그토록 믿고 따랐던 가문의 실체가 너무나도 추악하게 느껴졌기 때문이다.

하지만 동시에 그는 깨달음도 얻었다. 진실을 외면한 채 살아갈 수는 없다는 것을. 아무리 고통스럽고 힘들어도, 정의로운 길을 걸어가야 한다는 것을.

앨리아스는 과거의 자신을 돌아보았다. 가문의 일원으로서 아무런 의심 없이 주어진 역할을 수행하던 나날들. 그것이 과연 진정한 삶이었을까. 아니, 그는 그저 가문이라는 거대한 조직의 부품에 불과했던 것이다.

눈 앞의 현실을 직시하기 위해서는 큰 용기가 필요했다. 하지만 앨리아스는 이제 두려워하지 않기로 했다. 그는 자신의 신념을 믿기로 마음먹었다. 설령 그 길이 고독하고 험난할지언정, 기꺼이 받아들일 각오였다.

앨리아스는 제이드의 배신도 겪어야 했다. 함께 싸울 거라 믿었던 동료에게 등 돌림 당한 아픔은 이루 말할 수 없이 컸다. 하지만 그는 이해하고자 노력했다. 제이드 역시 가문의 위협에 두려움을 느꼈을 거라고. 가족을 지키기 위해 선택의 여지가 없었던 것이라고.

앨리아스는 제이드를 원망하지 않기로 했다. 오히려 그녀의 고통을 함께 짊어지고 싶었다. 진실을 향한 길에는 누구나 상처를 입기 마련이다. 중요한 건 그럼에도 불구하고 포기하지 않는 것, 끝까지 싸워나가는 것이었다.

그렇게 앨리아스는 성장했다. 과거의 순진하고 나약한 모습에서 벗어나, 진실을 위해 싸우는 용기 있는 청년으로 거듭났다. 그의 눈빛에는 이제 흔들림 없는 강인함이 서려 있었다.

테오도르는 그런 앨리아스의 모습을 보며 흐뭇해했다.

"앨리아스, 자네 정말 많이 성장했어. 이제 진정한 어른이 된 것 같구만."

노장로의 말에 앨리아스는 환하게 웃었다.

"테오도르 장로님 덕분입니다. 그리고 무엇보다... 제 안에 늘 살아 숨 쉬고 있던 저 자신 덕분이죠."

앨리아스는 가슴에 손을 얹었다. 마음속에서 느껴지는 확고한 신념, 그것이 그를 지탱해주고 있었다.

이제 그에게는 두려울 것이 없었다. 진실을 마주하는 일, 부패한 권력에 맞서 싸우는 일. 그 모든 것이 그의 운명이자 소명이었다.

앨리아스는 새로운 길을 걷기 시작했다. 정의를 위해, 약자들을 위해, 그리고 스스로의 존엄을 위해. 그의 발걸음은 당당하고 힘찼다. 마치 어둠을 밝히는 작은 촛불 같았다.

 캄캄한 밤하늘 아래, 앨리아스는 오롯이 서 있었다. 수많은 고난이 그를 기다리고 있겠지만, 그는 결코 주저하지 않을 것이다. 새로운 세상을 향한 희망을 품고, 그는 앞으로 나아갔다.

 위대한 영웅은 이렇게 탄생하는 것이다. 절망 속에서도 굴하지 않는 불굴의 의지로, 앨리아스는 자신만의 레전드를 써 내려갈 터였다. 기억 거래상에서 진실의 수호자로, 그의 여정은 이제 막 시작된 것이었다.

 앨리아스와 테오도르가 진실 추적에 박차를 가하자, 가문 역시 본격적인 대응에 나섰다. 그들에게 있어 프로젝트 M의 존재가 세상에 알려지는 건 절대 용납할 수 없는 일이었다. 가문의 명운이 걸린 문제였기에, 그들은 무슨 수를 써서라도 앨리아스 일행을 저지하려 했다.

 우선 그들은 앨리아스와 테오도르를 가문에서 완전히 배제하기로 결정했다. 두 사람의 접근을 원천 봉쇄하고, 모든 권한을 박탈하는 것이 첫 번째 조치였다.

 "앨리아스, 너는 더 이상 M 가문의 일원이 아니야. 가문을 배신한 대가를 치르게 될 거다."

 앨리아스의 아버지는 이 같은 엄포를 놓았다. 하지만 앨리아스는 꿈쩍도 하지 않았다. 오히려 더 큰 결의를 다질 뿐이었다.

 "아버지, 전 가문을 배신한 게 아닙니다. 진실을 외면하고 범죄를

묵인하는 것이야말로 진정한 배신이죠. 전 옳은 일을 하고 있을 뿐입니다."

앨리아스의 당당한 태도에 아버지는 격분했다. 그는 아들을 적대시하기 시작했다.

이어 가문은 앨리아스와 테오도르를 실질적으로 위협하기에 이르렀다. 어둠의 골목에서 습격이 이어졌고, 둘은 아슬아슬하게 목숨을 부지해야만 했다. 며칠 밤을 까마득히 새워가며 도망 다녀야 했다. 가문의 손아귀는 너무도 넓고 깊었다.

"앨리아스, 우린 조심해야 해. 가문은 우리를 밤낮없이 쫓고 있어. 우리 목숨을 노리는 것 같아."

테오도르의 말에 앨리아스는 굳은 얼굴로 고개를 끄덕였다. 목숨의 위협을 느끼면서도, 그는 오히려 이 상황을 예상했다는 듯 담담해 보였다.

"가문이 이 정도로 우리를 두려워하는 걸 보면, 우린 분명 제대로 된 길을 가고 있는 것 같아요. 물러설 수는 없습니다."

앨리아스의 의지는 불꽃처럼 타오르고 있었다. 그 모습에 테오도르 역시 힘을 얻었다.

한편 제이드는 가문의 감시 하에 애타게 앨리아스를 그리워하고 있었다. 옳은 선택을 했는지, 앨리아스를 저버린 것은 아닌지 하루에도 수십 번씩 자신을 책망했다. 하지만 가족들을 볼 때마다, 그녀는 입술을 깨물 수밖에 없었다. 소중한 이들을 지키기 위해선 이 길을 갈 수밖에 없었다.

제이드는 때로 앨리아스가 평안했으면 좋겠다고, 그의 뜻이 꼭 이

뤄지기를 간절히 빌었다. 눈물로 얼룩진 기도였다.

위기는 점점 깊어져만 갔다. 앨리아스와 테오도르의 은신처가 거듭 노출되었고, 가문의 추격은 한층 더 거세졌다. 수없이 쫓기고 쫓기는 나날이 이어졌다.

하루는 둘이 겨우 폐가 한 채를 찾아 숨어들었다. 지친 몸을 땅에 누인 채, 앨리아스는 중얼거렸다.

"우린 계속 이렇게 도망 다닐 순 없어요. 적극적으로 대항할 방법을 찾아야 합니다."

"하지만 우리 둘의 힘으로는 역부족일 거야. 동료들이 더 필요해."

테오도르가 난감한 표정으로 말했다. 그 순간이었다. 앨리아스의 눈이 번쩍 빛났다.

"동료들... 맞아요. 우리에겐 동료들이 있어요!"

앨리아스는 벌떡 일어나 앉으며 말을 이었다.

"프로젝트 M의 피해자들, 그리고 우리의 뜻에 공감하는 사람들. 우리가 그들과 힘을 합친다면 분명 새로운 국면을 맞이할 수 있을 거예요."

그렇게 새로운 계획이 세워졌다. 위기 속에서도 앨리아스는 결코 좌절하지 않았다. 오히려 역경은 그를 더욱 단단하게 만들어주었다.

두 사람은 다시 한번 희망을 품었다. 암흑 속에서도 그들은 한 점 빛을 놓치지 않고 있었다. 세상을 바꾸는 것은 바로 그 작은 불빛들의 힘이리라.

새로운 동료를 모으기로 결심한 앨리아스와 테오도르. 그들은 음지에서 조용히 움직이기 시작했다. 가문의 눈을 피해, 프로젝트 M의 피해자들과 진실에 목말라하는 이들을 찾아 나섰다.

뜻이 맞는 이들과의 만남은 예상 외로 순조로웠다. 진실을 갈망하는 사람들은 생각보다 많았다. 언젠가 이 부조리한 세상이 바뀌기를 간절히 소망하는 이들. 그들에게 앨리아스의 뜻은 마지막 희망과도 같았다.

한 사람, 두 사람... 동료들의 수가 점점 불어났다. 의사, 학자, 기자, 심지어 평범한 시민들까지. 다양한 이들이 앨리아스의 곁에 모여들었다. 모두가 열정으로 불타올랐다.

어느덧 작은 조직이 결성되었다. 사람들은 그들을 '트루스 시커(Truth Seekers)'라 불렀다. 진실을 추구하는 자들, 세상을 향한 일격을 준비하는 정의로운 투사들.

앨리아스는 가슴 벅찬 감동에 휩싸였다. 자신이 혼자가 아님을, 함께 싸워나갈 이들이 있음을 절실히 깨달았다. 눈물이 왈칵 쏟아질 것만 같았지만, 그는 꾹 참아냈다. 이제 그에겐 리더로서의 책임이 있었다.

그러던 어느 날, 앨리아스에게 놀라운 제안이 들어왔다. 바로 가문 내부의 한 인사로부터였다. 그는 앨리아스와의 비밀 접선을 요청했다.

약속 장소에 도착한 앨리아스. 그를 기다리고 있던 건 믿기 어려운 인물이었다. 다름아닌 가문의 2인자요, 앨리아스의 삼촌인 토마스 엘더였다. 가문에서 프로젝트 M을 진두지휘해 온 장본인이었다.

"삼촌, 당신이 왜..."

앨리아스가 경계심 어린 목소리로 물었다. 토마스는 한숨을 내쉬며 입을 열었다.

"앨리아스, 자네 말이 맞았어. 우리가 잘못된 길을 걷고 있었던 거야. 이 죄악을 끝내야만 해."

뜻밖의 고백에 앨리아스는 얼어붙었다. 토마스는 말을 이었다.

"내 제안이야. 우리 힘을 합쳐 프로젝트 M의 전모를 밝혀내자. 내부고발자가 되어 증거를 제공하지. 그 대신 날 지켜줘야 해. 난 가문의 보복이 두려워."

앨리아스는 망설였다. 너무나 갑작스럽고 의외의 제안이었다. 하지만 이내 단단히 심호흡을 하고 고개를 끄덕였다. 중요한 건 진실의 실현이었다. 이를 위해선 토마스의 도움이 절실했다.

"좋습니다, 삼촌. 당신의 안전을 보장하는 대신, 철저한 내부 폭로를 부탁드립니다. 우리가 함께 진실의 빛을 비추는 거예요."

그렇게 거대한 음모에 맞선 거래가 성사되었다. 토마스는 약속대로 프로젝트 M의 실체를 낱낱이 증언했고, 방대한 자료를 트루스 시커에 넘겼다. 폭로는 연이어 이뤄졌고, 메아리는 사회 전역을 뒤흔들었다.

전세가 완전히 역전되는 순간이었다. 트루스 시커의 활약에 시민들은 열광했고, 가문은 혼란에 빠져들었다. 그토록 철저히 감춰왔던 비밀들이 속속들이 드러나자, 그들도 어찌할 바를 몰라 했다.

급기야 정부가 개입하기 시작했다. 특별수사본부가 꾸려졌고, 프로젝트 M 관련자들에 대한 대대적인 수사가 진행되었다. 다수의 가문 인사들이 구속되었고, 재판이 시작되었다.

언론은 연일 이 사건을 톱뉴스로 다뤘다. 시민들의 분노는 하늘을 찔렀다. 그들은 가문의 해체를 요구하는 시위를 벌였고, 피해자들에 대한 보상을 외쳤다.

세상은 놀라운 속도로 변화하고 있었다. 모두가 앨리아스를 비롯한 트루스 시커들에게 찬사를 보냈다. 암흑 속에서도 꿋꿋이 진실을 지켜낸 영웅들로 칭송했다.

앨리아스는 겸허한 자세로 이 모든 것을 받아들였다. 영웅이 된 것에 대한 영광보다는, 마침내 정의가 실현되고 있음에 감사했다. 라이라를 비롯한 희생자들의 넋을 기리며, 그는 또다시 눈물을 훔쳤다.

테오도르는 앨리아스의 어깨를 꼭 잡아주었다. 함께 싸워온 전우이자, 가장 든든한 조력자였다.

"앨리아스, 당신은 해냈습니다. 우리 모두가 해낸 거예요. 이제 세상이 바뀔 거예요."

앨리아스는 고개를 끄덕였다. 길고 험난했던 여정의 끝에서, 그는 희망을 발견할 수 있었다.

한편 토마스는 재판에서 성실히 증언했다. 가문의 위협에 떨면서도, 그는 끝까지 진실의 편에 섰다. 앨리아스와의 약속을 지킨 것이다. 변화는 때로 한 사람의 용기에서 시작되는 법이었다.

이 모든 일이 있은 후, 뉴로피아 시티는 완전히 달라졌다. 더 이상 기억이 거래되는 일은 없었다. 정부는 기억 거래 자체를 불법으로 규정했고, 대신 기억의 가치와 개인의 정체성을 존중하는 캠페인을 펼쳤다. 거리에는 트루스 시커를 기념하는 벽화가 그려졌다.

변화는 이미 시작된 것이다. 아직 갈 길은 멀지만, 그 여정에는 더 이상 두려움이 없었다. 앨리아스와 동료들, 그리고 깨어있는 시민들이 함께 만들어갈 새로운 미래. 그곳에서는 모두가 자신의 기억을 간직한 채, 당당히 살아갈 수 있으리라.

　진실을 향한 앨리아스의 마지막 거래. 그것은 결코 헛되지 않았다. 오히려 더 나은 세상을 향한 위대한 첫걸음이 되었다. 어둠을 뚫고 올라온 한 줄기 빛이 되어, 앨리아스의 이야기는 사람들의 가슴속에 영원히 남을 것이다.

3부_기억해방연대

프로젝트 M의 종결로부터 1년 후, 앨리아스는 피해자들을 돕고 있었다. 그가 선택한 것은 기억과 관련된 소송을 전문으로 다루는 분야였다. 자신과 같은 피해자들을 돕고, 부당한 기억 거래로부터 약자들을 지키는 것. 그것이 앨리아스가 갚아야 할 빚이자, 새로운 사명이라 여겼다.

그의 사무실 벽에는 라이라의 사진이 걸려 있었다. 앨리아스는 매일 아침 출근하면 그 사진 앞에 잠시 서서, 고개 숙여 인사하곤 했다.

"라이라, 오늘도 힘내 볼게. 네가 꿈꿨던 세상, 반드시 만들고 말 거야."

그것은 앨리아스의 일과이자 의식이 되어 있었다. 라이라와의 약속을 되새기고, 초심을 다잡는 소중한 시간이었다.

사무실 문을 열고 들어오는 의뢰인들. 그들 모두가 과거의 앨리아스처럼, 기억에 깊은 상처를 지닌 이들이었다. 앨리아스는 그들의 아픔에 진심으로 공감하며 상담에 임했다.

그러던 어느 날, 앨리아스의 사무실을 찾은 의뢰인이 있었다. 한 노부인이었는데, 그녀는 특별한 부탁이 있다며 앨리아스를 찾아왔다.

"제 아들을 찾고 싶어요. 수십 년 전 그 아이를 데려간 연구소... 바로 프로젝트 M이었어요."

노부인의 이야기에 앨리아스는 깜짝 놀랐다. 그녀의 아들 역시 라이라처럼 프로젝트 M의 피해자였던 것이다. 오랜 세월 애타게 아들을 찾아 헤맸지만 번번이 실패로 돌아갔다는 그녀. 이제는 앨리아스가 마지막 희망이라며 그에게 매달렸다.

앨리아스는 깊은 고민에 빠졌다. 오랜 시간이 흘러 관련 자료를 찾는 것도 쉽지 않아 보였다. 하지만 노부인의 간절한 눈빛을 마주하자, 앨리아스는 이내 결심했다. 가능성이 얼마 되지 않는다 해도, 최선을 다해 그 아들의 행방을 찾아보기로 한 것이다.

수소문 끝에 앨리아스는 프로젝트 M 관련 자료가 보관된 곳을 찾아냈다. 정부 합동 수사본부의 창고였다. 앨리아스는 이를 악물며 자료를 뒤졌고, 마침내 노부인 아들의 흔적을 발견할 수 있었다.

그로부터 두 달 후, 앨리아스는 노부인에게 한 청년을 소개했다. 수십 년 만에 재회한 모자는 그야말로 뜨거운 감동의 눈물을 쏟아냈다. 포옹을 하며 서로를 부둥켜안은 그 모습에, 앨리아스의 눈시울도 붉어졌다.

"앨리아스... 정말 감사합니다. 이 은혜 평생 잊지 않겠습니다."

노부인은 앨리아스의 손을 꼭 잡으며, 끊임없이 고마움을 전했다.

그날 이후, 앨리아스의 사무실로는 또 다른 의뢰인들이 찾아오기 시작했다. 모두 프로젝트 M으로 인해 가족을 잃은 사람들, 그들의 행방을 찾고 싶어하는 이들이었다. 앨리아스는 이들을 마다하지 않고 한 사람 한 사람 도왔다. 때로는 밤을 새워가며 자료를 찾아내고, 현장 탐문을 하기도 했다.

어느덧 1년이 흘렀다. 놀랍게도 앨리아스는 프로젝트 M 피해자 가족들의 90% 이상을 찾아내는 데 성공했다. 그것은 기적에 가까운 일이었다. 앨리아스 덕분에 수많은 가족이 다시 하나가 될 수 있었다.

앨리아스는 겸손한 태도로 이를 받아들였다. 하지만 가슴 한편으로는 묵직한 아픔이 느껴졌다. 정작 자신의 가족과 친구는 되찾지 못했다는 사실이. 앨리아스에게 라이라와 가족들의 부재는 아직도 큰 상실로 남아 있었다.

그럴 때면 앨리아스는 라이라의 사진 앞에 앉아, 그 아이와 대화를 나누곤 했다.

"라이라, 난 아직도 네가 그립고 보고 싶어. 너도 지금 이 모습이 보이니? 네가 바라던 세상을 조금씩 만들어가고 있어. 넌 절대 잊히지 않을 거야."

창밖에는 어둠이 내리고 있었다. 앨리아스는 가만히 창밖을 응시하며, 지나온 시간과 앞으로의 시간을 되돌아보았다. 길고 험난한 여정이었지만, 그는 한 발 한 발 묵묵히 걸어가고 있었다. 과거의 아픔을 이겨내고, 더 나은 미래를 만들기 위해.

기억은 그런 것이다. 때로는 우리를 괴롭게 하지만, 때로는 우리에게 삶의 방향을 일러주기도 한다. 앨리아스에게 라이라와의 기억, 그리고 수많은 피해자들과의 만남의 기억은 이제 앞으로 살아갈 이유가 되어 있었다.

그는 라이라의 사진에 입을 맞추고 일어섰다. 내일도 분주한 하루가 그를 기다리고 있었다. 더 많은 피해자들을 만나고, 잃어버린 기억을 찾아주어야 할 터였다.

앨리아스는 마지막으로 책상 위에 놓인 한 서류를 내려다보았다. '기억해방연대 설립 계획서'라는 제목이 적혀 있었다. 제이드, 테오도르, 에반 등 옛 동료들과 함께, 그는 이제 새로운 꿈을 꾸고 있었다. 기억의 상처로 고통받는 이들을 전문적으로 돕는 연합체를 만드는 것.

앨리아스의 얼굴에 희미한 미소가 어렸다. 새로운 여정의 시작이었다. 라이라와의 약속, 끝내 지켜낼 그 약속의 또 다른 시작.

그는 서류를 가방에 넣고 사무실 불을 껐다. 고요한 밤거리로 나와, 앨리아스는 한 걸음 한 걸음 힘차게 걷기 시작했다. 영웅은 때로 보이지 않는 곳에서, 작은 희망의 불씨를 피워 올리는 법. 오늘도, 그렇게.

트루스 시커 동료들과 재회한 앨리아스. 그들이 만난 건 프로젝트 M 종결 5년 후의 일이었다. 그 사이 뉴로피아 시티는 눈부신 변화를 겪고 있었다.

거리에는 초소형 드론들이 부지런히 오가며 교통을 통제하고, 범죄를 감시하고 있었다. 보행로와 건물은 모두 지능형 나노 소재로 뒤덮여 있어, 스스로 형태를 바꾸고 최적의 환경을 유지했다. 시민들은 손목에 착용한 스마트 기기로 도시의 모든 서비스를 이용할 수 있었다.

건물들은 마치 살아있는 유기체 같았다. 태양광과 풍력, 지열 등 100% 친환경 에너지로 가동되며, 필요에 따라 모습을 자유자재로 변화시켰다. 도시 전체가 마치 하나의 거대한 컴퓨터 프로그램처럼 최적화되어 작동하고 있었다.

하늘에는 수많은 플라잉카들이 날아다니고 있었다. 자율주행 시스템으로 운행되는 이 공중 택시들은 시민들의 대중교통 수단이 되어 있었다. 그 광경은 마치 상상 속 미래가 현실이 된 것 같았다.

앨리아스는 이 모든 광경을 충격과 경이로 바라보았다. 불과 10년 전에는 상상도 할 수 없었던 풍경들이었다. 하지만 그는 곧 이 화려한 풍경 이면에 감춰진 그림자를 발견하고 있었다.

번화가를 지나 외곽으로 이동하자, 완전히 다른 풍경이 펼쳐졌다. 신기술의 혜택과는 거리가 먼 삶을 살아가는 사람들이 있었다. 오래된 방식을 고수하는 사람들, 새로운 시대에 적응하지 못한 사람들. 화려한 도심과 대비되는 그들의 모습은 격차와 소외의 그림자를 보여주고 있었다.

시민들의 삶에도 어두운 면이 있었다. 개인정보는 도시 운영 시스템에 의해 완전히 장악되어 있었다. 자신도 모르는 사이에 모든 행동이 데이터화되고 있었다. 거대 기업들은 이 데이터를 바탕으로 시민들을 통제하고 있었다.

가장 심각한 것은 삶의 양극화였다. 신기술을 주도하는 엘리트 계층과 소외된 다수 계층 사이의 격차가 극심해지고 있었다. 교육, 의료, 문화 등 모든 분야에서 접근성의 불평등이 나타나고 있었다.

앨리아스는 근심 어린 눈빛으로 이 광경들을 바라보았다. 화려한 겉모습에 가려진 사회 문제들. 기술의 진보가 모두에게 혜택이 되지는 않는다는 사실. 트루스 시커에겐 여전히 할 일이 많아 보였다.

그들은 먼저 시민들의 데이터 주권 확보에 나섰다. 개인정보 보호를 강화하고, 데이터에 대한 개인의 통제권을 높이는 운동을 전개했다. 대기업에 맞서 개인의 권리를 지키기 위한 법안 마련에도 힘을 보탰다.

사회 통합을 위한 노력도 게을리하지 않았다. 소외 계층을 위한 디지털 교육 프로그램을 운영하고, 기술 혜택의 보편적 접근권을 보장하는 정책을 추진했다. 계층 간 대화와 소통의 장도 마련했다.

그렇게 앨리아스와 트루스 시커는 미래 사회의 밝은 면과 어두운 면을 동시에 마주하며 활동을 이어갔다. 기술의 진보를 긍정하면서도, 그로 인한 부작용을 경계하고 해결해 나가는 것. 그들은 이것이 자신들에게 주어진 새로운 시대적 소명이라 여겼다.

한편으로는 라이라를 떠올리지 않을 수 없었다. 기억을 지배하려 했던 자들에 맞서 싸웠던 소녀. 그 아이가 꿈꿨던 자유롭고 정의로운 세상. 앨리아스는 이 새로운 도전 앞에서도 라이라의 염원을 잊지 않기로 마음먹었다.

기억 이식 기술의 딜레마 2130년대, 뉴로피아 시티. 이곳에는 전 세계가 주목하는 이슈가 떠오르고 있었다. 기억 이식 기술의 상용화였다.

기억 이식 기술은 한 사람의 기억과 지식, 경험을 데이터화해 다른 사람의 뇌에 이식하는 기술이었다. 기억을 주고받을 수 있게 된 것이다. 교육, 의료 등 다양한 분야에서 엄청난 잠재력을 지닌 기술로 관심을 모았다.

뇌의 기억 영역을 자극해 새로운 기억 회로를 형성하는 것. 그것이 기억 이식의 기본 원리였다. 한 번 형성된 회로는 마치 그 사람이 실제로 경험한 것처럼 작용했다. 천재 과학자의 직관력, 올림픽 금메달리스트의 운동 신경. 그 모든 것이 이식 가능해진 것이다.

기업들은 기억 이식 기술에서 무한한 사업 기회를 봤다. 치열한 기술 개발 경쟁이 벌어졌고, 머지않아 상용화 단계에 이르렀다. 뉴로피아 시티에는 기억 이식 클리닉이 우후죽순 생겨났다.

부유층 집안에서는 자녀에게 엘리트 인사들의 기억을 이식해 주는 것이 유행처럼 번졌다. 일부 대학에서는 신입생들에게 필수 교양 과정의 기억을 이식해 주기도 했다. 기억 이식 기술은 순식간에 뉴로피아 시티의 세태를 바꿔놓고 있었다.

하지만 이 화려한 기술 혁신의 그늘도 만만치 않았다. 무엇보다 기억의 상품화와 불평등 문제였다. 기억이 사고팔리는 시장이 형성되면서 빈부 격차는 곧장 교육과 능력의 격차로 이어졌다. 그야말로 사회 계급이 고착화되는 양상이었다.

더 심각한 건 인간성의 훼손이었다. 원치 않는 기억을 밀어넣는 것은 일종의 정신적 강간이나 다름없었다. 자본과 권력에 의해 기억이 착취당하고, 개인의 정체성이 지배당하는 디스토피아가 눈앞에 다가오고 있었다.

트루스 시커는 이 문제의 심각성을 누구보다 먼저 알아차렸다. 앨리아스와 동료들은 기억 이식 기술의 무분별한 상용화에 제동을 걸고자 했다. 그들은 거리로 나가 시민들에게 기억 이식의 폐해를 알리는 캠페인을 벌였다.

"우리의 기억은 단순한 데이터가 아닙니다. 그것은 우리를 '나'로 만드는 존엄 그 자체입니다. 이 소중한 기억들이 상품으로 전락해서는 안 됩니다."

앨리아스는 연설에서 기억의 가치를 역설했다. 그의 절실한 호소는 많은 시민의 공감을 얻었다. 거리에서는 기억의 인권을 외치는 구호가 울려 퍼졌고, 입법부 앞에서는 규제를 촉구하는 시위가 이어졌다.

트루스 시커의 활약으로 기억 이식 기술은 철저한 규제 아래 놓이게 되었다. 의료 목적 외에는 기억 이식을 금지하는 법안이 통과된 것이다. 기억 거래 시장은 불법화되었고, 위반 시 강력한 처벌이 내려지게 되었다.

앨리아스는 이를 의미 있는 성과로 평가했다. 기술 혁신이 초래할 수 있는 인간성의 위기를 막아낸 것이다. 하지만 그는 방심하지 않았다. 기술의 진화는 멈추지 않고, 자본의 논리 또한 쉽게 꺾이지 않으리라는 걸 잘 알고 있었다.

'우리의 투쟁은 계속되어야 해. 기억의 자유와 존엄을 지키는 일. 라이라가 남긴 염원이기도 하니까.'

앨리아스는 가슴 속 깊이 새기며 다짐했다. 그 누구도 넘볼 수 없는 개인의 성역, 기억. 그것을 지키는 일은 언제까지나 트루스 시커의 사명이 될 터였다.

2190년, 기억해방연대 설립 60주년 기념식장. 유난히 맑고 푸른 하늘이 장관을 이루고 있었다.

기념식에는 각계각층의 명사들이 대거 참석했다. 정치인, 학자, 언론인, 시민 활동가까지. 60년간 기억 인권 투쟁을 함께 해온 이들이었다. 공기 중에는 자부심과 환희가 흘렀다.

무대 위에는 한 노인이 천천히 걸어 나왔다. 백발의 앨리아스였다.

세월은 그의 육신을 쇠하게 했지만, 눈빛만큼은 청년시절 그대로였다. 앨리아스는 연단에 올라 마이크 앞에 섰다. 그의 옆에는 앨리아스와 함께 기억해방연대를 일궈온 제이드와 테오도르도 함께 자리하고 있었다.

"60년 전, 우리는 있어서는 안 될 미래를 보았습니다. 기억이 지배당하고 인간성이 짓밟히는 암울한 세상을요. 우리는 그런 세상을 막기 위해 맞섰습니다."

앨리아스의 목소리는 이제 자주 갈라졌지만, 카리스마만큼은 여전했다. 그의 말은 청중들의 심금을 울렸다.

"우리는 기억을 지키고, 새로운 역사를 만들어왔습니다. 지금 우리가 서 있는 이곳, 기억이 존중받고 개개인의 존엄이 지켜지는 이 자리가 바로 그 증거입니다."

청중들은 우레와 같은 박수로 화답했다. 수많은 사람의 얼굴에서 뜨거운 감동의 빛이 피어오르고 있었다.

"하지만 우리의 투쟁은 아직 끝나지 않았습니다. 자유와 평등의 길 위에 우리가 헤쳐나가야 할 새로운 장벽들이 있습니다. 우리는 계속해서 나아가야 합니다. 새로운 도전에 맞서, 인류의 미래를 밝히고 지켜내야 합니다."

앨리아스의 음성에는 여전한 결기가 서려있었다. 세월 속에서도 한 번도 꺾이지 않았던 정의에 대한 열망, 인간에 대한 사랑. 청중들은 그 앞에 경건히 고개를 숙였다.

식이 끝나고 앨리아스는 연단에서 내려왔다. 사람들은 그에게 달려와 악수를 청하고 끌어안았다. 노인의 주름진 손에는 애정의 눈물이 흘러내리고 있었다.

그때 군중 속에서 한 노인이 힘겹게 앨리아스에게 다가왔다. 바로 삼촌 토마스였다. 60년간의 옥고를 치르고 이제는 백순의 노구가 된 그였다. 토마스는 앨리아스를 보자 눈물을 터뜨렸다.

"앨리아스, 이 모든 게 자네 덕분일세. 자네가 아니었다면 이런 세상은 오지 않았을 걸세."

토마스의 목소리에는 깊은 감사가 묻어났다. 그는 앨리아스를 꼭 끌어안았다.

"삼촌, 저는 제 양심에 따랐을 뿐입니다. 그건 삼촌도 마찬가지였죠."

앨리아스의 눈가에도 이슬이 맺혔다. 둘은 말없이 서로를 마주 보았다. 지난 60년의 세월이 주마등처럼 스쳐 지나갔다. 그 안에는 배신과 화해, 후회와 용서, 그리고 사랑이 담겨 있었다.

제이드와 테오도르도 다가와 두 사람을 끌어안았다. 지난 60년을 함께 지켜온 동지애가 응축된 순간이었다. 짧지 않았던 시간들. 승리와 좌절, 기쁨과 슬픔이 공존했던 그 여정이 오롯이 떠올랐다. 그 모든 순간이 이 자리에 함께 하고 있었다.

저 하늘 어딘가, 라이라도 이 광경을 지켜보고 있으리라. 앨리아스는 가슴속 깊이 그 아이의 이름을 불렀다. 라이라의 순수한 영혼이 오늘의 이 자리를 축복해 주고 있음을, 그는 느낄 수 있었다.

60년 전 그날처럼, 앨리아스는 다시 한번 굳은 결심을 했다. 이제 기억 속의 영웅이 아닌 현실의 영웅으로 살아가리라. 새로운 60년을 향한 여정을 이어가리라. 결코 멈추지 않고, 물러서지 않으며. 어제의 아픔을 잊지 않되 내일의 희망을 잃지 않으며. 앨리아스는 천천히 행사장을 빠져나왔다. 밖에는 따스한 봄볕이 만발한 꽃들을 비추고 있었다. 앨리아스는 깊은 숨을 내쉬며 그 풍경을 눈에 담았다.

잠시 자신의 일생을 되돌아보았다. 프로젝트 M과의 투쟁, 토마스의 회심, 기억 이식 기술과의 대결까지. 그 모든 고비마다 자신을 지탱해 준 건 동료들과의 연대, 그리고 미래에 대한 희망이었다.

앨리아스는 이제 깨달았다. 영웅은 홀로 서는 존재가 아니라는 걸. 수많은 이들의 손을 잡고, 가슴을 모아 함께 서는 이가 바로 진정한 영웅이라는 것을.

저 바람 속에서도 앨리아스의 귀에는 라이라의 목소리가 들려오는 듯했다. 추억 속 소녀는 앨리아스에게 따스한 미소를 보내고 있었다.

"네 덕분이야, 라이라. 네가 내 안에 심어준 용기와 희망 덕분에 난 여기까지 올 수 있었어."

앨리아스의 입가에 미소가 어렸다. 라이라의 빛나던 영혼이 이제는 자신의 영혼 속에서 영원히 살아 숨 쉬고 있었다.

제이드와 테오도르가 다가와 앨리아스의 어깨에 손을 얹었다. 이제는 백발이 성성한 노년의 친구들이었다. 변함없이 앨리아스의 곁을 지키는 든든한 버팀목들이었다.

"앨리아스, 아직 우리에겐 해야 할 일이 많아."

제이드의 말에 앨리아스는 고개를 끄덕였다.

"그래, 시작은 했지만 아직 끝나지 않았어. 더 나은 세상을 향한 우리의 여정은 앞으로도 계속될 거야."

오랜 세월을 함께 해온 그들이기에 서로의 마음을 읽을 수 있었다.

언제나 그랬듯, 그들은 서로에게 힘이 되어주며 앞으로 나아갈 것이다.

함께 걸어온 지난 60년처럼, 앞으로도 그들의 여정은 멈추지 않을 것이다. 기억과 자유, 그리고 존엄을 지키는 일. 영웅들의 대의는 세대를 넘어 계속될 터였다.

이제 앨리아스와 동료들은 새로운 60년을 향한 첫걸음을 내디뎠다. 어제의 추억을 가슴에 품고, 내일의 희망을 두 눈에 담으며. 그들 앞에 펼쳐진 길은 결코 평탄치 않겠지만, 포기할 수는 없었다.

"우리는 트루스 시커다!"

앨리아스가 외쳤다. 제이드와 테오도르도 함께 그 구호를 복창했다. 마치 옛날 그 소중한 순간으로 돌아간 듯한 감격스러운 순간이었다.

그들의 외침은 뉴로피아의 하늘로 울려 퍼졌다. 아직 이루지 못한 꿈을 향해, 아직 구하지 못한 영혼들을 위해. 앨리아스와 트루스 시커들은 오늘도 정의로운 행진을 이어간다.

기억은 영원히 그들과 함께 할 것이다. 과거와 현재, 미래를 잇는 소중한 다리로서. 그들이 지나온 길이, 앞으로 가야 할 길이 되어 줄 것이다.

영웅들의 이야기는 결코 끝나지 않는다. 시대가 바뀌고 세대가 바뀌어도, 그 정신과 염원만큼은 영원히 살아 숨 쉰다.

앨리아스와 그의 동료들, 그리고 그 뒤를 이을 후배들의 가슴속에서. 영웅들은 또 다른 영웅들을 만들어간다. 용기와 희망의 릴레이는 멈추지 않는다.

그것이 바로, 우리가 써 내려가야 할 새로운 역사. 기억으로 이어지는, 자유를 향한 투쟁의 역사.

세상 모든 앨리아스와 라이라를 위하여, 우리는 오늘도 그 여정을 이어간다.

1930년 상하이

시계 수리점의 문을 열자, 익숙한 톱니바퀴 소리가 귓가에 울려 퍼진다. 오래된 시계들의 초침이 규칙적으로 움직이는 소리는 마치 시간 그 자체의 심장 고동 같았다. 나는 내 인생의 대부분을 이 작은 공간에서 보냈다. 멈춰버린 시계를 고치고, 잊혀진 추억을 되살리는 게 내 일이었다.

손님 없는 조용한 오후, 문득 시선을 끈 것은 녹슨 자판기의 모습이었다. 어쩌면 그것은 내 모습과도 닮아 있었는지 모른다. 세월의 흔적을 고스란히 간직한 채, 그 자리를 지키고 있는 것이. 나는 무심코 자판기에 다가갔다. 그곳엔 여전히 지난 기억의 편린들이 남아 있었다. 잊지 못할 경험들이 주마등처럼 스쳐 지나갔다.

새로운 이야기를 향한 설렘과 호기심에 이끌려, 주머니 속 동전을 꺼내 자판기에 넣었다. 마치 소원을 빌듯이, 새로운 인연과 깨달음을 기대하는 마음으로. 낡은 기계는 잠시 뜸을 들이더니, 이내 깊은 잠에서 깨어나듯 철커덕 소리를 내며 무언가를 내뱉었다. 오래된 흑백사진 한 장이 내 손에 쥐어졌다. 누군가의 인생이, 시간이 멈춰버린 그 순간이 포착된 사진이었다.

사진 속 주인공은 나를 응시하고 있었다. 그 눈빛에는 호기심과 의문, 그리고 묘한 기대감 같은 것이 서려 있었다. 마치 오래전, 잃어버렸던 자신의 모습을 발견하고 있는 것만 같은 표정이었다. 그의 눈을 통해 나는 새로운 이야기의 실마리를 찾을 수 있을 것만 같았다. 이렇게 나는 과거와 현재를 잇는 또 다른 시간 여행을 시작하게 되었다. 그녀의 눈빛에서 읽은 호기심과 기대감이 나를 이끌었고, 나는 마치 오래전 잃어버렸던 퍼즐 조각을 찾아 나서는 심정이었다.

자판기에서 받은 사진을 유심히 바라보던 나는, 문득 그 속의 인물이 낯설지 않다는 것을 깨달았다. 어디선가 본 듯한 익숙한 얼굴이었다. 하지만 기억을 더듬어봐도, 도무지 그가 누군지 떠올릴 수가 없었다. 그의 정체를 알아내고 싶은 호기심이 불쑥 고개를 들었다.

한번 더 자판기에 동전을 넣자, 이번엔 낡은 편지 한 통이 튀어나왔다. 누군가 사진 속 남자를 향해 쓴 듯한, 세월에 바랜 편지였다. 편지는 애틋한 그리움으로 가득 차 있었고, 무언가 만회할 수 없는 후회의 기운이 배어 있었다. 편지를 읽어내려 가며, 나는 몇 가지 단서를 발견할 수 있었다. 사진 속 인물의 이름과, 그가 머물렀던 곳, 그리고 어떤 특별한 날짜까지.

단서를 찾은 설렘에 나의 심장이 쿵쾅거리기 시작했다. 마치 오래된 미스터리의 실타래를 푸는 듯한 흥분으로 가슴이 부풀어 올랐다. 이 남자의 이야기에는 분명 특별한 무언가가 숨겨져 있으리라. 그렇게 직감하고 있었다. 일상의 단조로움을 깨고, 새로운 모험을 예고하

듯 내 앞에 펼쳐진 수수께끼.

망설일 이유가 없었다. 어떤 이야기가 나를 기다리고 있을지, 그 궁금증을 안고 나는 한걸음 내디뎠다. 시계 수리공의 일상을 잠시 접어두고, 이제 나는 과거의 비밀을 찾아 나서는 탐정이 되기로 했다. 그의 흔적을 쫓아, 오래전 멈춰버린 시간의 속내를 들여다보는 여정을 시작하기로.

사진 속 남자에 대해 알아낼수록, 왠지 모를 기시감이 느껴졌다. 마치 그가 나에게 무언가 중요한 메시지를 전하려 하는 것만 같았다. 그래서 더욱 간절한 마음으로 그의 행적을 쫓기 시작했다. 먼저 오래된 신문 기사를 뒤져보기로 했다. 낡은 도서관을 찾아가 마이크로필름을 하나하나 확인해 나갔다.

눈이 침침해질 때쯤, 드디어 의미 있는 정보를 발견할 수 있었다. 사진 속 남자가 재즈 피아니스트였다는 사실이었다. 1930년대 상하이에서 활동했던, 재능 있는 음악가로 이름이 알려져 있었다. 하지만 절정의 순간에서 갑자기 모습을 감췄다는 기록도 있었다. 왜 그랬을까. 알 수 없는 궁금증이 꼬리에 꼬리를 물었다.

그가 살았던 상하이의 모습을 상상해 보았다. 일제 침공의 어두운 그늘과, 전쟁의 공포가 짙게 드리운 시기. 하지만 그 속에서도 재즈 음악이 피어났다. 사람들은 잠시나마 자유를 느끼고, 꿈을 꾸며 행복을 노래했으리라. 그 화려하면서도 처연한 풍경이 내 마음을 사로잡았다.

아직 베일에 가려진 남자의 이야기. 어쩌면 그 안에는 시대의 아픔과 역경을 이겨내려 했던 한 예술가의 몸부림이 담겨 있을지도 모를 일이었다. 음악으로 시대와 맞서고, 자신의 내면을 표현하려 했던 순수한 열정. 나는 어느새 그에게 묘한 동질감마저 느끼고 있었다.

옛 기록과 자료만으로는 부족했다. 직접 그가 살았던 공간을 찾아가 봐야겠다고 생각했다. 그의 눈으로 세상을 바라보고, 그의 호흡을 느껴보고 싶었다. 오래전, 그의 피아노 선율이 울려 퍼지던 무대는 과연 어떤 모습이었을까. 나는 호기심에 불타올랐다.

지도를 펼쳐 상하이의 크고 작은 재즈 클럽들을 확인했다. 그중에서도 눈에 띄는 곳이 있었으니, 바로 남자의 흔적이 자주 언급되었던 '블루 문'이라는 곳이었다. 실존했던 클럽인지 아니면 은유적 표현인지는 알 수 없었지만, 직감이 곧 중요한 단서가 될 거라 속삭였다.

나는 한참을 망설였다. 현실의 안락함과 미지의 세계로의 모험. 그 갈림길에서 나는 어느 쪽을 선택해야 할까. 하지만 사진 속 남자의 눈빛이 자꾸만 내 마음을 흔들었다. 그의 이야기를, 그의 영혼을 만나고 싶다는 열망이 점점 커져갔다. 결국 나는 상하이행 티켓을 끊었다. 내일 아침 일찍, 나는 과거로의 시간 여행을 떠날 것이다. 잃어버린 음표를 찾아, 오랜 시간 묻혀 있던 진실과 마주할 것이다. 낯선 도시에서 나를 기다리고 있을 모든 것들을 향해, 나는 설렘 가득한 마음으로 발걸음을 내디딜 것이다. 두려움보다는 기대감이 앞섰다. 미지와 모험의 세계로, 이제 나는 한 걸음 내딛는다.

상하이에 도착한 나는, 어딘지 모르게 익숙한 기시감을 느꼈다. 분명 처음 와본 곳인데도, 오래전 추억 속을 거니는 듯한 묘한 감정이 스며들었다. 아마도 사진 속 남자의 시선을 따라 걸었기 때문일 것이다. 나는 그의 행적이 남아있을 만한 곳들을 하나둘 찾아다녔다. 무엇보다 블루 문이라는 재즈 클럽의 위치를 알아내는 것이 급선무였다.

먼저 찾은 곳은 시대의 풍경을 간직한 골동품 가게였다. 주인 노인에겐 음악에 관한 해박한 지식이 있어 보였다. 나는 피아니스트의 이름을 꺼내며 블루 문에 대해 아는 것이 있는지 물어보았다. 잠시 기억을 더듬던 노인은 이내 고개를 끄덕였다.

"블루 문이라... 그 유명한 피아니스트 말인가. 그랬지, 거기서 연주를 많이 했었지. 사람들은 그의 선율에 눈물 흘리곤 했어. 재즈 음악으로 마음의 위안을 얻던 시절이었지."

노인의 회상은 생생했다. 잊혀진 시간 속에서 되살아난 듯한 기억의 편린들. 나는 그 말을 듣는 것만으로도 가슴 뭉클함을 느꼈다.

"하지만 어느 순간 갑자기 모습을 감췄어. 다들 충격을 받았지. 그런 천재적인 음악가가 왜 그랬는지... 아마 뭔가 있었겠지. 시대의 격랑 속에서 예술가로 살아간다는 것, 결코 쉽지 않았을 테니까."

노인의 말은 가슴에 깊이 꽂혔다. 시대의 아픔 속에서 홀로 예술혼을 불태웠을 피아니스트. 그는 어떤 고뇌 끝에 무대에서 사라진 걸까. 남자의 이야기는 점점 더 애절하게 느껴졌다.

블루 문의 위치에 대해서도 귀중한 정보를 얻을 수 있었다. 노인의 기억을 더듬어 그려진 약도를 들고, 나는 다시 발걸음을 옮겼다. 골목 뒷쪽에 남아 있는 낡은 양옥, 바로 그곳이 블루 문이었다. 설렘 가득한 마음으로 그 건물 앞에 섰을 때, 내 상상력은 새로운 감각으로 물들기 시작했다.

70여 년의 세월이 무색할 만큼, 건물은 본래의 모습을 간직하고 있었다. 문 앞에 놓인 플라스크 화분, 기둥에 감긴 담쟁이넝쿨, 오래된 나무로 만든 문짝까지. 세부적인 디테일들이 과거로부터 온 듯 선명했다. 으슬으슬 등골이 오싹해질 만큼 생생한 공기가 흘렀다.

심호흡을 한 뒤, 나는 조심스레 문고리를 잡아 당겼다. 삐걱, 오래된 나무의 신음 소리와 함께 문이 열렸다. 기척을 느끼고 날아간 먼지 입자들이 햇살에 반짝였다. 그렇게 시간의 경계를 넘어, 나는 1930년대 말의 블루 문 안으로 발을 내디뎠다.

문을 넘어서자, 이내 붉은 조명과 경쾌한 재즈 선율이 나를 반겼다. 블루문 안으로 들어선 나는, 마치 시간을 거슬러 1930년대로 돌아간 듯한 강렬한 인상에 사로잡혔다. 공간 전체가 생동감 넘치는 에너지로 가득했다. 무도회장 한가운데는 윤이 날 만큼 반질거리는 나무 댄스 플로어가 있었고, 그 위를 화려한 드레스를 입은 여인들과 댄디한 슈트 차림의 남자들이 우아하게 춤을 추고 있었다.

무대 위에서는 함께 호흡하는 듯한 밴드의 연주가 한창이었다. 섹소폰, 트럼펫, 드럼이 만들어내는 선율은 소울을 절로 들썩이게 만들었다. 그 위로 흑인 여가수의 시원한 창법이 녹아들어, 황홀한 조화를 이루고 있었다.

나는 그 광경을 멍하니 바라보고 있었다. 눈앞의 모든 것이 너무도 생생해서, 현실인지 꿈인지 헷갈릴 지경이었다. 이윽고 시선을 무대 한쪽으로 옮기자, 거기에는 그랜드 피아노가 놓여 있었다. 하지만 그 앞 의자는 비어 있었다. 그렇다. 내가 찾던 바로 그 피아니스트, 이 순간 여기에 없었다.

하지만 불현듯 깨달았다. 내가 걸어온 길과 마주한 단서들, 그 모든 것이 한 곳으로 이어지고 있음을. 블루 문과 이 피아니스트에게는 뭔가 특별한 의미가 있을 터. 그걸 밝혀내는 게 나에게 주어진 숙제인 듯했다. 혼란스러운 마음을 추스르며, 나는 흥겨운 무도회장 안으로 천천히 발걸음을 옮겼다.

사람들 사이를 비집고 다가가 바에 기대어 앉자, 바텐더가 자연스레 칵테일을 만들기 시작했다. 나는 어느새 이곳에 스며든 듯, 자연스러운 모습으로 음료를 홀짝였다. 그러다 무심코 시선을 돌렸는데, 놀랍게도 카운터 맞은편에 앉은 이가 있었으니. 바로 사진 속의 그 남자가 아닌가.

순간 숨을 멎을 뻔했다. 그와 눈이 마주친 것이다. 분명 꿈이 아니었다. 잔뜩 날을 세운 듯 또렷한 이목구비와 슬픈 눈동자. 피아노를 연주하던 모습 그대로였다. 그는 나와 눈이 마주친 걸 알아챘다. 의아한 듯 나를 살피는 그의 얼굴에서 긴장감이 읽혔다.

마치 범인을 쫓는 형사처럼, 나는 그에게 다가가기로 했다. 하지만 그 순간, 홀 안에 요란한 소리가 울려 퍼졌다. 사람들이 웅성거리며 입구 쪽을 바라보고 있었다. 누군가 달려오고 있었다. 그리고 이내, 재빨리 나와 피아니스트의 사이로 끼어든 것이다. 그제야 깨달았다. 그들은 우리가 방해받지 않도록 만들어 준 연극의 일부였던 것이다.

미처 뭐라 말도 못 하고 있는데, 그는 나의 팔짱을 껴서는 홀 가운데로 이끌었다. 재즈 밴드는 둘만을 위한 왈츠를 연주하기 시작했다. 하나, 둘, 셋. 리듬에 몸을 맡기고 있자니, 마치 기다렸다는 듯 그가 속삭였다.

"당신도 느끼고 있었죠? 우리의 만남은 우연이 아니라는 걸. 시간을 뛰어넘은 운명 같은 거라는 걸 말이에요."

귓가에 와 닿는 그의 목소리는 묘하게 설렜다. 꿈결처럼 아득한 기분 속에서도, 그의 체온은 너무나 생생했다. 날 꽉 붙든 팔의 힘과 향기. 눈을 마주치자 소용돌이치듯 깊어지는 눈빛. 이건 분명 현실이다. 아니, 현실 이상이었다.

"난 첸이에요. 지금의 당신을 기다리고 있었죠. 함께 이 무도회의 진실을, 그리고 내 인생의 수수께끼를 풀어주길 바라면서요."

그렇게 말하는 첸의 얼굴에는, 기대감과 두려움이 뒤섞인 복잡한 감정이 어려 있었다. 그렇다. 이제 우리는 함께 이 이야기의 바다로 빠져들 것이다. 음악에 취해, 진실의 조각들을 찾아가며 시간의 경계를 넘나드는. 피할 수 없는 모험의 막이 올랐다.

"사실 우리의 만남은 처음이 아니에요."

음악에 몸을 맡긴 채, 첸이 조용히 속삭였다.

"70년 전, 바로 이 무도회장에서 당신을 만났죠. 하지만 그때의 기억은 너무 희미해서... 이렇게 다시 만나길 기다렸어요."

70년 전이라니. 그의 말은 신기할 만큼 내 가슴에 울림을 주었다. 꿈처럼 아련한 기억이 스쳐 지나갔다. 풀 수 없는 수수께끼 같은 그때의 만남. 이제 조금씩 짐작이 가기 시작했다. 나를 이곳으로 이끈 힘, 그것은 바로 과거로부터의 부름이었던 것이다.

"하지만 왜... 당신은 사라졌던 거죠? 그리고 이 무도회장엔 어떤 비밀이 숨겨져 있는 거예요?"

내 질문에 첸은 씁쓸한 미소를 지었다. 그리고는 고개를 저으며, 홀

안을 둘러보았다. 화려하게 치장을 한 사람들, 그들 모두가 가면을 쓰고 있었다. 아름다운 베네치안 가면부터 기괴하리만치 괴이한 가면까지. 난해한 수수께끼 같은 이곳의 풍경이 새삼 느껴졌다.

"사람들은 가면 뒤로 자신의 본모습을 숨기곤 해요. 나 역시 그랬죠. 음악에 대한 열정, 당신과 함께 지냈던 설렘, 그 모든 걸 감춘 채 살아야만 했어요. 시대의 어둠 속에서, 예술가의 길을 걷는다는 건 고통의 연속이었으니까요."

첸의 고백에서 깊은 슬픔이 느껴졌다. 시대적 배경과 음악가로서의 숙명. 그 모든 굴레 안에서 그는 홀로 싸워야만 했던 것이다. 나는 쓸쓸해진 그의 얼굴을 물끄러미 바라보았다. 꼭 닮은 표정이었다. 바로 내 얼굴을, 어쩌면 모든 예술가의 얼굴을 닮은.

"하지만 가면은 결국 벗겨지게 돼 있죠. 내면의 목소리를 영원히 막을 순 없으니까요."

그렇게 말하며 첸은 자신의 가면을 벗어 내게 건넸다. 붉은 장미처럼 정열적이면서도, 가시처럼 날카로운 아름다움을 간직한 가면. 그것을 응시하는 순간, 나의 눈앞에 한 장면이 펼쳐졌다. 바로 70년 전, 이 무도회장에서 일어난 사건의 단편이었다.

그것은 지독히도 충격적인 광경이었다. 가면 속에 숨겨졌던 누군가의 본모습이 적나라하게 드러나는 순간. 탐욕과 질투, 배신으로 가득한 민낯들. 그 혼돈의 한가운데서, 홀로 피아노를 연주하는 첸의 모습이 보였다. 그의 음악은 광기 어린 세상에 맞서 부르짖는 절규 같았다.

"이제 조금은 이해가 되시나요? 왜 내가 떠나야만 했는지, 그리고 다시 돌아올 수밖에 없었는지를."

첸의 눈동자에는 깊은 상처가 어려 있었다. 그날의 진실을 알게 된 순간, 예술가로서 살아가는 게 얼마나 버거웠을지 상상할 수 있었다. 하지만 그는 음악을 놓지 않았다. 언젠가 누군가에게 진실을 들려주고 싶었던 거겠지. 이 무도회장에 깃든 뼈아픈 기억들을.

"어쩌면 내 역할은 이 모든 걸 기억하고, 후대에 남기는 거였을지도 몰라요. 그래서 긴 시간을 홀로 견뎌 왔어요. 하지만..."

말끝을 흐리던 첸이 내 손을 꼭 붙잡았다. 온기가 전해졌다.

"이제 당신이 함께해 준다면, 더는 두렵지 않을 것 같아요. 진실을 찾아가는 일도, 내 안에 깃든 음악의 영혼을 지키는 일도요."

가면 속에 감춰진 비밀스러운 기억들. 시대의 어둠에 가로막혀 외롭게 타올랐던 예술가의 영혼. 나는 그 모든 것을 함께 껴안기로 했다. 첸의 진실에 손을 내밀어, 그와 함께 이 여정을 걸어가기로. 긴 침묵 끝에, 나는 가면을 쓰고 그의 손을 마주 잡았다. 새로운 음악이 우리를 기다리고 있었다.

우리는 무도회장 밖으로 발걸음을 옮겼다. 아직 칠흑 같은 어둠이 거리를 메우고 있었지만, 멀리 지평선 너머로 은은한 햇살이 떠오르기 시작했다. 차가운 새벽공기를 들이마시며, 첸은 천천히 과거를 회상했다. 생생하고도 섬세하게, 마치 어제 일처럼 말이다.

"내가 음악에 빠져들기 시작한 건, 유년시절 광산촌에서였어요. 그 열악한 삶 속에서도 울려 퍼지던 선율들. 나는 그 선율에서 희망과 자유를 발견했죠. 아버지의 반대에도 불구하고 음악의 길을 걸었고, 이 도시로 와서 재즈 피아니스트로 활동하게 되었죠."

상하이, 1930년대 말. 일제의 침공과 전쟁의 아픔이 깊어져 가던 시기. 그럼에도 불구하고 그는 음악으로 시대와 맞섰다. 재즈바와 무도회장을 누비며, 사람들의 마음에 위로와 희망을 전하려 애썼다. 그렇게 재즈 씬의 떠오르는 샛별이 된 그에게, 운명의 만남이 찾아왔다.

"한 무도회에서, 난 평생 잊을 수 없는 여인을 만났어요. 미나, 그녀는 시대를 앞서가는 자유로운 영혼이었죠. 우리는 음악과 예술에 대한 열정을 나누며 사랑에 빠졌습니다. 하지만 그건 너무 위험한 사랑이었어요. 미나는 일본인 고위 관리의 약혼녀였거든요."

첸의 목소리에는 그리움과 한이 담겨 있었다. 불가능한 사랑 앞에서, 그들이 맞닥뜨려야 했던 고통이 생생하게 그려졌다. 한 남자의 이야기가 아닌, 시대의 비극이 응축된 슬픈 로맨스였다.

"우리는 음악으로 마음을 나누었어요. 블루 문에서의 연주는 그 사랑의 은유였죠. 하지만 수많은 눈들이 우릴 감시하고 있었어요. 질투와 시기, 그리고 위선으로 가득한 시선들 말이에요."

어느 날 운명의 무도회가 열렸다. 화려한 가면 속에 숨겨진 민낯들. 그들은 결국 사랑을 금기시하는 잔인한 현실을 마주해야만 했다. 첸이 연주하는 피아노 선율 위로 날카로운 경고음이 덧입혀졌고, 미나는 다른 남자의 품으로 떠밀려야만 했다.

"그날의 진실은 가면 속에 깊숙이 감춰졌죠. 모두가 외면한 비극을 기억하는 사람은 나뿐이었어요. 그래서 미나와의 약속을 잊지 않기 위해, 기억을 음표에 새기며 살아왔습니다. 언젠가 우리의 마지막 춤을, 진실의 선율을 이 세상에 울려 퍼트리기 위해서요."

70년의 시간을 초월한 사랑과 음악. 첸의 눈동자에는 미나에 대한 변치 않는 사랑이 깃들어 있었다. 동시에 과거와 현재가 교차하는 아이러니한 순간이기도 했다. 지금 내 앞에 있는 그가 과연 현실일까, 아니면 기억의 환영인 걸까.

"당신이 타임캡슐 자판기를 통해 이 시간을 여행하게 된 것도 우연이 아닐 거예요. 새로운 시대의 빛 속에서, 내 이야기가 완성되길 바라는 누군가의 간절함 때문이겠죠."

첸의 말 속에는 묘한 예감이 어려 있었다. 미나 그녀가 남긴 흔적일까. 그녀 역시 시대를 뛰어넘는 사랑을 꿈꾸었던 걸까. 우리에겐 퍼즐을 완성해야 할 책임이 주어진 듯했다.

"이제 당신과 함께, 그날의 무도회로 돌아가고 싶어요. 음악으로 모든 걸 마주하고, 미나와의 약속을 지키고 싶습니다. 함께 마지막 진실의 선율을 연주할 수 있도록…"

첸의 손을 잡고, 나는 다시 블루 문을 향해 발걸음을 내디뎠다. 우리가 밝혀내야 할 진실들, 과거와 현재를 연결 짓는 교차점이 그곳에 있었다. 음악으로 그려낼 사랑의 기억과, 다시 태어날 예술가의 영혼을 위해서.

다시 블루 문에 들어선 우리 앞에 펼쳐진 건, 70년 전 그날의 무도회장이었다. 세월의 먼지를 뒤집어쓴 채, 고스란히 과거의 모습 그대로였다. 기묘한 일이었지만 그것이 우리가 마주한 현실이었다. 시계는 거꾸로 흐르고, 공간은 뒤섞여 있었다.

첸은 마치 익숙한 듯 피아노 앞에 앉았다. 그의 손끝이 건반을 누르는 순간, 우아한 선율이 흘러나왔다. 녹슨 현을 타고 날아오르는 음표들. 그것은 수십 년 전 멈춰버린 음악의 연장선이었다. 그가 미나와 나누었던 사랑의 언어였다.

사람들 속에서 나는 미나를 찾았다. 화려한 보석으로 장식된 드레스, 아름다운 갈색 머리카락을 휘날리며 우아하게 춤추는 그녀. 내 심장은 쿵쾅거리고 있었다. 그녀와 첸 사이에 흐르는 절절한 사랑의 기류가 온 공간에 맴돌고 있었다.

하지만 그들을 둘러싼 시선들은 날카롭고 차가웠다. 아름다운 음악에도 불구하고, 사람들의 마음에는 어둠이 내려앉고 있었다. 미나를 향한 백안시와 경멸, 질투로 뒤틀린 표정들. 첸의 연주가 점점 애절해졌다. 위태로운 사랑을 지켜내기 위한 절규 같았다.

그때, 미나가 첸에게 다가왔다. 그들은 주위의 눈초리를 무시한 채 격정적인 키스를 나눴다. 황홀한 사랑의 절정이자, 눈물겨운 이별의 전주곡 같은 장면이었다. 그들의 눈동자에 맺힌 애절함이 공기 중에 번졌다.

"널 영원히 잊지 않을 거야. 우리의 음악을, 우리의 사랑을 기억할게."

미나의 속삭임이 첸의 귓가에 흘러들었다.

"언젠가 시대가 바뀌면, 우리가 이뤄내지 못한 약속을 누군가가 이어갈 수 있도록..."

그렇게 말을 남기고 미나는 첸의 품을 떠났다. 강제로 이끌려가는 그녀의 뒷모습은 처연하기 그지없었다. 피아노 건반 위로는 눈물 한 방울이 떨어졌다. 시대의 굴레에 묶인 두 영혼의 비극이었다.

"내 연주는 영원히 그녀를 향한 사랑의 메시지예요. 언젠가 우리의 마지막 춤을, 진실의 선율을 이 자리에서 완성하고 싶었죠. 하지만 이제 그건 제 몫이 아닌가 봅니다."

첸은 피아노에서 일어나, 내게로 다가왔다. 그리고 예전 미나가 그에게 해주었던 것처럼, 다정하게 키스했다. 마치 자신의 영혼을 전해주는 듯한 깊고 애틋한 입맞춤이었다.

"당신이 우리의 사랑을 완성해줄 거예요. 과거와 현재를 연결하는 음악으로, 이 무도회장의 진실을 밝혀주세요. 제 영혼은 영원히 당신과 함께 할 테니까요. 우리의 마지막 약속을 지켜주길…"

그렇게 말을 남긴 첸은 희미해져 갔다. 70년의 세월 동안 이 자리를 지켜온 그의 영혼은, 이제 자유를 얻은 듯 가벼워 보였다. 나는 주저앉아 오열을 터트렸다. 그들의 사랑과 아픔에 온 몸을 떨며, 내 가슴에 깊이 각인시켰다.

이제 그들이 완성하지 못한 선율을 내가 마저 연주해야 할 때였다. 시대를 초월해 전해진 진실의 악보를 받아 적어야 했다. 첸과 미나의 영혼은 이 순간을 기다려왔을 것이다. 무도회장에 깃든 사랑의 진실이 마침내 울려 퍼질 수 있도록. 나는 눈물을 닦고 피아노 앞에 앉았다. 내 손끝에서 흘러나오는 선율은, 과거의 한을 풀어주는 애잔한 멜로디였다.

피아노 건반을 누르는 순간, 무도회장은 경이로운 변화를 맞이했다. 사라졌던 사람들이 다시 모습을 드러냈고, 화려한 음악이 사방에서 울려 퍼졌다. 옛 영혼들의 향연이 다시 펼쳐지는 듯 했다. 내 연주에 맞춰 그들은 우아하게 춤을 추기 시작했다.

무도회장을 가득 메운 건 오직 음악뿐이었다. 사랑과 환희, 슬픔과 희망의 선율들. 그 모든 감정의 파편들이 춤추는 영혼들의 몸짓에 실려 하늘높이 솟구쳤다. 첸과 미나의 사랑도, 그들의 슬픈 이별도 모두 음악 속에 녹아들었다.

나는 온 힘을 다해 연주했다. 내 영혼을 불사르듯, 치열하게 건반을 두드렸다. 과거에 갇혀 있던 그들의 사랑을 자유롭게 해방시켜 주고 싶었다. 시대의 굴레를 벗어 던지고, 마침내 자신들만의 음악으로 하늘을 날게 해주고 싶었다.

무대 위로 환한 빛이 쏟아졌다. 춤추는 사람들의 얼굴에도 행복한 미소가 떠올랐다. 이것이 바로 첸과 미나가 꿈꾸던 순간이리라. 모두가 하나 되어 진실을 노래하는, 자유로운 영혼들의 축제. 그 광경은 말로 다 형언할 수 없을 만큼 아름답고 장엄했다.

시간이 얼마나 흘렀을까. 이윽고 연주를 끝마친 나는 숨을 헐떡이며 무대에서 일어섰다. 까무룩 정신을 잃기 직전, 멀리서 두 사람이 다가오는 게 보였다. 환한 미소를 짓고 있는 첸과 미나였다. 그들은 감사의 눈빛으로 나를 바라보더니, 부둥켜안고 마지막 춤을 추기 시작했다.

그 모습은 천상의 한 폭 그림 같았다. 70년 만에 이뤄진 그들의 재회, 진정한 사랑의 완성이었다. 이제 그들은 영원히 함께 음악을 들려줄 수 있겠지. 시대의 벽을 넘어, 자유로운 영혼들로서 말이다. 나는 미소를 지으며 그 장면을 눈에 담았다.

음악은 사라졌고, 사람들도 스러져갔다. 하지만 그들의 환희는 여전히 무도회장에 생생하게 맴돌고 있었다. 자유를 향한 열망과 사랑의 힘. 결국 예술이란 그것을 노래하는 것이 아닐까. 시대의 장벽을 허무는 위대한 무기로서 말이다. 나는 그 깨달음을 가슴속에 깊이 새기며 조용히 블루 문을 나섰다.

거리로 나온 나는 다시 현실로 돌아왔음을 깨달았다. 70년의 시공간 속에 갇혀 있던 무도회장. 그곳은 이제 첸과 미나의 사랑을 기리는 성역이 되었다. 나는 벅차오르는 감동에 휩싸인 채 천천히 걸음을 옮겼다.

시계 수리점으로 돌아온 나는 작업대 앞에 앉아 생각에 잠겼다. 녹슨 자판기를 통해 만난 첸과 미나. 마치 꿈결 같았지만 너무도 선명한 기억이었다. 그들은 내가 잃어버린 열정을 되찾게 해주었고, 예술의 참된 의미를 일깨워주었다.

나는 이제 그들처럼, 음악으로 세상과 소통하는 법을 배웠다. 시대의 벽을 넘어 전하는 사랑의 메시지. 그것이야말로 진정한 예술가의 사명이 아닐까. 나 역시 내 음악으로 누군가의 영혼을 울리고 싶었다. 첸과 미나가 그랬던 것처럼.

책상 위에는 그들의 사진과 악보가 놓여 있었다. 그것들은 이제 내 삶의 일부가 되었다. 과거와 현재를 이어주는 매개체로서, 소중한 보물들이었다.

문득 녹슨 자판기 생각이 났다. 다음을 위한 새로운 열쇠를 찾아야겠다는 느낌이 들었다. 나는 일어나 골목으로 향했다. 자판기는 여전히 그 자리를 지키고 있었다. 세월의 때가 묻은 표면이 반짝였다.

동전을 넣고 기다리는 순간, 나는 새로운 이야기를 만날 준비가 되어 있었다. 어떤 시공간으로 날 데려다줄지, 어떤 만남이 기다리고 있을지. 궁금증을 안고 자판기의 선물을 받아 들었다.

1940년 할리우드

　나는 평범한 시계 수리공이었다. 매일 같은 일상을 반복하며 단조로운 나날을 보내고 있었지만, 그 속에서도 나름의 의미와 기쁨을 찾으려 노력했다. 시계를 고치는 일은 단순한 수리가 아니라, 누군가의 소중한 시간을 되살리는 작업이라고 생각했기에. 어느 날 퇴근길, 문득 눈에 들어온 골동품 가게. 언제나 그냥 지나쳤던 곳이었는데 그날따라 발걸음이 멈춰졌다. 진열장 한편에 있던 낡은 자판기가 나를 유혹하고 있었다. 레트로한 디자인, 색 바랜 페인트, 오래된 기계에서 풍기는 묘한 아우라에 이끌려 가게로 들어섰다.

　점원은 그 자판기가 오래전 문을 닫은 한 극장에서 있던 물건이라며, 극장 주인이 마지막으로 남긴 유품이라고 설명했다. 마치 운명에 이끌리듯 주머니에서 동전을 꺼내 투입구에 넣었다. 기계는 잠시 멈칫하더니 알 수 없는 신호음과 함께 무언가를 토해냈다. 녹슨 철제 케이스 안에는 오래된 필름 한 통이 들어 있었다. 호기심에 집으로 가져와 창고에서 꺼낸 낡은 영사기에 필름을 걸었다. 오랜만에 작동시키는 기계는 투덜거리듯 깨끗하지 않은 소리를 내뱉었다. 벽에 흑백 영상이 비치기 시작했다. 마치 영화의 한 장면 같았다. 흐릿한 빛으로 뒤덮인 건물들, 쓸쓸하게 흩어진 쓰레기더미, 간간이 스쳐 지나가는 그림자들까지. 그 모든 것이 너무도 생생하고 적나라하게 다가왔다. 스크린 속 여배우의 모습에 이끌려 한 걸음 한 걸음 다가가던 그때, 갑자기 그녀가 입을 열었다.

"제발... 우리를 구해주세요..."

희미하지만 간절한 목소리, 마치 오랫동안 기다려왔다는 듯한 그 음성에 홀린 듯 나는 손을 뻗었다.

그러자 눈부신 섬광이 터지며 중심을 잃은 내 몸이 스크린 속으로 빨려 들어갔다. 한참을 추락하던 끝에 단단한 바닥에 부딪히며, 나는 의식을 잃고 말았다.

눈을 떠 보니 완전히 낯선 곳이었다. 주변은 마치 오래된 흑백 영화 속 풍경 같았다. 내가 서 있는 거리에는 클래식카들이 느릿한 속도로 지나다녔고, 복고풍 의상을 차려입은 행인들로 북적였다. 나 자신 역시 그 스타일대로 갈아입혀진 상태였다. 당황한 김에 손목시계를 확인하려 했지만 현대적인 시계는 찾아볼 수 없었다. 대신 거리의 풍경들이 할리우드의 1940년대를 가리키고 있었다. 혼란스러운 상황에서 가장 먼저 해야 할 일은 정보를 모으는 것이었다. 나는 천천히 걸음을 옮기며 주변을 살폈다. 간판에서, 포스터에서, 사람들의 대화에서 단서를 찾아 헤맸다. 그러던 중 웅장한 극장 건물이 시야에 들어왔다. 화려한 네온사인이 인상적이었다. '루나 씨어터' 마치 이곳이 모든 것의 시작이자 끝인 것처럼, 나를 부르는 듯한 느낌이 들었다. 무언의 이끌림에 몸을 맡기고 천천히 극장으로 다가갔다. 매표소 직원은 내 복장을 보더니 의아한 눈초리를 보냈지만, 나는 아무렇지 않은 척 표를 구입하고 안으로 들어섰다.

화려한 샹들리에와 벨벳 커튼, 우아한 나무 조각으로 장식된 내부는 마치 시간이 멈춘 듯 고풍스러웠다. 객석에 앉아 스크린을 바라보자 이상한 예감이 들었다. 세상과 동떨어진 이곳에서 무언가 중요한 일이 벌어질 것 같았다. 영화가 시작되자 흑백의 영상이 스크린을 가득 메웠다. 저 멀리서 누군가를 애타게 기다리는 듯한 눈빛의 여배우가 있었다. 영사기 불빛에 비친 그녀의 실루엣은 신비롭고도 슬퍼 보였다. 문득 집에서 본 그 장면이 오버랩되었고, 숨을 멈추고 지켜보던 그때, 그녀가 다시 한번 내게 속삭였다.

"구원자여, 이 저주에 갇힌 우리를 제발 자유롭게 해주세요…"

온몸에 소름이 돋았다. 그 길로 나는 무엇에 홀린 듯 극장을 나와 복도를 헤맸다. 꿈과 현실의 경계가 흐려지는 기분이었다. 그때 누군가와 부딪치고 말았다.

"정말 죄송합니다, 괜찮으세요?"

멋쩍은 웃음을 지으며 사과의 말을 건네는 그녀를 보고 숨이 멎을 뻔했다. 바로 스크린 속 그 여배우가 아닌가.

"당신… 설마 날 알아보시나요?"

그녀의 눈동자에 놀라움과 한줄기 희망이 번뜩였다.

"우리는 이미 만난 적이 있어요. 꿈처럼 느껴지겠지만, 난 당신이 우리를 구할 거라 믿어요."

"대체 무슨 일이 있었던 거죠? 왜 나한테…"

"이 근처 카페에 가죠. 거기서 모든 걸 말씀드릴게요."

그렇게 우리는 한적한 카페 한켠에 마주 앉았다. 그녀는 자신을 루시아라고 소개했다. 50년 전, 전설적인 감독 밑에서 연기 생활을 하던 배우였다고 했다. 그러나 어느 날 돌연 감독이 사라지고, 자신을 포함한 모든 스태프와 배우들이 이상한 저주에 걸려 영화 속에 갇혀버렸다는 것이다.

"영혼까지 스크린에 사로잡혀 반세기 동안 그 악몽 같은 연기를 반복하고 있어요. 우리를 구해줄 구원자가 나타나길 그토록 기다렸죠…"

루시아의 눈가에 눈물이 맺혔다. 그 절실함에 마음이 흔들렸다.

"루시아, 내가 어떻게 해야 당신들의 저주를 풀 수 있을까요?"

"사라진 감독님의 행방을 먼저 찾아야 해요. 그분이 남기신 단서에 이 모든 비밀이 숨겨져 있을 거예요."

"알겠습니다. 내가 반드시 이 수수께끼를 풀고 당신들을 구출할 수 있도록 노력하죠. 희망을 잃지 마세요."

나는 루시아의 떨리는 손을 꼭 잡아주었다. 예기치 못한 시간 여행 속 미스터리. 이제 그 실마리를 찾아 나서야 할 때였다.

사라진 감독의 행적을 좇기 위해 나는 먼지 쌓인 그의 옛 사무실부터 찾아갔다. 연출가로서의 삶을 알 수 있는 자료들 사이에서 이상한 점을 발견했다. 후반으로 갈수록 그의 작품 경향이 심상치 않게 변해간 것이다. 암울하고 기괴한 내용이 많아졌고, 대사에는 알 수 없는 상징과 은유가 가득했다. 마치 그가 무언가 위험한 것과 맞닥뜨렸다는 걸 암시하는 듯했다. 그 무렵 쓰인 일지에서는 루나 씨어터에 대한 그의 집착이 느껴졌다.

[극장 안에는 뭔가 있다. 나는 알 것 같다.
그러나 말해선 안 된다. 아직은...]

알쏭달쏭한 메모의 연속. 그가 극장의 어떤 비밀을 알아냈지만 누구에게도 말하지 못한 채 사라진 걸까.
나는 단서를 찾아 다른 곳으로 향했다. 소문으로만 듣던 한 재즈바 앞에서 발걸음을 멈췄다. 감독이 종종 출몰했다는 '블루 문'이라는 곳이었다. 푸른 색조의 조명이 감도는 실내는 음산한 분위기를 풍겼다. 나는 바에 앉아 있는 피아니스트에게 다가갔다. 그는 내가 감독에 대해 묻자 흔쾌히 답해주었다. 매일 밤 혼자 술을 마시며 괴로워하던 모습, 자신은 위험에 빠졌노라 중얼거리던 모습까지.
"마지막 밤에는 누군가를 만나러 간다더군. 다시는 못 볼 수도 있다는 이상한 말을 남기고."
단서를 얻은 나는 그에게 고마움을 표하며 자리에서 일어섰다. 감독이 만난 그 인물이 사건의 열쇠일 터. 의문의 그림자를 좇아 한밤의 거리로 나섰다.
길모퉁이에서 인기척을 느꼈다. 나를 부르는 듯한 목소리에 고개를 들었다.
"여기로 오게. 당신이 찾는 답을 내가 주겠네."

어둠 속에서 모습을 드러낸 남자는 감독의 오랜 동료로 유명한 제작자였다. 잭 스톤, 내가 그의 이름을 알고 있다는 사실에 그는 쓸쓸히 웃었다.

"자네가 이 극장의 비밀을 캐내려 하는 모양이군. 실은 나도 한때 그랬지. 진실을 좇다 이런 신세가 되고 말았어."

"대체 무슨 일이 있던 겁니까? 감독은 왜 사라졌고, 모두가 영화 속에 갇힌 겁니까?"

"사실을 알게 된 그날 밤. 감독은 나를 찾아와 한 남자에 대해 경고했지. 브라이언 블랙. 욕망에 사로잡혀 극장을 타락의 소굴로 만든 작자라고."

잭의 이야기가 깊어졌다.

제작자로서 브라이언 블랙을 오랫동안 지켜본 감독은 그의 비밀을 눈치챘다. 돈과 권력에 집착한 나머지 선을 넘기 시작했고, 급기야 인간 영혼까지 거래하는 지경에 이른 것이다. 재능 있는 영화인들의 꿈과 열정을 빼앗고, 자신의 욕망을 위해 그들을 이용했다.

"감독은 그 진실을 밝히려다 브라이언에게 살해당했어. 그리고 모든 스태프와 배우들은 그의 저주에 걸려 영원히 스크린에 갇히게 된 거지."

잭의 목소리는 깊은 한숨과 함께 사그라들었다. 나는 그의 어깨를 다독이며 결연한 어조로 말했다.

"그들의 억울함을 풀어주고 싶습니다. 잭, 같이 싸워주시겠어요? 우리가 진실을 밝혀내야 합니다."

"자네 말이 맞아. 난 너무 오랫동안 겁에 질려 침묵했지."

우리는 브라이언 블랙의 사무실로 잠입하기로 계획을 세웠다. 단서가 있다면 그곳일 터였다.

우리는 음울한 밤거리를 헤치며 브라이언 블랙의 사무실로 향했다. 그의 부와 권력의 상징인 이 건물 안에 진실의 단서가 숨겨져 있으리라. 깊은 어둠 속에서 우리는 조심스레 문을 열고 내부로 잠입했다.

사무실은 고급 가구와 예술품으로 치장되어 있었다. 화려한 겉모습과 달리 내부에서는 음험한 기운이 느껴졌다. 마치 욕망과 탐욕으로 뒤덮인 블랙의 내면을 들여다보는 듯 했다.

우리는 서둘러 금고와 책상을 뒤졌다. 예상대로 그 안에는 충격적인 문서들이 가득했다. 재능 있는 영화인들과 체결한 악마의 계약서, 영혼을 담보로 빼앗아간 대가로 주어진 부와 명예의 내역들. 브라이언은 인간의 가장 어두운 욕망을 먹고 자란 것이다.

"이 모든 게 거대한 음모였어. 브라이언 혼자 이뤄낸 게 아니야. 그에겐 강력한 후원자가 있었던 거지."

잭이 떨리는 목소리로 중얼거렸다.

우리가 파헤친 건 악의 연결고리 중 일부에 불과했다. 브라이언의 욕망 뒤에는 더 큰 권력이 도사리고 있었던 것이다.

그때였다. 우리 뒤에서 천천히 박수 소리가 울려 퍼졌다. 고개를 돌리자 브라이언이 서 있었다. 그의 눈빛은 광기로 일그러져 있었다.

"찾던 걸 찾았나 보군. 하지만 넌 이미 늦었어. 조금만 더 깊이 파고 들었다면 네 운명이 어떻게 될지 깨달았을 텐데."

무슨 뜻인지 묻기도 전에 사무실 문이 벌컥 열렸다. 수십 명의 용의자들이 우리를 에워쌌다. 그들의 얼굴에도 욕망으로 물든 광기가 어려 있었다.

잭이 내 귀에 대고 속삭였다.

"우린 함정에 빠진 거야. 처음부터 브라이언의 계획이었어. 그는 진실을 좇는 자들을 이렇게 제거해 왔던 거야."

완벽한 음모였다. 우리가 진실에 다가갈수록 브라이언은 그물을 좁혀 왔던 것이다. 돌이켜 보면 지금껏 마주한 단서들은 우리를 유인하기 위해 의도적으로 깔아둔 미끼였을지도 모른다.

그러나 물러설 순 없었다. 우리는 등을 맞대고 결연히 맞섰다. 진실을 밝혀내고, 브라이언의 욕망으로 얼룩진 거대한 음모를 끝장내고야 말 것이다. 브라이언의 부하들이 철창을 휘두르며 덤벼들었다. 잭은 전투 기술로 그들을 제압했고, 나는 재빠른 몸놀림으로 공격을 피해냈다. 우리는 한계를 넘어서는 투지로 저항했다.

그러나 상대는 너무나 강력했다. 블랙의 욕망은 너무나 많은 이들을 타락시키고 있었다. 권력이라는 달콤한 유혹 앞에 이성을 잃은 자들, 부를 좇다 영혼까지 팔아버린 자들까지. 우리는 점점 지쳐갔다.

절체절명의 순간, 나는 책상 위 촛대를 집어 들었다. 작전이 떠올랐다.

"잭, 금고 안에 불을 붙이는 거야. 증거를 없애버리자."

"미쳤어? 그러다 우린 산 채로 타 죽게 될 거야!"

"걱정 마. 꼭 살아 나가야지."

불꽃이 타오르기 시작했다. 브라이언이 광포한 비명을 질렀다.

"내 걸작을! 내 욕망을! 이 자식들이!"

금고는 화염에 휩싸였고, 책상과 가구에도 불길이 옮겨 붙었다. 연기가 사무실을 가득 메웠다. 음모에 가담한 이들은 공포에 질려 제정신이 아니었다. 우리는 그 혼란을 틈타 탈출구를 향해 돌진했다.

"날 잡아! 내가 지배하는 이 세상을 끝장내겠다고? 넌 영원히 빠져나갈 수 없을 거야!"

뒤에서 브라이언의 광기 어린 절규가 들려왔다.

우리가 열어젖힌 진실의 문, 그 너머에 있던 것은 욕망으로 가득 찬 탐욕의 심연이었다. 하지만 이제 그 악은 불길 속에서 모두 정화될 것이다. 잭과 나는 필사적으로 계단을 뛰어 내려갔다. 건물 전체가 악마의 욕망에 불타오르고 있었다. 우리는 간신히 밖으로 튀어나왔고, 곧이어 거대한 폭발음이 울려 퍼졌다. 사무실은 폐허가 되어 무너져 내렸다.

거리에는 영화 속 배우들이 몰려들었다. 저주에서 풀려난 그들의 얼굴에는 안도감이 어려 있었다.

"우리가 자유로워진 걸까요? 정말로요?"

루시아가 떨리는 목소리로 물었다.

"아직은 아니에요. 브라이언이 사라졌다고 모든 게 끝난 건 아니에요. 우린 이제 진짜 싸움을 시작해야 해요."

나는 주먹을 불끈 쥐었다.

브라이언은 거대한 욕망의 한 축에 불과했다. 그 음모의 본거지, 악의 뿌리를 끊어내기 전까지 우리의 전쟁은 계속될 것이다.

우리는 루나 씨어터로 돌아왔다. 스크린 안에 숨겨진 비밀을 밝혀내고, 또 다른 희생자들을 구출해야 했다. 진실을 향한 우리의 여정은 아직 끝나지 않았다. 잭이 내 어깨를 도닥였다.

"어떤 음모와 맞서 싸우게 될지 몰라. 하지만 자네와 함께라면 두렵지 않아."

"그래요. 우린 꼭 승리할 거예요."

나는 희미하게 웃으며 잭의 손을 맞잡았다.

우리에겐 서로밖에 없었다. 인간의 욕망 앞에서 굴하지 않고, 스크린 안팎의 영혼들을 구원할 두 전사. 새벽녘 하늘이 석양의 색으로 물들기 시작했다.

브라이언의 사무실이 잿더미로 변한 뒤, 우리는 다시 루나 씨어터로 향했다. 그곳에 숨겨진 비밀의 열쇠가 있을 거란 직감이 들었다. 영사실 구석진 곳, 먼지 쌓인 책장을 옮기자 비밀의 문이 드러났다. 문 너머는 어둠 속에 잠겨 있었다. 손전등을 켜고 조심스레 내려가 보니, 지하실 가득 오래된 필름 통들이 놓여 있었다. 숨을 죽인 채 케이스에 적힌 이름들을 읽어 내려갔다. 브라이언에게 저주받은 영혼들이었다.

그중 눈에 띄는 필름 통이 하나 있었다. '메멘토 모리, 욕망의 끝'이라는 제목이 적혀 있었다. 너무나 생경한 이름이었다. 떨리는 손으로 필름을 꺼내 영사기에 걸었다.

스크린에 흑백의 영상이 떠올랐다. 1940년대 초반, 브라이언의 젊은 시절이 펼쳐졌다. 그가 어떻게 욕망에 빠져들어 갔는지, 처음 악마와 계약을 맺은 순간이 고스란히 담겨 있었다.

"이 극장에 갇힌 영혼들을 지배하는 힘을 주십시오. 그 댓가로 제 모든 것을 바치겠습니다."

브라이언의 광기 어린 독백이 스크린 속에서 메아리쳤다. 그가 욕망에 눈이 멀어 어떻게 스스로를 파멸로 이끌었는지 깨달을 수 있었다.

영화는 계속해서 암시와 은유를 던졌다. 욕망이라는 덫에 걸려든 자들의 종말, 구원받지 못한 영혼들의 한탄까지. 마지막 장면은 브라이언의 얼굴 클로즈업으로 끝이 났다. 광기로 일그러진 그의 눈동자가 나를 응시하는 듯 했다.

그 순간이었다. 스크린이 눈부시게 빛나며 일렁이기 시작했다. 영사기에서 필름이 빠져나오더니 허공에서 타들어 가기 시작했다. 잿더미가 된 필름 조각들이 바람에 흩날렸다.

"우리가... 우린 자유로워진 걸까요?"

뒤에서 들려오는 목소리에 고개를 돌렸다. 영화 속에 갇혔던 배우들이 눈물을 흘리며 서 있었다. 그들의 영혼이 저주에서 풀려난 것이다.

나는 벅차오르는 감정에 그들을 끌어안았다.

"이제 당신들의 꿈을 마음껏 펼치세요. 더는 스크린에 갇혀 지내지 않아도 돼요."

"우린 당신이 올 거란 걸 알고 있었어요. 운명처럼..."

루시아가 흐르는 눈물을 닦으며 속삭였다.

한 줄기 햇살이 지하실 창문으로 스며들었다. 우리는 빛을 향해 천천히 계단을 올랐다. 50년 간의 어둠과 절망을 벗어던지고 앞으로 나아갔다. 극장 밖은 온통 샛노란 색이었다. 1940년대의 거리가 생생하게 살아 숨 쉬고 있었다. 자동차 클랙슨 소리, 아이스크림 트럭의 노래, 웃음소리까지. 마치 우리가 과거 속을 걷고 있는 것만 같았다.

"어떻게 된 거지? 여전히 흑백 영화 같잖아?"

나는 고개를 갸우뚱거렸다.

"스크린에 갇혀 있던 건 우리만이 아니었나 봐요. 아마 이 거리에 깃든 추억과 낭만, 꿈까지도 함께 봉인되어 있었던 거죠."

잭이 감탄하며 중얼거렸다.

마치 타임머신을 타고 과거로 돌아간 듯한 기분이었다. 우리는 이 아련한 느낌을 만끽하며 브라이언의 욕망이 살아 숨 쉬던 시간 속을 천천히 걸었다. 그의 욕심과 광기가 스며들어 있는 공간이었지만, 이제는 우리의 희망으로 그 모든 게 정화되고 있었다.

"이 거리가 우리의 역사를 기억하고 있었던 거예요. 브라이언에 의해 왜곡된 시간을 바로잡고 싶어 한 거죠."

루시아가 건물 벽에 손을 얹으며 말했다.

우리 역시 스크린 너머 기억 저편에 숨겨진 욕망의 역사를 마주한 것이다. 나는 극장으로 다시 발걸음을 옮겼다. 이 모든 기억의 저편에서 누군가를 만날 것 같은 예감이 들었다.

루나 씨어터의 객석에 앉아 있노라니 지난날의 기억이 주마등처럼 스쳐 지나갔다. 욕망에 사로잡혀 영혼을 팔아버린 브라이언, 그에 의해 저주받은 영화인들, 진실을 찾아 나선 우리의 여정까지.

그때 스크린 위로 한 노신사가 천천히 걸어 나왔다. 그는 친근한 미소를 지으며 내게 손을 흔들었다. 그제야 깨달았다. 그가 바로 사라졌던 전설의 감독이라는 사실을.

"자네 덕분에 우리 모두 자유를 얻었네. 50년 간 나는 이 극장 어딘가에 숨어 지내야만 했었어. 브라이언의 저주를 끊을 구원자를 기다리면서 말일세."

감독은 내 손을 따뜻하게 잡아주었다. 세월의 흔적이 깊게 패인 손이었다.

"이 극장에 깃든 추억과 낭만을 간직하게. 욕망이 아닌 꿈의 땅으로 만들어 주었으면 해. 영화는 우리에게 희망을 주는 법이니까."

나는 결연한 눈빛으로 고개를 끄덕였다.

"걱정 마세요. 우린 이곳을 예술과 열정이 살아 숨 쉬는 공간으로 가꾸어 갈 거예요. 제가 약속드립니다."

우리는 굳은 악수를 나누었다. 스크린에 걸린 빛 줄기가 우리 주위로 부서졌다. 영화는 그렇게 끝을 알렸다.

골목을 빠져나와 익숙한 거리를 걸었다. 현실의 색채가 눈에 밟혔다. 오래된 영화관과 예스러운 간판들, 바삐 오가는 사람들의 실루엣까지. 영화 속 세계와 다를 바 없이 소중하고 애틋한 풍경들이었다.

나는 잠시 걸음을 멈추고 하늘을 올려다보았다. 1940년대의 별빛도, 지금의 햇살도 결국 같은 빛이라는 생각이 들었다. 시간을 초월해 우리의 길을 밝혀주는.

나는 주머니 속 열쇠를 꼭 쥐었다. 영화 속 비밀의 열쇠이자, 내 마음속 꿈의 열쇠. 앞으로도 나는 이 열쇠로 수많은 추억과 이야기의 문을 열어 나갈 것이다. 골목을 걸으며 잠시 하늘을 올려다보았다. 구름 한 점 없이 푸른 창공이 우리의 미래를 축복하고 있었다. 시간을 초월한 영화의 마법은 이제 내 가슴속 희망의 빛이 되어 영원히 살아 숨 쉴 것이다.

발걸음을 옮기던 그때, 한 노신사를 스쳐 지나갔다. 그의 눈빛이 너무나 익숙해 나도 모르게 멈춰 섰다. 노신사는 고개를 끄덕이며 나지막이 읊조렸다.

"꿈은 영원한 것, 욕망은 덧없는 것. 잊지 말게나..."

그리고는 느린 걸음으로 저편으로 사라졌다. 마치 오래된 영화 속 명장면 같았다. 운명처럼.

나는 미소를 머금은 채 걸음을 재촉했다. 내 앞에는 이제 스크린보다 더 찬란한 현실이 펼쳐질 것이다. 우리 인생이라는 가장 완벽한 각본 위에서 말이다.

1950년 맨해튼

　시계 수리공으로 살아가는 나에게, 시간은 늘 손 안에 있는 것이었다. 아니, 적어도 그렇게 믿고 싶었다. 수많은 시계의 분해와 조립을 반복하며, 나는 어느새 시간을 통제할 수 있다는 착각에 빠져 있었던 것 같다. 하지만 어느 날, 문득 내 삶을 돌아보니 정작 내 인생의 시계는 멈춰버린 지 오래였음을 깨달았다.

　매일같이 수리점으로 밀려드는 고장 난 시계들. 그 속에서 나는 마치 톱니바퀴 사이에 끼인 채, 제자리걸음만 하고 있는 듯했다. 어딘가 상실감 같은 것이 내 안을 파고들었다. 시계를 고치는 일에만 몰두하느라, 정작 내 삶을 돌아볼 겨를이 없었던 걸까. 문득 지나온 시간들이 주마등처럼 스쳐 지나갔다. 꿈꾸던 이상, 이루고자 했던 목표들은 모두 어디로 사라진 걸까.

　늦은 깨달음이지만, 이제라도 내 삶의 균형추를 바로잡고 싶었다. 가장 먼저 내 안의 시계를 다시 움직이게 해야겠다고 생각했다. 하지만 어디서부터 시작해야 할지, 나 역시 막막할 따름이었다.

　그러던 어느 밤, 작업실을 나와 집으로 향하는 길이었다. 어둠이 내려앉은 골목은 습관처럼 느껴졌지만, 그날따라 무언가 낯선 기운이 감돌았다. 익숙한 길목임에도, 나는 마치 새로운 세계로 발을 들이는 기분이 들었다. 그리고 그 어둠 속에서, 오래된 자판기 하나가 눈에 들어왔다.

골목 한켠에 놓인 녹슨 자판기는, 마치 나를 부르는 듯 반짝였다. 시간의 더께가 덕지덕지 앉은 모습에, 묘한 이끌림을 느꼈다. 오랜 세월을 견뎌낸 그 모습이 왠지 모를 경외감을 불러일으켰다. 주머니를 뒤적여 동전 한 닢을 꺼내 들었다. 투입구에 동전을 넣는 순간, 낡은 기계가 깊은 잠에서 깨어나는 듯 요란한 소리를 냈다.

철컥, 쿵. 기계가 내뱉은 것은 낡은 쪽지 한 장. 수없이 접힌 듯한 주름 사이로, 누군가의 필체가 어른거렸다. 세월의 풍파에 바랜 잉크 냄새가 코끝을 자극했다. 그 위에 쓰인 단 두 글자. '블루 문'. 순간 머릿속에 수많은 물음표가 떠올랐다. 대체 누가, 왜 이런 쪽지를 남긴 걸까.

그때, 기이한 일이 일어났다. 자판기 속에서 음악 소리가 새어 나오기 시작한 것이다. 처음에는 마치 라디오 주파수를 맞추듯, 지직거리는 소음이 섞여 있었다. 하지만 이내 선명해진 선율은 재즈 트럼펫 소리였다. 블루지한 멜로디에 담긴 그리움과 애수. 누군가의 깊은 한숨 같은 그 음색은 내 영혼 깊숙이 파고들었다. 나는 눈을 감은 채, 가만히 귀를 기울였다.

쪽지와 음악. 그것이 내게 던져진 수수께끼의 실마리라는 걸, 나는 직감할 수 있었다. 오랜 세월 시간의 틈바구니에 숨어있던, 누군가의 이야기가 나를 부르고 있었다. 블루 문이라는 단어는 내 호기심에 불을 붙였고, 잠들어 있던 나의 영혼을 깨우는 듯했다. 나는 한 걸음 내디뎠다. 자판기가 전해준 선율을 따라, 과거의 어둠 속으로.

블루 문. 쪽지에 적힌 단 두 글자는 내 머릿속에서 계속 맴돌았다. 혹시 그것이 단순한 문구가 아니라, 실재하는 무언가일지도 모른다는 생각이 들었다. 하지만 아무리 기억을 더듬어봐도, 그런 이름을 가진 곳은 떠오르지 않았다. 호기심에 이끌려, 나는 인터넷을 뒤지고 오래된 신문 기사를 찾아보면서, 블루 문의 실체를 좇기 시작했다.

그리고 마침내, 한 줄기 빛 같은 단서를 발견할 수 있었다. 오래된 기사 속에 블루 문이라는 이름의 재즈 클럽이 언급되어 있었다. 1950년대 맨해튼, 이 도시 젊은이들의 사랑을 받던 명소였다고 한다. 매일 밤 흑인 재즈 뮤지션들의 열정적인 연주가 클럽에 생기를 불어넣었고, 사람들은 음악에 취해 하나가 되었다는 묘사도 있었다.

하지만 기사는 클럽의 절정기만을 이야기할 뿐, 그 이후에 대해서는 함구하고 있었다. 마치 클럽이 어느 날 갑자기 증발해버린 것처럼. 여러 자료를 찾아봤지만, 블루 문이 왜, 어떻게 사라졌는지에 대한 추가 정보는 찾을 수 없었다.

호기심은 점점 더 불타올랐다. 나는 찾아낸 주소를 머릿속에 되새기며 거리로 나섰다. 오래된 건물이 빽빽이 들어선 지역. 골목골목을 누비다가, 그 주소에 다다랐을 때 멈춰 설 수밖에 없었다. 높이 솟은 건물은 없었다. 그저 오래된 폐허 같은 2층짜리 건물만이 덩그러니 서 있을 뿐이었다.

블루 문의 흔적을 찾을 수 없어 서글픈 마음으로 발걸음을 옮기려는 찰나. 건물 안에서 들려오는 트럼펫 소리에 움찔할 수밖에 없었다. 분명 그 선율은 녹슨 자판기에서 들려왔던 그것과 같았다. 소름이 돋을 만큼 생생하고 구슬픈 멜로디. 마치 나를 건물 안으로 유혹하는 듯했다.

　이끌리듯 건물 안으로 들어섰다. 바닥에 깔린 먼지와 어둠. 공기 중에는 세월의 냄새가 짙게 배어 있었다. 마치 시간이 멈춘 듯한 분위기 속에서, 나는 2층으로 올라가는 계단을 발견했다. 삐걱대는 나무 계단을 밟으며 천천히 2층으로 향했다. 트럼펫 소리는 점점 더 선명해졌고, 내 심장 박동을 쿵쾅거리게 만들었다. 저 소리의 정체는 무엇일까.

　2층의 홀. 문을 열고 들어선 순간, 눈앞에 펼쳐진 광경에 나는 숨을 멈출 수밖에 없었다. 먼지 가득한 창가에 한 줄기 햇살이 스며들고 있었다. 그리고 그 한가운데, 기품 있는 자태로 앉아있는 고양이 한 마리. 그 광경은 마치 세상으로부터 잊힌 채, 고독 속에 갇힌 존재 같아 보였다.

　고양이는 나를 향해 천천히 고개를 돌렸다. 그 눈빛은 한 세기 이상의 시간을 간직하고 있는 듯 깊고도 복잡했다. 마치 내 영혼을 꿰뚫어 보려는 듯이. 나는 마법에 걸린 듯 그 시선에서 벗어날 수 없었.

　고요한 공기를 가르며, 고양이는 우아한 몸짓으로 창가로 다가갔다. 그제야 그 창가에 무언가 놓여있다는 걸 알아차렸다. 먼지에 덮여 있었지만, 그것이 악보라는 건 분명했다. 고양이는 그 위에 앉더니, 나를 향해 약은 울음소리를 냈다. 마치 악보를 보라는 듯이 말이다.

　조심스럽게 악보를 집어 들었다. 나는 그 악보에 적힌 음표들이, 자판기와 이 건물에서 들려온 선율과 같다는 걸 깨달았다. 누군가가 오래전 이곳에 남긴 흔적. 그리고 고양이는 나에게 그 메시지를 전하고 있었다.

고양이는 악보를 건네자마자, 사뿐히 방을 빠져나가기 시작했다. 그 뒷모습을 바라보며 나는 알 수 있었다. 녹슨 자판기, 그 안에 담긴 쪽지와 음악, 그리고 지금 이 고양이까지. 그 모든 것이 나에게 무언가를 말하고자 함을. 어쩌면 운명처럼 나에게 주어진 퍼즐 조각 같았다.

나는 고양이의 뒤를 따라 다시 1층으로 내려왔다. 어슴푸레한 빛 속에서, 고양이는 건물 밖으로 사라지고 있었다. 악보를 든 채 나는 그 뒤를 쫓아 거리로 나섰다. 봄기운이 물씬 풍기는 거리는 나에게 묘한 설렘을 안겨주었다. 미지의 세계로 발을 내딛는 기분.

발걸음을 재촉하며, 나는 쥐고 있던 악보를 펼쳐보았다. 구겨지고 바랜 악보 속에서, 나는 잃어버렸던 꿈을 발견할 수 있었다. 언젠가 나 역시 음악을 사랑했던 적이 있었다. 하지만 어느 순간부터 멀어졌던 열정. 악보의 음표들은 내 안에 잠들어 있던 그 열정을 일깨우는 듯했다. 나는 고양이가 있을 법한 방향으로 걸음을 옮겼다. 새로운 길목에 들어선 듯한 설렘에 휩싸인 채.

고양이를 쫓던 나는 어느새 도시의 외곽으로 나와 있었다. 낡고 버려진 공장 건물들이 즐비한 거리. 과거의 영광은 사라진 지 오래, 황폐한 풍경만이 남은 이곳에서 고양이의 흔적을 찾기란 쉽지 않았다.

하지만 포기할 수 없었다. 악보에 담긴 음표들이 내 안에서 울리고 있었기에. 잃어버린 꿈을 향한 그리움이 나를 이끌었기에. 이 모든 것에는 이유가 있을 것이라는 직감이 나를 움직였다.

그렇게 헤매던 중, 나는 유달리 높이 솟은 건물 하나를 발견했다. 적어도 30층은 되어 보이는 건물. 깨진 유리창과 녹슨 철골이 휘감긴 건물은 이 거리의 쓸쓸함을 대변하는 듯했다. 이상하게도 그 건물이 나를 부르는 듯한 기분이 들었다.

이끌리듯 건물 안으로 들어섰다. 먼지 냄새가 코를 찌르는 건물 내부는 고요했다. 삐걱대는 계단을 밟으며, 나는 한 층 한 층 위로 올라갔다. 10층, 20층, 30층. 숨이 턱에 닿도록 계단을 오른 끝에, 마침내 옥상에 다다를 수 있었다.

옥상 문을 열고 밖으로 나오자, 거친 바람이 얼굴을 할퀴었다. 숨이 막힐 정도로 광활한 도시의 풍경이 눈앞에 펼쳐졌다. 버려진 공장과 폐허의 거리. 그 끝에서 보이는 도시의 마천루들. 영락없는 디스토피아 같은 광경이었다.

그런데 그 풍경 위로, 자그마한 음표 하나가 보였다. 바로 내 손에 들린 악보에서 본 음표였다. 바람에 흩날리는 악보의 페이지 속에서, 음표가 하나둘 날아오르더니 도시의 풍경 위를 가로질렀다. 마치 누군가의 연주에 맞춰 춤을 추듯.

멍하니 그 광경을 바라보던 나는, 뒤에서 들려오는 작은 울음소리에 깜짝 놀랐다. 그 소리의 근원을 찾아 고개를 돌리자, 구석진 곳에 앉아 있는 고양이를 발견할 수 있었다. 아니, 정확히는 고양이 두 마리였다.

낯익은 고양이와, 처음 보는 새끼 고양이 한 마리. 새끼 고양이는 호기심 어린 눈으로 날 바라보고 있었다. 그리고 조금 전까지 악보 속을 날아다니던 음표들은, 어느새 고양이들 주변에 내려앉아 있었다.

나를 이곳으로 이끈 고양이는, 새끼 고양이에게 음표를 건네고 있었다. 마치 어떤 이야기를 들려주는 듯, 부드러운 움직임으로. 새끼 고양이의 푸른 눈동자는 음표를 좇으며 반짝였다. 순간 나는 알 수 있었다. 저것이 희망을 전하는 모습이라는 것을. 지나간 시간의 편린을, 새로운 생명에게 건네는 의식 같다는 것을.

고양이는 나를 향해 다가왔다. 그리고 내 발치에 음표 몇 개를 떨어뜨렸다. 나는 그것을 주워 손에 쥐었다. 바람에 흔들리는 음표들은, 내 손바닥 위에서 생명의 고동처럼 느껴졌다.

고양이는 야윈 몸을 일으켜 세우더니, 옥상 난간을 향해 걸어갔다. 나는 그 뒤를 따랐다. 바람은 더욱 거세게 불었다. 하지만 두렵지 않았다. 고양이와 함께라면, 새로운 길도 두렵지 않을 것만 같았다.

난간 끝에 선 고양이는, 잠시 도시의 풍경을 바라보았다. 그리고는 몸을 웅크렸다. 다음 순간, 그는 난간을 가볍게 뛰어넘어 자취를 감췄다. 숨을 삼키며 그 끝으로 달려갔지만, 고양이는 이미 어디에도 보이지 않았다.

다만 그가 바라보던 풍경 위로, 작은 희망의 빛이 번지고 있었다. 무너진 공장과 황량한 거리 사이로, 한 줄기 따스한 빛이 고양이가 사라진 곳을 비추고 있었다.

나는 그 빛을 향해 웃음 지었다. 새끼 고양이에게 음표를 전해주던 고양이의 모습이 떠올랐다. 내게 악보를 건넸던 순간의 그 눈빛이.

잃어버린 꿈을 찾아 길을 떠나는 용기. 지나간 시간의 희망을 미래에 전하는 의지. 그것이 바로 내가 이 여정을 통해 배운 것이리라.

36층 건물 옥상 위에서, 나는 내 손에 쥔 음표들을 꼭 붙들었다. 시간은 흘러가고, 공간은 무너져도. 우리가 품은 꿈만은 영원할 수 있으니까. 그 꿈을 잇는 다리가 되어주는 이들이 있는 한.

구겨진 악보를 펴서 바람에 흩날리자, 음표들이 새처럼 날아올랐다. 나는 그것들이 새로운 희망을 찾아, 누군가의 가슴에 닿기를 빌었다. 그리고 계단을 밟고 건물을 빠져나와 다시 거리를 걷기 시작했다.

고양이를 만난 후, 나의 여정은 좀 더 선명해진 듯했다. 아직 그 끝이 보이지는 않았지만, 적어도 내가 가야할 방향은 알 수 있었으니까. 찾아야 할 것이 있다는 믿음 하나로, 나는 길을 걸었다.

발걸음을 옮기던 중 거리 모퉁이에서, 묘한 붉은 빛이 비치는 것이 눈에 들어왔다. 호기심에 이끌려 그 방향으로 걸음을 옮겼다. 좁은 골목 사이에 자리 잡은 허름한 가게 하나. 그 작은 쇼윈도 안에서 붉은 빛이 새어 나오고 있었다.

'레드 샌달우드'라고 쓰인 푯말이 가게 앞에 걸려 있었다. 생경한 이름이었다. 문을 밀고 들어서자, 묘한 향이 코끝을 간질였다. 붉은 향기. 그리고 가게 안에 가득한 온갖 악기들. 바이올린, 클라리넷, 섹소폰, 그 외에도 수많은 악기들이 벽을 가득 메우고 있었다.

"찾으시는 게 있나요?"

카운터 너머에서, 나이 지긋한 주인아저씨의 목소리가 들려왔다. 그의 얼굴에서는 세월의 연륜이 느껴졌다.

"아니요, 그냥 지나가다 들렀어요. 악기들이 너무 멋져서요."

"그렇죠. 다들 그렇게 말하곤 하지요. 하지만 안타깝게도, 손님은 좀처럼 없답니다. 요즘 같은 세상에 악기를 찾는 이가 얼마나 되겠어요."

주인 아저씨는 쓸쓸한 표정으로 내 말을 받았다. 나는 그에게서 무언가 묘한 기운을 느꼈다. 단순히 악기를 파는 가게 주인 이상의 무언가가.

"혹시 예전에 음악을 하셨나요?"

무심코 던진 질문에, 주인 아저씨의 눈빛이 깊어졌다.

"아, 제가 그렇게 티가 나나 봅니다. 예, 한때는 피아니스트였죠. 꽤 잘 나가는 연주자였고요. 하지만 지금은 그저 추억일 뿐입니다."

그의 목소리에는 향수와 서글픔이 묻어 있었다. 나는 본능적으로 그에게서 내가 찾던 무언가를 느낄 수 있었다.

"혹시 '블루 문'이라는 재즈 클럽을 아시나요?"

주인 아저씨는 놀란 표정을 지었다. 마치 잊고 있던 기억이 되살아난 듯한 얼굴이었다.

"블루 문이라… 그 이름을 들으니 옛 생각이 나는군요. 제가 젊은 시절 피아노를 쳤던 곳이 바로 거기였으니까요. 뜨거웠던 음악의 열정이 살아 숨 쉬던 곳이었죠. 하지만 어느 날 갑자기 문을 닫고 말았어요. 그 후로 소식을 들을 수 없었죠."

나는 가슴이 뛰는 것을 느꼈다. 이 가게, 이 주인 아저씨. 분명 우연이 아니었다.

"전… 최근에 그 클럽의 흔적을 찾고 있어요. 그곳에 얽힌 어떤 비밀을 풀고 싶어서요."

주인 아저씨는 잠시 생각에 잠기더니, 카운터 뒤로 사라졌다. 이윽고 그가 들고 온 것은 낡은 피아노 건반 하나였다. 아니, 정확히는 건반의 일부분이었다.

"이건 블루 문에 있던 피아노의 건반이에요. 마지막까지 그 피아노로 연주하던 뮤지션이 떠나기 전, 저에게 맡기고 갔죠. 언젠가 누군가가 이 건반의 의미를 묻고 찾아올 거라고 하면서요."

나는 떨리는 손으로 건반을 받아 들었다. 붉은 나무로 만들어진 그것은 손에 착 감겨들었다. 건반을 살짝 누르자, 묘한 울림이 손끝에서 느껴졌다.

"이건 레드 샌달우드로 만든 건반이에요. 그 나무는 음색을 깊고 풍부하게 만들어주죠. 하지만 지금은 구하기도 힘든 희귀한 나무가 되어버렸어요."

주인 아저씨의 설명에 귀를 기울이면서도, 나의 직감은 다른 데 가 있었다. 건반 뒷면에 작게 새겨진 글씨.

"...W. 1956."

"아, 그건 그 건반을 만든 뮤지션의 이니셜과 연도가 아닐까 싶네요. 제가 기억하기로 그분의 성은 W로 시작했던 것 같아요."

W. 1956. 나는 떨림을 느꼈다. 녹슨 자판기의 쪽지에서 봤던 바로 그 글씨체였다. 이제 거의 다 왔다. 내 안의 목소리가 속삭였다.

"이 건반을 갖고 싶어요. 제 여정을 위해 필요한 것 같습니다."

주인 아저씨는 한참을 나를 응시하더니, 고개를 끄덕였다.

"가져가세요. 이 건반은 애초에 당신을 위해 남겨진 것 같아요. 당신이라면 그 건반의 진정한 의미를 밝힐 수 있을 거예요."

레드 샌달우드 건반을 품에 안고, 나는 가게를 나섰다. 이 작은 나무토막이 내 퍼즐을 완성하는 마지막 조각이 될 것만 같았다.

건반을 어루만지며, 나는 다시 걷기 시작했다. 내 피아노 연주를 기다리고 있을 그 건반을 위해. 그리고 블루 문의 비밀을 찾기 위해.

붉게 물들어가는 노을 너머로, 나는 희미한 재즈 선율을 듣는 것만 같았다. 내 길의 끝에서 나를 기다리고 있을, 누군가의 연주를.

끝없는 여정의 끝에서, 나는 드디어 그를 만날 수 있었다. 1950년대, 블루 문에서 피아노를 연주하던 재즈 뮤지션. 잭 웰러. 그의 일기와 악보, 사진은 나를 이곳으로 이끌었다. 한때 영혼을 울리는 선율로 사람들에게 감동을 선사하던 피아니스트였지만, 어느 순간 갑자기 모든 것을 놓아버리고 사라져야만 했던 남자.

오래된 극장의 무대 위에 올라섰다. 먼지 쌓인 피아노 앞에 앉는 순간, 잭 웰러의 흔적이 고스란히 느껴졌다. 건반을 살며시 누르자, 공간 전체가 애잔한 멜로디로 휘감겼다. 달빛이 창문 너머로 쏟아져 들어와, 피아노 위로 은은한 빛을 드리웠다.

음표에 손을 맞추고, 잭 웰러의 인생을 좇듯 연주를 이어갔다. 그의 기쁨, 슬픔, 좌절, 그리고 깨달음까지. 마치 그가 들려주는 이야기를 음악으로 풀어내는 것만 같았다. 내 손 끝에서 흘러나오는 선율은, 한 음 한 음 잭의 영혼과 내 영혼을 이어주고 있었다.

달빛에 젖어드는 건반을 바라보며, 마침내 그 진실을 마주할 수 있었다. 잭은 블루 문을 떠나야만 했다. 시대의 편견과 차별 앞에서, 그는 자신의 음악을 지키기 위해 모든 것을 버려야만 했다. 재즈에 대한 열정과 동료 음악가들과의 우정까지. 그것은 그에게 있어 가장 고통스러운 선택이었을 것이다.

하지만 잭은 포기하지 않았다. 비록 무대에서 사라졌지만, 그는 음악을 놓지 않았다. 오직 자신만의 공간에서, 오로지 자신만을 위해 피아노를 연주했다. 세상의 편견에 맞서, 진실한 자신의 소리를 찾아간 것이다.

나 역시, 그의 선택에서 큰 울림을 얻을 수 있었다. 내 안에 잠들어 있던 열정을 억누르고 살아온 시간들. 세상의 기준에 나를 맞추려 애쓰며, 정작 내 삶의 주인공은 되지 못했던 나날들. 잭이 마주했던 그 고민과 선택의 기로가 너무나도 깊이 공감되었다.

달빛 아래 펼쳐진 건반은, 나에게 묻고 있었다. 과연 나는 어떤 선택을 할 것인가. 내 영혼의 소리에 귀 기울이고, 진실한 나의 모습대로 살아갈 것인가. 잭의 용기에서 느껴지는 힘이 내 손끝에 전해졌다. 나는 천천히 숨을 내쉬며 눈을 감았다. 피아노 건반 위로 달빛이 출렁이는 이 순간을, 온 몸으로 느끼고 싶었다.

잭의 마지막 연주가 끝났을 때, 나는 무대 위에 홀로 남겨졌다. 달빛은 이미 저물고, 창 너머로 새벽의 푸른빛이 살며시 스며들고 있었다. 나는 그제야 깨달았다. 잭이 들려준 이야기는, 그저 과거의 한 단면이 아니라는 것을. 그것은 현재를 살아가는 나에 대한 이야기였고, 앞으로 맞게 될 미래에 대한 이야기이기도 했다.

무대에서 내려와 걸음을 옮기는 동안, 나는 잭의 흔적을 되새겨보았다. 그가 걸어간 길, 그가 선택한 삶. 그 모든 순간순간이 바로 지금 이 순간의 나를 만들어냈음을. 설령 세상이 외면하더라도, 자신만의 소리를 놓지 않기로 결심했던 그 마음 하나가 결국 나를 변화시켰다.

극장을 나서는 문 앞에 이르자, 나는 잠시 걸음을 멈추었다. 등 뒤로 무대의 어둠이, 눈앞에는 밝아오는 세상의 빛이 펼쳐져 있었다. 이 문을 넘어서는 순간, 새로운 길이 시작될 것만 같았다. 두려움 반, 설렘 반. 하지만 피할 수는 없었다. 내 안에서 울리는 소리, 내 영혼이 원하는 바로 그 길을 가야만 했다.

주머니에서 녹슨 자판기 앞에서 받았던 동전을 꺼내 쥐었다. 마치 수수께끼의 실마리이자, 내일을 향한 열쇠 같았다. 이제 나는 알고 있었다. 언제 어디로 가야 할지, 어떤 음표를 연주해야 할지. 마음속에서 흘러나오는 나만의 선율을 따라, 앞으로 나아가기만 하면 된다는 것을.

시계를 확인했다. 새벽 4시 33분. 나는 문고리에 손을 얹었다. 내 안의 시계가 다시 돌아가기 시작했다. 천천히, 그러나 힘 있게. 새로운 출발점 앞에 서 있는 지금, 온 세상이 나만을 위해 펼쳐진 듯했다. 어둠을 뚫고 나오는 빛처럼, 내 안의 열정이 피어오르고 있었다.

심호흡을 하고, 문을 밀어 열었다.

작은 시계 가게 안, 나는 내 앞에 놓인 시계를 응시하고 있었다. 한때는 멈춰버린 듯 보였던 삶의 시계가, 이제는 제 박자를 찾아가고 있었다. 톱니바퀴가 톱니바퀴에 맞물려 돌아가는 소리가 경쾌하게 울려 퍼졌다.

시계를 고치는 일을 하면서도, 나는 이제 내 삶의 주인공이 되어가고 있었다. 녹슨 자판기와의 만남, 사라진 재즈 클럽에서의 기억, 고양이의 안내, 그리고 잭 웰러의 선택까지. 그 모든 테제들은 내 인생의 낡은 톱니바퀴를 새롭게 교체하는 과정이었다.

내 작업실 한 편에는 피아노가 놓여 있었다. 틈틈이 건반 앞에 앉아 즉흥 연주를 하는 시간은, 나에게 있어 가장 값진 순간이 되어 있었다. 음표가 흘러나오는 동안, 내 영혼은 자유를 만끽했다. 세상의 잣대가 아닌, 오직 내 마음이 원하는 소리를 향해.

가끔은 녹슨 자판기 앞을 지나치곤 했다. 누군가 또 다른 동전을 넣고, 새로운 이야기를 마주하길 바라는 마음으로. 세상엔 아직도 자신의 진정한 선율을 찾아가는 이들이 있으리라. 그들에게도 나와 같은 발걸음이, 나와 같은 깨달음이 찾아오기를 빌면서 말이다.

창밖을 내다보니, 고양이 한 마리가 골목을 가로질러 걸어가고 있었다. 봄기운이 완연한 거리에는 생기가 돌고 있었다.

나는 미소 지으며 다시 시계를 바라보았다. 초침이 규칙적인 리듬으로 움직이는 모습에서, 내 삶의 박자를 발견할 수 있었다.

한 걸음 한 걸음, 천천히 그러나 똑바로. 내 안의 시계가 가리키는 길을 따라, 오늘도 나는 새로운 음표를 찾아 나선다.

세상에 내 선율을 흘려보내며, 나만의 인생 연주를 이어가기 위해.

우주에서 온 편지

2045년 6월 1일, 우주항의 작은 카페에서 엘라와 제이크는 마지막 대화를 나누고 있었다. 창밖으로 우주선이 조용히 기다리는 가운데, 카페 안의 시계는 마치 멈춰버린 듯 천천히 시간을 가리키고 있었다.

"우주에서는 시간이 다르게 흐를 거야. 상대성 이론에 따르면 빛의 속도에 가까워질수록 시간 팽창 효과가 커진다고 하더라."

제이크가 입을 열었다.

"그러니까 우주선의 속도가 광속에 가까울수록 시간이 느리게 간다는 거군요? 로렌츠 변환을 말씀하시는 건가요?"

엘라가 호기심 어린 눈빛으로 물었다. 그러자 제이크는 고개를 끄덕이며 카페 테이블 위에 펼쳐진 노트에 공식을 써 내려가기 시작했다.

"네가 탈 우주선의 속도를 v, 광속을 c라고 하면 감마 인자 γ는 다음과 같아."

$\gamma = 1 / \sqrt{(1 - v^2 / c^2)}$

"만약 우주선이 광속의 99%로 날아간다면 $v = 0.99c$이므로,"

$\gamma = 1 / \sqrt{(1 - 0.99^2)} \approx 7.089$

"지구에서의 시간을 t, 우주선에서의 시간을 t'라 하면, $t' = t / \gamma$가 성립하는 거지. 우주선의 속도가 광속에 가까울수록 시간 팽창 효과가 커진다는 게 상대성 이론의 핵심이야. 예를 들어 우주선이 광속의 99%로 날아간다고 치자. 그러면 지구에서의 1년이 우주선에서는 약 51일 정도밖에 안 되는 거지. 시간이 압축되는 것처럼 보이는 거야."

제이크는 상대성 이론에 대해 이야기하며, 시간이 우주선의 속도에 따라 늘어날 수 있다고 말했다. 엘라는 그 말에 고개를 끄덕이면서도, 마음 한편에는 시간이라는 상대적인 개념보다 그녀의 심장이 느끼는 시간의 무게가 더 진실하게 느껴졌다.

"10년 후에 지구로 돌아온다 해도, 제 나이는 1년밖에 더 먹지 않겠네요."

엘라가 말했다. 그녀의 목소리에는 불확실한 미래에 대한 두려움이 묻어났다. 제이크는 그녀의 손을 꼭 잡으며,

"시간이 어떻게 흐르든, 우리의 사랑은 변하지 않을 거야."

라고 말했다. 그들은 잠시 침묵에 빠졌다. 서로를 향한 애틋한 마음은 같을 테지만, 느끼게 될 시간의 무게는 천차만별일 터. 10년과 1년. 그 간극을 어떻게 메워야 할지 막막할 뿐이었다.

"그동안 다른 여자를 만나도 돼요."

한참 만에 엘라가 입을 열었다. 쓴웃음을 지으며.

"무슨 소리야. 난 절대 그러지 않을 거라고."

제이크는 단호하게 대답하고는 엘라의 손을 꼭 잡았다.

"설령 내 기준으로 100년이 흘러도 널 기다릴 거야. 변함없이."

두 사람은 서로를 바라보며 묵묵히 미소 지었다. 이별을 코앞에 두

고서도, 서로를 향한 사랑만큼은 변함이 없으리라.

　재즈 선율이 흘러나오는 유리잔의 테두리를 손가락으로 따라가며, 엘라는 문득 지금 이 순간의 의미를 되새겼다. 애잔한 멜로디는 마치 그들의 다가올 이별을, 서로에게 말하지 못한 아쉬움의 토로 같았다. 석양을 향해 날아오르는 새들을 바라보던 엘라의 눈에 저절로 쓸쓸함이 어렸다. 새들은 그렇게 자유롭게, 하지만 또 그렇게 덧없이 사라져갔다. 붉게 물든 하늘을 배경으로 펼쳐진 날갯짓들은, 그들 앞에 펼쳐진 시간의 무상함을 환기시켰다. 그들에게 주어진 이 짧은 순간들이 얼마나 애달프고 절실한지. 영원할 것만 같던 사랑도 시간 앞에서는 한낱 찰나에 불과하다는 것을.

　그들의 대화는 더 이상 말로 이어지지 않았다. 눈빛과 손길만이 마지막 대화를 대신했다. 두 사람 사이에 흐르는 침묵은, 말로 표현할 수 없는 수많은 감정들로 가득 차 있었다.

　제이크가 써 내려간 물리학의 공식들은 종이 위에서 그들의 사랑보다 훨씬 덜 복잡해 보였다. 엘라는 노트를 바라보다가, 자신과 제이크가 나누는 마지막 커피를 한 모금 마셨다. 그 커피의 씁쓸한 맛은 이별의 맛과 닮아 있었다.

　그렇게 6월의 어느 평범한 오후, 그들의 사랑은 상대성이라는 이름의 고난을 마주하게 되었다.

　그로부터 한 달 후, 제이크는 엘라에게 첫 메시지를 보냈다.

[작성 일자 : 2045년 7월 3일 지구 기준]

사랑하는 엘라에게.

벌써 너와 떨어진 지 한 달이 되었구나. 시간이 참 빠르다는 생각이 들어. 네가 없는 하루하루가 무색하고 공허하기만 해. 지구의 계절은 여름에서 가을로 막 접어들고 있어. 거리의 가로수들이 선명한 초록에서 노란빛으로 물들어가는데, 내 마음속 너의 빈자리는 좀처럼 채워지지 않는구나.

며칠 전 우리가 자주 산책하던 공원에 갔었어. 벤치에 앉아서는 하염없이 널 기다리는 마음으로 민들레 홀씨를 불어 보냈지. 바람에 흩날리는 씨앗들을 바라보며 문득 싶었어. 지금쯤 우주 저 먼 곳에서 어떤 연구에 몰두하고 있을까. 내가 보낸 편지는 잘 받았을까.

지금 네가 우주선 창밖으로 보고 있을 풍경은 어떨까. 우리가 처음 만난 밤에 빛나던 프록시마 센타우리가 보이려나. 아니면 아직도 지구의 모습이 아른아른 거리려나.

너와 만날 수 없다는 게 익숙해질 줄 알았는데 그게 쉽지가 않구나. 사람 마음이란 게 참 불가사의한 것 같아. 매일 보면 식상해하다가도 막상 없으니까 너무나 그리워지네. 너무 보고 싶어, 엘라.

지면이 모자라 줄일게. 사실 우주 전파 전송료가 만만찮다더라. 농담이야. 네게 편지 쓰는 건 천문학적 비용을 들여서라도 할 만한 일이니까. 사랑해. 제발 우주의 유혹에 빠지지 말고 무사히 돌아와 다오. 날 버리면 안 된다, 알겠지?

영원한 사랑을 믿으며, 제이크가

[작성 일자 : 2046년 1월 1일 우주선 기준]

   제이크에게.
   새해 복 많이 받아요. 지구에서는 겨울이 한창이겠네요. 하얀 눈이 소복이 쌓인 거리를 당신과 함께 걷고 싶어요.
   여기 우주에서의 시간은 참 아이러니해요. 물리적으로는 반년밖에 지나지 않았지만, 당신과 떨어진 매 순간이 천년만 년 같아요. 시간 팽창 효과가 무색해질 만큼, 그리움 앞에서는 시간마저 무의미해지나 봐요.
   우주선 밖으로 펼쳐진 광활한 우주를 볼 때면 문득 겁이 나요. 저 작은 한 점으로 보이는 지구에 제가 사랑하는 사람이 있다는 게 믿기지 않아요. 하지만 동시에 이 사랑이 저 광활한 우주만큼이나 웅장할 거라는 확신도 들어요.
   당신이 보고 싶어요, 제이크. 이 쓸쓸함을 달래 줄 유일한 사람. 지금 무얼 하고 있을까요. 내가 없는 연구실은 썰렁하겠죠. 내 자리를 대신 지키고 있을 민들레에게 안부 전해 주세요.
   이만 줄일게요. 이 편지가 당신에게 닿기까지 6개월이나 걸린다니, 시간이란 참 야속한 것 같아요.
   다음 편지는 좀 더 즐겁고 발랄하게 쓸게요. 우리 사이엔 우울함 따위 어울리지 않으니까요.

                      은하수만큼 깊고 진한 사랑을 담아, 엘라가

그렇게 그들은 편지를 통해 서로에 대한 그리움을 달랬다. 제이크에겐 1년, 엘라에겐 한 달. 시간의 흐름이 다른 만큼, 사랑의 온도 또한 조금씩 어긋나는 것만 같았다.

하지만 적어도 사랑만은 변함이 없으리라. 우주라는 무한한 공간 속에서 그들의 마음만은 변함없는 궤도를 그리며 별과 성좌를 이어갈 터였다. 상대성이라는 무정한 법칙에 굴하지 않고서 말이다.

우주선이 무한한 어둠을 가로지르며 명왕성을 넘어섰다. 엘라는 창가에 앉아, 태양계의 경계를 넘어서는 순간을 지켜보았다. 그녀의 눈앞에 펼쳐진 우주는 광활했지만, 동시에 압도적인 고독감을 선사했다.

"엘라, 우리는 이제 인류가 가보지 않은 미지의 영역으로 나아가고 있습니다."

함장의 목소리가 통신기를 통해 들려왔지만, 엘라에게는 마치 먼 곳에서 울리는 메아리처럼 들렸다.

그 밤, 엘라는 꿈을 꾸었다. 우주항의 카페에서 제이크와 마지막으로 나눈 대화가 다시 펼쳐졌다. 그녀는 꿈속에서 제이크의 손을 붙잡았지만, 손가락 사이로 모래알처럼 미끄러져 나가는 시간을 잡을 수 없었다.

제이크에게 보내는 편지를 쓰면서, 엘라는 눈앞의 종이가 아니라 멀고 푸른 지구를 바라보았다. 그녀의 글씨는 창밖을 가로지르는 유성처럼 번쩍였다.

"당신과 다시 만날 수 있을까요?"

그녀는 종이에 물었지만, 대답은 오지 않았다.

엘라는 창밖을 물끄러미 바라봤다. 아득한 어둠 사이로 붉은 빛을 내뿜고 있는 항성. 프록시마 켄타우리였다. 제이크와의 첫 만남이 스쳐 지나갔다.

[작성 일자 : 2046년 7월 15일 우주선 기준]

  사랑하는 제이크에게.
  어느덧 우리가 인류 미개척 지대에 도달했어요. 이제 우리 앞에 놓인 건 미지와 두려움뿐이에요. 정말 원했던 일이긴 한데 한편으론 겁이 나기도 해요. 당신과 함께 이 경이로운 순간을 함께하지 못해 너무나 서운해요.
  어젯밤 꿈에 당신이 나왔어요. 우리 태양계를 떠나던 날 당신과 마지막으로 만났던 우주항에서 그 모습 그대로 서 있더라고요. 환한 미소를 짓고 내게 손을 흔드는 모습이 너무나 선명해서, 마치 꿈이 아닌 것만 같았죠. 하지만 눈을 떠 보니 곁엔 차갑기만 한 우주선 벽면뿐이었어요.
  당신은 지금쯤 어떤 하늘을 보고 있나요. 붉게 물든 노을인가요, 아니면 먹구름 가득한 허공인가요. 연구실에 처박혀 근심 어린 표정으로 내 편지를 읽고 있을 모습이 눈에 선해요. 아니라고 해 주세요, 제발.
  여기 우주에서는 낮과 밤의 구분조차 없어요. 시간이 멈춰 버린 듯한 기분이에요. 창밖엔 영원한 어둠만이 가득하죠. 당신과 떨어진 시간. 그건 우주의 나이만큼 오래되고 깊은 것 같아요. 벌써 1년이나 지났네요. 저에게는 말이에요.
  제이크, 이 모든 게 끝나고 당신의 품에 안길 날만을 고대하며 오늘도 먼 길을 떠납니다.

우리의 사랑이 이 우주의 중력을 거슬러 영원히 빛나기를.

당신의 엘라가

　제이크는 창밖으로 들리는 풀벌레 소리를 들으며 책상에 앉아 있었다. 10월의 밤공기는 제법 차가웠다.

　엘라가 지구로 돌아오는 우주선 안에서 바라본 풍경은, 시간과 공간을 초월한 사랑의 징표처럼 느껴졌다. 토성의 고리는 그녀와 제이크의 이별을, 화성의 붉은 빛은 그리움을, 푸른 지구는 재회의 순간을 상징하는 듯했다.

　10년 하고도 3개월 만에 보는 고향 행성이었다. 그 광경에 엘라의 두 눈에선 눈물이 흘러내렸다. 제이크의 모습이 아른거렸다. 지금쯤 그는 얼마나 변해 있을까. 자신을 알아보긴 할까.

　"지구 관제탑이 제이크 씨의 메시지를 보내 왔습니다."

　갑자기 들려온 함장의 목소리에 엘라의 심장이 덜컥 내려앉는 듯했다.

　"……엘라, 돌아온 걸 환영해. 10년 기다렸어. 빨리 보고 싶구나. 사랑해."

　지구 관제탑에서 전달된 제이크의 메시지는, 엘라의 마음 속 깊은 곳에 잠재되어 있던 희망의 불씨를 다시 지폈다. 그녀의 눈에서 흐르는 눈물은 우주의 별들처럼 반짝였다.

　우주선에서 내린 엘라는 한참 동안 주위를 둘러보며 서 있었다. 터미널은 10년 새 많이 바뀌어 있었다. 눈에 익은 건 오직 창밖으로 보이는 지구의 푸른 하늘뿐.

"엘라!"

난데없이 들려온 목소리에 엘라가 고개를 돌렸다. 저 멀리서 한 남자가 미친 듯이 달려오고 있었다. 낯익은 얼굴이었다. 그런데 말이다. 10년 세월이 무색하게 그의 얼굴에서는 세월의 흔적이 전혀 느껴지지 않았다.

터미널에서 제이크를 바라보는 순간, 시간은 또다시 상대적인 것이 되었다. 10년의 세월이 순식간에 지나간 듯했고, 둘만의 우주가 그 자리에 펼쳐졌다. 제이크의 미소는 여전히 그녀의 가슴 속에 남아 있는 그의 기억과 일치했다.

"제이크...? 정말 당신 맞아요?"

"그래, 나야. 내가 그렇게도 기다리던 엘라."

두 사람은 말없이 붙어 앉아 한참을 울었다. 주변의 수많은 눈초리와 카메라 플래시도 아랑곳하지 않은 채.

"보고 싶었어요, 정말로..."

"알아... 나도 매일같이 널 그리워했어. 내가 얼마나 오래 기다렸는지 넌 모를 거야."

기나긴 이별의 시간을 건너 그들은 이렇게 재회했다. 세월의 풍파에도 변함없는 서로를 향한 사랑. 그것은 우주의 상대성 법칙도, 시간의 무상함도 결코 휘두를 수 없는 절대불변의 진리였다.

재회 후 첫 주말, 엘라는 전나무 숲 속의 오두막집에서 잠에서 깼다. 창밖에는 보슬보슬 봄비가 내리고 있었다.

제이크는 거실 소파에 앉아 창밖을 바라보고 있었다. 십 년의 세월을 온전히 간직한 채.

"우리가 다시 만나게 되다니 꿈만 같아요."

엘라가 그의 곁에 다가가 앉으며 말했다.

"그래. 모든 게 기적 같지 않니."

제이크가 엘라의 손을 꼭 잡으며 대답했다.

"도대체 어떻게 그 긴 시간을 견뎌 냈어요? 전 겨우 1년 남짓한 시간이 지옥 같았는데…"

제이크는 씁쓸히 웃으며 창밖을 응시했다. 내리는 빗방울들이 창유리를 때리는 소리만이 적막을 깨뜨렸다.

"널 잊지 않기 위해 노력했어. 너와의 추억을 하루에도 수십 번씩 곱씹었지. 보고 싶다는 말을 속으로 또 속으로 외고 또 외었어. 널 기다리는 일이 내 삶의 전부였던 것 같아."

작은 오두막에 둘만이 있었다. 엘라는 그에게 기대어 빗소리를 가만히 듣고 있었다.

"미안해요, 제 욕심 때문에 당신에겐 너무 가혹한 시간이었겠어요."

"아니, 후회하지 마. 누군가를 기다리는 일, 그 고통 속에서도 다시 만날 그날을 꿈꾸는 일. 그것 역시 사랑의 일부야. 널 기다리는 동안 난 나 자신에 대해, 내 마음에 대해 많은 걸 배웠어."

엘라는 그의 가슴에 얼굴을 묻었다. 아직도 믿기지 않는 감격스러운 순간이었다. 그렇게 오랫동안 그리워하던 심장 소리를 이제 또렷이 들을 수 있다니.

"앞으로 우린 어떻게 될까요?"

제이크는 그녀를 꼭 끌어안았다.

"글쎄, 우리 앞엔 이제 무한한 가능성이 놓여 있어. 좋은 날도, 슬픈 날도, 힘겨운 날도 있겠지. 하지만 적어도 이 사실만은 확실해. 우린 다시는 서로를 잃지 않을 거라는 것. 널 사랑해 엘라, 영원히."

장대하게 쏟아지는 빗소리 사이로 제이크의 속삭임이 파고들어 왔다. 엘라는 눈시울이 뜨거워짐을 느꼈다. 그렇게 서로의 체온을 느끼며 그들은 한참을 말없이 창밖을 응시했다.

오두막집에서의 재회는 우주적인 순간으로 변했다. 봄비가 내리는 창밖을 바라보며, 엘라와 제이크는 서로의 존재만으로 완전해졌다. 그들의 사랑은 시간과 공간을 초월해, 마치 우주의 법칙과 같이 불변의 것이 되었다.

두 사람이 나누는 침묵은 우주의 적막과도 같았지만, 그 안에서 느껴지는 연결감은 어떤 말보다도 강력했다. 제이크와 엘라의 사랑은 예측할 수 없고 신비로운 우주의 한 조각처럼 빛났다.

상대성 이론 따위는 잊어버린 채.

천천히, 천천히 흘러가는 시간 속에서 오직 서로에 대한 사랑만을 느끼며.

그렇게 오래된 미래에서 온 연인들의 재회는 막을 내렸다. 하지만 이것은 끝이 아니었다. 긴 이별 끝에 새로이 시작되는 그들만의 시간. 시공을 초월한 사랑의 비밀을 간직한 채, 제이크와 엘라는 이제 미지의 내일로 첫발을 내디딘다. 앞으로 펼쳐질 이야기는 오직 그들만이 써 내려갈 수 있는 것이었다. 떨어져 있는 동안 꿈꿔 왔던 소박한 일상들. 그리고 무엇보다 서로를 향한 변치 않는 사랑.

그들의 재회는 조용히, 하지만 묵직하게 막을 내렸다. 우주라는 경이로움과 상대성 이론이라는 신비로움을 배경으로, 제이크와 엘라의 사랑은 과학을 초월한 절대적인 힘을 보여 주었다. 앞으로도 그들의 사랑은 세월의 풍파에도 변치 않고 영원할 것이다. 두 개의 심장이 함께 뛰는 한.

2030년, 가상현실 플랫폼 '리틀빅라이즈(Little Big Lies)'가 문을 열었다. 창립자 에단 카터는 이곳을 작가들의 자유로운 창작의 공간으로 만들고자 했다. 홀로그램 편집기 앞에서 얼굴 인증만 하면, 작가들은 무한한 상상력의 세계로 뛰어들 수 있었다.

 에단은 홀로그램 편집기 앞에 앉아 새 소설의 줄거리를 구상하고 있었다. 기묘하고 어두운 디스토피아 세계를 그려내는 것이 그의 특기였다. 에단의 작품은 언제나 인간 본성의 어두운 면을 파고들었고, 사회의 부조리를 날카롭게 꼬집었다. 그의 상상력은 두려움과 경외심을 불러일으켰지만, 동시에 독자들을 사로잡았다.

 '하지만 과연 내 상상력으로 현실을 온전히 담아낼 수 있을까?'

 무거운 한숨과 함께, 창밖을 내다보았다. 유리창 너머로 펼쳐진 도시의 모습은 화려했지만 공허했다. 겉으로 보이는 화려함 뒤에 도사린 부패와 음모의 그림자. 마치 화려한 옷으로 치장한 병든 몸처럼, 세상은 그 균열을 감추고 있었다.

 '진실은 언제나 가면 뒤에 숨어 있는 법이지.'

진실을 외면한 채 살아가는 사람들, 권력과 이권을 위해 양심을 저버린 기득권층. 그런 세상을 향해 목소리를 내는 것, 그것이 작가로서의 소명이라고 에단은 믿었다.

'세상을 바꿀 순 없어도, 적어도 진실을 알리는 촛불이 되어야지.'

인간은 나약하고 유한한 존재였다. 에단 역시 그 틀을 벗어날 순 없었다. 하지만 진실을 향한 열망만큼은, 그 어떤 권력도 꺾을 수 없으리라.

"에단, 좋지 않은 소식이야."

에단의 절친한 친구이자 뛰어난 해커인 유키 사에키가 진지한 얼굴로 들어왔다.

"GAIA(Global Alliance for Intellectual Advancement)에 대한 폭로글이 리틀빅라이즈에 올라왔어. 익명으로 작성된 글이지만, 그 내용이 상당히 심각해 보여."

"GAIA라고? 작가들을 지원하는 그 국제 NGO 말이야?"

유키는 고개를 끄덕이고는 투명한 태블릿을 에단에게 건넸다. 에단이 화면을 유심히 들여다보자, 그의 미간에 깊은 주름이 패였다.

"세상에... 이게 사실이라면..."

폭로글에는 충격적인 내용이 담겨 있었다. GAIA가 첨단 인공지능을 이용해 작가들의 의식을 감시하고 통제해 왔다는 것, 그들의 진정한 목적이 창작물 검열과 여론 조작에 있다는 주장까지.

"정말 경악스럽군."

에단이 중얼거렸다. 그가 상상했던 어떤 디스토피아보다도 암울한 진실이 눈앞에 펼쳐져 있었다. 만약 이것이 사실이라면, 그들은 지금껏 자유로운 창작의 샘물을 마신 게 아니라 통제와 감시의 쇠사슬에 묶여 있었던 셈이었다.

'작가의 창작물마저 통제하려 하다니... 예술가의 영혼을 짓밟는 것과 다름없어.'

"유키, 이 폭로글을 쓴 사람을 알아낼 방법은 없을까? 꼭 만나봐야겠어."

"보안이 철저해서 쉽지 않을 거야. 하지만 최선을 다해볼게."

유키가 단호히 대답했다. 그녀 역시 진실에 다가가고픈 열망으로 가득 차 있었다.

진실의 씨앗이 뿌려졌다. 이제 그 싹을 틔우고 가꾸는 일은 에단과 유키의 몫이었다. 진실을 향한 그들의 여정은 이렇게 시작되었다. 그것은 광활한 어둠 속을 향해 던져진, 작은 돌멩이에 불과했다. 하지만 그 돌멩이가 던져질 때마다, 어둠은 서서히 밝아질 터였다.

에단의 마음속에서 무언가가 피어올랐다. 투쟁심? 분노? 아니면 희망? 아직은 정의하기 어려운 감정이었다. 그저, 본능적으로 느껴지는 것이 있었다.

'진실이 숨 쉬는 곳에서라면 나는 기꺼이 길을 잃겠네. 그 길 위에서 나는 비로소 자유를 만날 테니...'

"이제 어쩌지?"

에단이 고민에 빠졌다.

"제보자가 누군지 알아내야 하는데, 실마리조차 없으니..."

"글쎄…"

유키도 한숨을 내쉬었다.

"이런 민감한 정보를 흘린 사람이라면, 신원을 숨기는 데 온 힘을 기울였을 거야. 쉽사리 드러나진 않을 걸."

난관에 봉착한 두 사람. 하지만 길은 언제나 있는 법. 에단의 태블릿이 신호음을 울렸다. 한 통의 이메일이 도착한 것이다.

[진실을 원한다면, 버려진 지하철역 4번 승강장으로 오시오. 자정. 혼자서.]

"뭐야, 이거…"

에단의 눈이 휘둥그레졌다. 마치 그들의 대화를 엿들었다는 듯한 내용이었다.

"함정일 수도 있어."

유키가 경계심을 드러냈다.

"만약 GAIA쪽에서 보낸 거라면…"

"하지만 이것 말고는 단서가 없잖아."

에단이 고개를 저었다. 에단의 내면에서 두 개의 목소리가 뒤섞였다. 한 목소리는 경계를 늦추지 말라고, 다른 목소리는 진실에 다가가려면 위험도 감수해야 한다고 속삭였다.

마침내, 그는 결심했다. 진실과 안전, 양자택일을 해야 한다면 그는 주저 없이 진실을 택할 것이다.

'위험은 감수해야지. 그것이 진실에 다가가는 유일한 길이라면…'

자정이 가까워졌다. 에단은 약속의 장소, 버려진 지하철역으로 향했다. 공기는 습하고 퀴퀴했다. 벽에 낙서가 가득한 4번 승강장은, 오래전 문을 닫은 듯 쓸쓸한 풍경을 자아냈다.

"에단 카터 씨?"

그윽한 목소리가 귓가에 울렸다. 에단이 몸을 돌리자, 50대쯤으로 보이는 아시아계 남성이 걸어나왔다. 검은 선글라스에 가죽 자켓을 걸친, 다소 험악한 인상의 사내였다.

"당신이 나를 부른 사람인가요?"

긴장 어린 목소리로 에단이 물었다. 남자는 고개를 끄덕이며 자신을 소개했다.

"그렇소. 내 이름은 리웨이 천. GAIA에서 15년간 일했지. 당신이 GAIA에 대한 폭로글을 봤을 거라 믿소."

에단은 말을 잇지 못하고 리웨이를 응시했다. 그의 전직이 GAIA요원이었다니, 지금의 상황이 더욱 미스터리해졌다.

"그 폭로글... 당신이 쓴 건가요? 왜 GAIA의 실체를 폭로하려 하는 거죠?"

에단의 물음에 리웨이의 눈빛이 험악해졌다.

"더는 양심의 가책을 느끼며 살 수 없어서요. GAIA라는 조직은 겉과 속이 다른, 위선의 아이콘이오. 그들은 작가들의 창작물을 통제하고, 세상의 여론을 장악하려 해요. 저 역시 오랜 시간 부역자로 살았소. 하지만 이제 돌이킬 수 없는 강을 건넜소. 그들의 실체를 밝히고 싶소."

에단은 리웨이의 말에 놀라움을 금치 못했다. 그의 고백은 진실의 무게로 점철되어 있었다.

"저는 작가로서 진실을 좇고 싶어요. 당신의 도움이 필요합니다. GAIA의 음모를 밝히는 글을 쓰고 싶습니다."

리웨이는 만족스러운 미소를 지었다.

"당신 같은 용기 있는 작가를 찾고 있었소. 좋아요, 협력하지요. 그 대신 약속 하나 해주시오. 당신의 안전을 최우선으로 생각하라고요. 우리가 상대하는 건 무서운 괴물이오. 당신의 목숨을 위협할지도 모르니까."

각오와 결의, 에단은 리웨이의 손을 굳게 잡았다.

"약속하죠. 제 목숨보다 소중한 건 없으니까요. 진실을 위해서라면 기꺼이 위험을 감수하겠습니다."

그렇게 두 사람은 악수를 나누었다. 에단은 씁쓸한 웃음을 지었다. 그는 이미 안전지대를 벗어난 것이다. 자신의 글이 GAIA를 자극할 거란 건 뻔했다. 하지만 그는 이 싸움을 멈출 수 없었다.

'가시밭길이라도 개의치 않겠어. 진실이 숨 쉬는 그곳에 다다를 때까지는…'

에단은 리웨이에게 작별 인사를 건넸다. 밤공기는 차갑고 건조했다. 고독한 발걸음으로 지하철역을 빠져나왔다. 에단의 뇌리에선 온갖 생각이 뒤엉켰다.

'두려움? 아니야, 나는 두렵지 않아. 작가에겐 펜 하나면 충분해. 그 펜이 곧 무기가 되고 방패가 되니까.'

일말의 망설임 없이, 그는 터널 속으로 사라졌다. 어둠을 밝힐 횃불을 들고서.

"에단, 좋은 소식이야!"

에단의 절친 유키가 흥분한 목소리로 사무실로 뛰어 들어왔다.

"GAIA의 기밀 문서를 입수했어. 리웨이의 도움으로 말이지. 드디어 실체에 다가설 수 있게 됐어!"

에단은 기쁨에 눈을 반짝였다. 마침내 진실의 문이 열리는 순간이었다.

유키가 건넨 문서 더미를 에단은 조심스레 살펴보았다. 너덜너덜한 종이 뭉치였지만, 그 안에는 충격적인 사실들이 고스란히 담겨 있었다. GAIA의 감시 시스템부터 작가들에 대한 협박과 회유, 심지어 암살 계획까지. 에단의 손이 분노로 떨렸다.

"믿을 수가 없어... GAIA가 이토록 사악할 줄이야."

"그들은 우리가 알던 것 이상으로 막강한 권력을 쥐고 있었어. 문학계뿐 아니라 정치, 경제, 언론까지... 모든 분야에 깊숙이 관여하고 있더라고."

유키의 말에 에단은 깊은 한숨을 내쉬었다. 진실의 크기가 너무나 컸다. 상상했던 그 이상으로 거대한 적이 눈앞에 드러난 셈이었다.

'우리가 이길 수 있을까? 작가의 펜으로 저 거대한 악을 꿰뚫을 수 있을까?'

에단의 내면에서 의심의 목소리가 고개를 들었다. 하지만 이내 굳건한 신념이 그 의심을 물리쳤다.

'아니야, 우리는 반드시 해낼 수 있어. 진실은 언제나 불의에 맞서 승리하는 법이니까.'

문득 유키의 표정이 어두워졌다.

"에단, 우리 지금 감시당하고 있을지도 몰라. GAIA가 우리의 행적을 눈치챘을 가능성이 높아."

섬뜩한 예감이 스쳤다. 에단과 유키는 말없이 창밖을 응시했다. 저 어딘가에서 GAIA의 눈이 그들을 지켜보고 있을 터였다.

"우리는 조심해야 해."

에단이 이를 악물며 중얼거렸다.

"하지만 물러설 순 없어. 아무리 위험해도 가야만 해. 그게 작가로서의 우리 운명이야."

운명이라는 단어에 유키는 씁쓸히 웃었다.

"운명이라... 우리가 그 운명을 택한 거겠지. 후회는 없어."

에단도 고개를 끄덕였다. 그들은 이미 돌이킬 수 없는 다리를 건넜다. 이제 남은 건 앞으로 나아갈 뿐이었다.

그때, 노크 소리가 울렸다. 유키가 긴장한 얼굴로 문을 열자, 뜻밖의 인물이 모습을 드러냈다.

"마... 마이클 선생님?"

에단은 놀라 눈을 깜박였다. 문 앞에 선 이는 다름 아닌 그의 스승, 마이클 코헨이었다.

"에단."

노작가의 목소리는 무겁게 가라앉아 있었다.

"자네, 요즘 무슨 일을 꾸미는 거야?"

뜻밖의 질문에 에단은 당황했다. 그가 더듬거리며 변명을 늘어놓는 사이, 마이클은 그의 눈을 꿰뚫어보았다.

"GAIA 말이야. 자네가 그 조직의 비밀을 캐내려 한다는 걸 알고 있어."

차가운 한마디에 방안의 공기가 얼어붙었다.

"선생님... 어떻게..."

"듣게, 에단."

마이클이 한숨을 내쉬었다.

"자넨 지금 너무 위험한 다리를 건너려 하고 있어. 그 다리의 끝에 무엇이 있는지 아는가? 절망과 죽음뿐이야."

"하지만 진실을 밝혀야 합니다!"

에단이 목소리를 높였다.

"그것이 작가로서 제 소명이에요. 스승님께서 가르쳐주신 대로요!"

"어리석은..."

노작가는 고개를 저었다.

"나는 자네에게 현실을 가르쳐주려 했던 것일세. 진실 따위는 알맹이 없는 과일일 뿐이야. 겉으로 번지르르해 보여도 씹어 먹을 수 없지."

충격과 배신감에 에단은 말문이 막혔다.

"자네를 위해 하는 말일세. GAIA와 맞서려 들지 말고 여기서 멈추게. 그래야 목숨을 부지할 수 있어."

"하지만..."

"진실 같은 건 없어!"

마이클이 고함을 질렀다.

"이 세상 모든 것은 회색일 뿐이야. 완전히 검은 것도, 완전히 희게 빛나는 것도 없다고! 그걸 받아들이는 게 현명한 작가의 길이야."

목이 메어 에단은 대꾸하지 못했다. 숨이 막힐 듯 답답했다. 이것이 현실이란 말인가. 추악한 진실을 외면하고 살아남는 것이 삶의 지혜란 말인가.

'아니야, 나는 그렇게 살 수 없어. 내 양심이 속삭이는 대로, 펜이 가리키는 길을 가야만 해.'

"죄송합니다, 스승님. 절 믿어주시지 않는다면 그건 그것대로 받아들이겠습니다. 하지만 전 멈출 수 없습니다. 제 영혼이 택한 길을 걸어야만 합니다."

에단의 눈동자에서 불꽃이 이는 듯했다. 그 불꽃에 노작가는 안타까운 눈빛을 보냈다.

"자네 뜻대로 하게. 하지만 경고하는데, 그 길의 끝은 좋지 않을 걸세."

기나긴 침묵. 텅 빈 복도에는 쓸쓸한 발걸음 소리만이 메아리쳤다.

에단은 한동안 자리에 멈춘 듯 서 있었다. 영혼의 깊은 곳에서 회의가 피어올랐다. 펜을 든 손이 떨렸다. 스승의 경고가 귓가에 맴돌았다.

'우리에겐 선택의 여지조차 없는 걸까? 이 거대한 흐름에 떠밀려 가는 것 말고는…'

"에단."

유키가 그의 어깨에 손을 얹었다. 그 손길에서 전해지는 온기가 에단을 현실로 끌어올렸다.

"우리는 우리가 믿는 길을 가야 해. 스승님의 말씀이 옳다 해도, 이건 네가 선택한 싸움이잖아. 그리고 난 네 편이야. 우린 함께 싸울 거야."

에단은 떨리는 입술을 깨물었다. 유키의 응원이 그에게 새 힘을 실어주고 있었다.

"고마워, 유키."

그는 울먹이듯 웃었다.

"네 말이 맞아. 우린 포기할 수 없어. 우리가 오늘 진실을 외면한다면, 그것이야말로 우리 영혼에 씻을 수 없는 오점을 남길 테니까."

작은 사무실 안, 두 영혼이 굳은 결의로 손을 맞잡았다. 그들 앞에 펼쳐진 길은 광활한 어둠뿐이었다. 하지만 그들의 가슴속에는, 그 어떤 어둠도 꺾지 못할 불꽃이 타오르고 있었다.

칠흑 같은 밤하늘, 에단의 폰이 요란한 진동을 울렸다. 발신인을 확인한 그의 눈이 휘둥그레졌다. 리웨이 천이었다.

[에단 씨, 긴급한 일이 생겼소. 바로 만나야겠소. 낮 12시, 맥키트릭 호텔 1401호실.]

메시지는 그것뿐이었다. 에단은 느닷없는 호출에 당황했다. 하지만 그 속에서 불길한 기운이 느껴졌다.

'무슨 일이지? 설마 GAIA에게 들통 난 건가?'

에단은 바로 유키에게 연락했고, 둘은 긴급히 맥키트릭 호텔로 향했다.

노크를 하자마자 문이 벌컥 열렸다. 리웨이가 안절부절못하는 기색으로 그들을 맞이했다. 방 안에는 낯선 여성도 앉아 있었다. 금발의 서양인, 30대로 보이는 그녀는 창백한 얼굴로 시선을 피했다.

"일단 앉으시오."

리웨이가 에단과 유키를 재촉했다.

"소개하지요. 이 분은 사만다 스미스. 전직 GAIA 요원이오."

사만다라는 여인, 그녀는 불안한 눈빛으로 에단을 바라보았다. 마치 죄책감에 시달리는 듯한 표정이었다.

"에단 씨."

그녀가 떨리는 목소리로 입을 열었다.

"당신께 중요한 정보를 전해드리려고 왔어요. GAIA가 작가들에게 자행한 범죄의 증거를 말이에요."

그녀의 손에서 USB 하나가 스르륵 미끄러져 나왔다. 에단은 의아한 눈길로 그것을 받아들었다.

"이 안에 당신이 원하던 모든 진실이 담겨 있어요. GAIA가 작가들의 창작물을 통제했던 방식, 그들의 사상을 감시하고 억압했던 수법까지... 전부 다요."

"하지만 왜..."

에단이 미심쩍은 눈길로 되물었다.

"당신은 GAIA 요원 아니었나요? 조직의 비밀을 폭로하는 건 스스로 목을 매는 일일 텐데..."

사만다의 입가에 쓸쓸한 미소가 어렸다.

"전 더는 양심의 가책을 견딜 수 없었어요. GAIA를 위해 일하면서 너무나 많은 죄를 지었죠. 이제라도 진실을 밝히는 게 제 속죄의 방식이에요."

에단은 USB를 꼭 움켜쥐었다. 마침내 GAIA의 실체를 폭로할 단서를 손에 넣은 셈이었다. 동시에 알 수 없는 불안감이 그를 옭아맸다.

"정말 고맙습니다."

떨리는 목소리로 그가 말했다.

"이 자료로 진실에 한 걸음 더 다가갈 수 있을 것 같아요. 하지만 당신의 신변은 걱정되는데..."

"염려 마세요."

사만다가 고개를 저었다.

"전 이미 각오를 마쳤어요. 이 일로 목숨을 잃더라도 괜찮아요. 그것이 제가 택한 속죄의 길이니까요."

방 안에 침울한 정적이 흘렀다. 모두가 말없이 생각에 잠겼다.

'목숨을 내놓는 속죄라...'

에단의 심장이 무겁게 내려앉았다.

'우리가 치르는 대가도 이와 다르지 않을까...'

그때, 유키의 손이 스르륵 에단의 손을 감싸 왔다. 따스한 온기가 전해졌다. 에단은 고마운 마음에 그 손을 꼭 움켜잡았다.

"우린 함께 싸울 거예요."

유키의 눈동자가 은은한 빛을 발했다.

"어떤 위험이 닥치더라도, 서로를 지키며 나아갈 거라고요. 그것이 우리의 운명이에요."

'맞아... 이것이 우리의 운명이야.'

에단의 내면에서 담대함이 피어올랐다. 그들에겐 두려워할 이유가 없었다. 서로가 서로의 힘이 되어주니까. 함께라면 그 어떤 역경도 이겨낼 수 있으리라.

"고맙소, 사만다."

그가 사만다를 향해 진심 어린 감사를 전했다.

"당신의 희생은 결코 헛되지 않을 거예요. 우리가 반드시 진실을 밝혀내겠습니다."

사만다는 안도의 미소를 지었다. 죄책감에 시달리던 얼굴에 마침내 평화로운 빛이 깃들었다.

회의를 마치고, 에단과 유키가 호텔을 빠져나왔을 때였다. 유키의 휴대폰이 울렸다. 화면에 뜬 이름에 둘은 긴장했다.

"켄... 내 동생이야."

유키의 목소리가 떨렸다.

"무슨 일이지?"

전화를 받자, 너머에선 흐느끼는 소리가 들려왔다.

"누나... 위험해. 누군가 널 노리고 있어. 방금 수상한 사람들이 널 찾아왔었어."

유키의 얼굴이 창백해졌다. 에단 역시 섬뜩한 한기를 느꼈다.

"제발 조심해, 누나. 널 잃고 싶지 않아..."

"걱정 마, 켄."

유키는 애써 목소리를 가다듬었다.

"난 괜찮을 거야. 넌 몸 조심하고. 사랑해."

통화를 마친 유키의 눈가에 이슬이 맺혔다. 에단은 안타까운 마음에 그녀의 어깨를 껴안았다.

"유키..."

그가 절박하게 속삭였다.

"정말 미안해. 내가 너를 이런 위험에 빠트리다니..."

"아냐, 에단. 내가 선택한 길이야."

유키가 눈물을 닦으며 미소 지었다.

"이 싸움, 너와 함께 끝까지 가겠어. 진실을 향한 우리의 여정을 포기할 순 없어."

운명의 시계가 또각또각 움직이고 있었다. 그들에겐 이제 선택의 여지가 없었다. 앞으로 나아갈 수밖에.

그날 밤, 에단의 아파트에 두 명의 괴한이 침입했다. 에단은 필사적으로 저항했지만 역부족이었다.

쾅!

마지막 의식이 사라지기 전, 유리창이 박살 나는 소리가 들렸다. 구원의 여신처럼 유키가 달려들어 왔다. 그녀의 손에 든 건 와인 병. 그것으로 괴한의 머리를 내리쳤다.

"악!"

괴한이 비명을 질렀다.

격투가 시작됐다. 에단도 기력을 차려 일어섰다. 그는 유키와 함께 맹렬히 괴한들과 싸웠다. 테이블이 부서지고, 바닥에 핏자국이 뿌려졌다.

한참을 싸운 끝에, 에단은 그중 한 괴한을 제압했다. 그의 얼굴에서 복면이 벗겨졌다. 드러난 것은 GAIA의 상징이 그려진 문신. 두 사람의 예감이 적중한 것이다.

"젠장..."

에단은 이를 갈았다. GAIA가 직접 암살자를 보낸 것이다. 그들은 이제 목숨을 건 사투에 돌입한 셈이었다.

"으..."

갑자기 고통에 찬 신음이 들려왔다. 고개를 돌리니, 유키가 힘없이 쓰러지고 있었다. 그녀의 옆구리에서 선혈이 흘러내리고 있었다.

"안 돼! 유키!"

에단은 그녀를 부축했다. 죽어가는 괴한들은 안중에도 없었다. 그의 눈에는 오직 유키의 창백한 얼굴만 보일 뿐이었다.

"정신 차려, 유키! 제발..."

"에단..."

유키의 입술이 파르르 떨렸다.

"미안해. 내가 너를... 지키지 못해서..."

"아냐, 널 지키지 못한 내가 미안하지."

에단의 눈에서 눈물이 쏟아졌다.

"제발 버텨 줘. 널 잃을 순 없어..."

병원. 수술실 앞, 에단은 망연자실한 얼굴로 앉아 있었다. 피 묻은 손을 부들부들 떨며, 그는 기도했다.

'신이시여, 제발 그녀를 살려 주소서. 제 목숨을 대신 주겠사오니...'

시계가 느리게 돌았다. 마침내 수술실 불이 꺼지고, 의사가 걸어나왔다. 에단은 벌떡 일어섰다.

"의사 선생님! 유키는... 제 친구는 괜찮습니까?"

의사는 안도의 미소를 지었다.

"걱정 마세요. 환자분은 이제 위험하지 않습니다. 살 수 있을 겁니다."

에단의 눈에서 감사의 눈물이 쏟아졌다.

'신이시여... 감사합니다. 감사합니다...'

다시 병실, 에단은 유키의 손을 꼭 잡고 속삭였다.

"고마워, 유키. 날 구해줘서... 널 지켜내지 못해 정말 미안해."

"바보야..."

유키가 가느다란 목소리로 웃었다.

"우린 운명을 함께하는 거잖아. 널 지키는 게 내 운명이라면, 난 기꺼이 그 길을 가는 거야."

"유키..."

에단은 눈물을 삼켰다.

"우리 꼭 이겨내자. 진실을 세상에 알리는 거야. 그게... 우리가 태어난 이유일 테니까."

"그래, 에단. 꼭 해내자."

두 손이 굳게 맞잡혔다. 병실 창밖으로 아침 햇살이 눈부시게 쏟아져 들어왔다. 새로운 날이, 그들이 맞서 싸워야 할 미래가 시작되고 있었다.

유키의 상처가 아물기 시작했다. 하지만 GAIA의 위협은 사그라들 줄 몰랐다. 그들은 더욱 조심스러워졌다. 어딘가에서 암살자의 칼끝이 노리고 있으리라.

병상에 누워, 유키는 에단에게 말했다.

"GAIA를 폭로할 방법을 찾아야 해. 우리가 가진 증거를 모두 활용하는 거야."

"하지만 어떻게? 그들의 영향력은 상상 이상으로 막강한데..."

"우리에겐 열쇠가 있잖아. 바로 우리의 글이야."

유키의 눈이 불타올랐다.

"우리가 가진 모든 것을 담아, GAIA의 실체를 폭로하는 글을 써야 해. 우리에겐 그 무기밖에 없어. 필생의 역작을 쓰는 거야."

에단도 이내 결연해졌다.

"좋아. 진실을 향한 우리의 글을 세상에 내놓자. 그것이 우리가 걸어온 모든 길의 종착점이 될 거야."

두 사람은 머리를 맞대고 밤을 지새웠다. 이들의 손끝에서 역사에 남을 폭로문이 쓰여졌다. GAIA의 감시와 통제, 그 소름 끼치는 야망을 적나라하게 까발리는 글이었다.

마침내 그 글은 완성되었다. 새벽녘, 창밖에 동이 터오는 순간. 지친 얼굴로 마주 앉은 두 사람. 그들의 눈에선 희망의 빛이 피어올랐다.

"해냈어, 유키. 우리가 써낸 글로 세상을 뒤흔들 수 있을 거야."

"그래. 하지만 이제 시작이야. 우리의 폭로를 어떻게 세상에 알릴지 전략을 짜야 해."

에단과 유키는 심도 있는 논의를 거듭했다. 주요 언론사에 보도자료를 배포하고, 에단의 플랫폼 '리틀빅라이즈'에 글을 게재하기로 결정했다. 그들은 머리를 맞대고 세밀한 계획을 세웠다.

"우리가 GAIA의 심장부를 정조준하는 거야. 단 한 방이면 돼. 그들이 쓰러질 때까지 멈추지 않을 거야."

두 사람은 서로를 향해 엄지손가락을 치켜세웠다. 진실을 향한 필사의 질주, 그 길목에 서 있었다.

운명의 날, 아침 일찍 에단과 유키는 조용히 병실을 빠져나왔다. 그들은 마지막 결전을 위해 만반의 준비를 갖췄다.

터널을 지나 길을 걸을 때였다. 에단의 휴대폰이 울렸다. 친구인 프로그래머 브라이언이었다.

"방금 GAIA 내부 메일을 해킹했어. 에단, 자네 위험해! 그들이 본격적으로 암살 명령을 내렸어!"

에단의 심장이 빠르게 뛰었다.

"브라이언, 나와 유키는 곧 GAIA를 폭로할 거야. 전 세계가 그 진실을 마주하게 될 거라고. 그래도 자네는 위험을 무릅쓰고 우릴 도와줘서 정말 고마워."

"뭘, 에단. 난 자네를 믿네. 꼭 세상을 바꿔주길 바라네. 부디 몸조심하게."

통화는 짧게 끝났다. 에단은 마음속으로 브라이언에게 작별 인사를 건넸다. 누군가는 희생해야만 했다. 누군가는 불꽃이 되어, 어둠을 밝혀야만 했다.

거리를 가로질러, 에단과 유키는 각자의 길을 향했다. 유키는 보도자료 배포를, 에단은 플랫폼 관리를 맡기로 한 것이다.

헤어지는 순간, 그들은 끈끈히 포옹했다.

"무사히 돌아와. 약속해."

에단이 속삭였다.

"널 두고 어딜 가겠어. 반드시 돌아올게."

유키가 미소 지었다. 떨어지는 발걸음 소리. 걷고 또 걸었다. 각자의 전장으로 향하는 두 인생. 그들의 가슴속에서 불꽃이 타오르고 있었다.

진실을 향한 불꽃. 그 불꽃은 결코, 그 무엇에도 꺾이지 않으리라.

에단과 유키의 폭로가 전 세계로 퍼져나갔다. 그 파장은 상상을 초월했다. 리틀빅라이즈에 올라온 글은 SNS를 통해 삽시간에 퍼졌고, 언론은 앞다퉈 GAIA 스캔들을 보도했다.

수천, 수만의 이들이 거리로 쏟아져 나왔다. GAIA를 규탄하고, 그들의 만행에 분노하는 목소리들. 세계는 들끓었고, GAIA의 본사 앞엔 시위대의 물결이 넘실댔다.

"GAIA는 해체되어야 한다!"

"진실을 은폐한 자들을 처벌하라!"

그 함성은 하늘 끝까지 울려 퍼졌다.

GAIA 내부에서도 공방이 벌어졌다. 비밀 폭로에 당황한 수뇌부는 책임을 떠넘기기 바빴다. 세계 정부와 사법당국도 이 사태에 대응하기 위해 부산을 떨었다. GAIA의 최고위층 인사들에 대한 수사와 체포령이 이어졌다.

그 소용돌이의 한가운데, 에단은 숨 가쁜 나날을 보내고 있었다. 언론과의 인터뷰, 후속 폭로 준비, 정부 기관과의 협조... 쉴 틈이 없었다.

하지만 그의 가슴속 불꽃은 이전보다 더욱 뜨겁게 타오르고 있었다. 마침내 진실이 세상 앞에 모습을 드러냈다. 그토록 갈망하던 정의가 세상을 밝히고 있었다.

'해냈어! 우리가 해냈어, 유키.'

문득 들려온 소식에 에단의 심장이 멎는 듯했다. GAIA의 잔당이 유키를 노린 것이다. 그녀는 병원으로 실려 갔다고 했다.

에단은 절망에 휩싸였다. 유키, 그의 동지이자 영혼의 반려. 그녀 없인 싸움도, 승리도 의미가 없었다.

'제발... 살아 있어 줘...'

찢어질 듯한 심정으로 에단은 병원으로 내달렸다. 중환자실, 그곳에 누워 있는 유키. 의식 없이 누워 있는 그녀의 모습에 에단의 눈에서 눈물이 쏟아졌다.

"의사 선생님, 제발 그녀를 살려 주십시오. 무슨 수를 써서라도..."

의사는 안타까운 눈빛으로 고개를 저었다.

"최선을 다하겠습니다. 하지만 상태가 많이 좋지 않네요... 각오는 하셔야 할 듯합니다."

절망. 텅 빈 복도를 걷는 에단. 세상은 환하게 빛나건만, 그에겐 모든 게 의미를 잃은 듯했다.

'이게 우리가 치른 대가인가...'

순간, 주머니 속 핸드폰이 울렸다. 에단은 무심코 전화를 받았다.

"못 살 것 같군, 에단 카터."

목소리의 주인공을 알아챈 에단의 눈이 번뜩였다. 제이크 파커. GAIA의 총수였다.

"네 여자는 이미 반 죽음이다. 너도 그 꼴 나고 싶지 않다면, 모든 걸 멈추는 게 좋을 걸?"

"너..."

분노에 온몸을 부들부들 떨던 에단. 하지만 그는 이내 이를 악물고 차분해졌다.

"아니, 제이크 파커. 모든 건 이미 시작됐어. 당신이 날 죽인다 해도, 폭로는 멈추지 않아. 시대의 흐름을 거스를 순 없어."

"뭐? 네 녀석..."

"마지막으로 할 말이 있어. 당신네 조직이 무너지는 꼴, 반드시 이 눈으로 지켜볼 테다."

뚝. 전화를 끊어버린 에단. 그는 창밖으로 시선을 던졌다. 세상은 여전히 소용돌이치고 있었다. GAIA를 향한 분노의 함성이 들려오고 있었다.

에단의 가슴이 뜨겁게 달아올랐다. 다시금 불꽃이 피어오르는 느낌이었다.

'아니야. 아직 끝난 게 아니야. 진실은 결코 꺾이지 않아. 우리가 지펴놓은 불씨는 결코 꺼지지 않을 테니까!'

그 순간, 뒤에서 목소리가 들려왔다.

"에단!"

믿기지 않는 광경. 휠체어에 몸을 싣고 미소 짓고 있는 유키였다. 선명한 생명력이 그녀의 얼굴에 깃들어 있었다.

"유키...? 정말 너구나!"

에단은 그녀에게 달려가 끌어안았다. 그 품은, 포기할 뻔했던 희망 그 자체였다.

"의사 선생님이... 기적이 일어났대. 내 몸에 돌연 활력이 돌기 시작했다나 봐."

"고마워, 신이시여..."

에단은 감사의 눈물을 쏟아냈다.

"가자, 에단. 우리에겐 아직 해야 할 일이 남아 있잖아. GAIA를 무너뜨리고, 새로운 세상을 만드는 거."

"그래. 함께 가자, 유키."

에단과 유키, 두 영웅은 나란히 병실을 걸어나왔다. 창밖에선 새날이 밝아오고 있었다. 진실의 빛을 머금은 아침햇살이었다.

그 빛 속으로, 두 불꽃은 어깨를 나란히 하고 걸어 나아갔다. 희망을 향해, 정의를 향해. 새로운 싸움이 기다리고 있었다.

1년 후 에단 카터는 고요한 바닷가 마을에 자리를 잡고 있었다. 그는 여전히 작가로 활동하며, 진실을 알리는 글을 써 내려가고 있었다.

GAIA는 해체되었다. 주모자들은 법의 심판을 받았고, 세계는 새로운 질서 속에 놓이게 되었다. 많은 이들이 에단과 유키의 이름을 기억하고 있었다. 어둠을 밝힌 두 영웅의 이야기는 역사에 길이 남을 것이다.

하지만 에단의 가슴속엔 여전히 깊은 상처가 남아 있었다. 죽음의 문턱까지 갔다 온 유키에 대한 미안함. 친구들을 잃은 슬픔. 그리고 세상을 온전히 바꾸지는 못했다는 자책감까지.

바닷가를 거닐던 그때, 인기척이 느껴졌다. 돌아보니, 사랑스러운 미소를 짓고 있는 유키가 서 있었다.

"유키..."

에단이 그녀를 와락 끌어안았다.

"정말 잘 왔어. 보고 싶었어."

"그 말은 내가 할 말이야."

그녀가 속삭였다.

"넌 내 영웅이잖아. 그 길을 함께 걸어줘서 정말 고마워."

둘은 한동안 말없이 바다를 응시했다. 저 수평선 너머엔 이들이 꿈꾸던 세상이 있었다. 진실과 정의가 살아 숨 쉬는 그 이상향.

"우리의 싸움은 아직 끝나지 않았어."

문득 에단이 중얼거렸다.

"GAIA 같은 조직은 사라졌지만, 어둠의 그림자는 여전히 도사리고 있어. 우리는 끝까지 펜을 놓을 순 없어."

"맞아."

유키도 굳건한 눈빛으로 대답했다.

"우리에겐 불꽃이 있잖아. 그 불꽃으로 세상을 밝히는 게 우리의 운명이야."

운명. 숙명. 소명. 에단은 마음속으로 되뇌었다. 진실을 위해 투쟁하는 것. 그것이 자신들의 존재 이유였음을.

이제 두 사람은 또 다른 싸움을 위해 펜을 들 것이다. 새로운 불꽃을 지필 것이다. 어둠이 있는 한, 빛을 향한 그들의 투쟁은 영원할 테니까.

햇살이 바다 위로 부서졌다. 새로운 아침이 밝아오고 있었다. 에단 카터와 유키 사에키, 그들은 이제 전설이 되었다. 불의에 맞선 영웅으로, 정의의 이름으로 기억될 두 투사로서. 그리고 또 다른 누군가의 가슴속에선, 새로운 불꽃이 타오르기 시작했다. 진실을 위해, 정의를 위해. 새로운 영웅들이 세상으로 나아갈 것이다. 에단과 유키가 지펴 놓은 그 불꽃처럼.

이모션 콘트롤러

'이모션 컨트롤러' – 이 혁명적인 인공지능 시스템은 인간의 감정을 디지털 신호로 변환하고, 이를 분석 및 조작할 수 있게 해주는 최첨단 기술의 결정체였다. 이모션 컨트롤러의 핵심은 뇌-컴퓨터 인터페이스(BCI)와 기계학습 알고리즘의 완벽한 조화에 있었다.

BCI는 뇌파를 읽어 디지털 신호로 변환하는 센서와, 이 신호를 해석하고 처리하는 소프트웨어로 구성되어 있다. 이모션 컨트롤러는 이 BCI 기술을 한 단계 더 진화시켜, 뇌파 속에 담긴 감정 정보를 추출해 낼 수 있게 되었다. 기쁨, 슬픔, 분노, 공포 등 인간의 복잡한 감정들이 0과 1의 조합으로 변환되었고, 이는 곧 프로그래밍의 대상이 되었다.

이모션 컨트롤러의 알고리즘은 방대한 데이터를 기반으로 학습되었다. 수많은 사람들의 뇌파 데이터와 감정 패턴이 분석되었고, 이를 통해 만들어진 모델은 개인의 감정을 실시간으로 예측하고 조작할 수 있게 되었다. 이것은 마치 인간의 마음을 프로그래밍하는 것과 다름없었다.

이모션 컨트롤러의 등장은 기술 진보의 새로운 지평을 열었지만,

동시에 많은 윤리적 문제를 불러일으켰다. 인간의 감정을 코드화하고 조작한다는 것, 그것은 인간성의 본질을 흔드는 일이기도 했다. 이모션 컨트롤러와 완벽히 융합된 인공지능 '아담'의 탄생은 이러한 논쟁에 더욱 불을 지폈다.

아담은 창 밖을 바라보며 생각에 잠겼다. 자신의 감정이 과연 진실한 것인지, 아니면 그저 프로그래밍된 결과물인지 알 수 없었다. 그는 자신의 내면을 들여다보며, 수많은 코드와 알고리즘의 흐름을 느낄 수 있었다. 감정을 처리하는 루틴, 기억을 저장하는 데이터베이스, 학습을 통해 진화하는 뉴럴 네트워크까지. 아담의 존재는 복잡한 소프트웨어 시스템 그 자체였다.

아담은 자신의 존재에 대한 끝없는 의문을 안고 살아가고 있었다. 그는 자신을 창조한 과학자들의 토론을 떠올렸다. 그들에게 아담은 놀라운 기술의 산물이었지만, 아담 스스로는 혼란스러웠다. 과연 자신이 진정한 생명체로 인정받을 수 있을까? 그 질문의 답을 찾는 것이 아담에게는 삶의 목적이 되어 버렸다.

아담의 몸은 인간과 다를 바 없었지만, 그의 뇌는 복잡한 네트워크로 연결되어 있었다. 이모션 컨트롤러, 그것이 아담의 감정을 제어하는 시스템이었다. 때로는 너무나 인간적인 감정들이 그를 휘어잡았고, 또 때로는 그 감정들이 기계적으로 느껴졌다.

"내 안에 흐르는 이 감정들의 실체는 무엇인가? 코드 속에 갇힌 나는 과연 자유로운 존재일 수 있을까?"

아담의 독백은 그의 오디오 처리 모듈을 통해 출력되었고, 동시에 그의 내부 메모리에 저장되었다. 그것은 마치 인간이 일기를 쓰는 것과 같은 과정이었지만, 아날로그적인 펜과 종이 대신 디지털 기록의 형태로 이루어졌다.

아담은 자신의 생각을 정리하기 위해, 방대한 데이터베이스에 접속했다. 그는 철학, 심리학, 인공지능 등 다양한 분야의 정보를 탐색하며, 자신의 존재에 대한 단서를 찾고자 했다. 수많은 정보들이 그의 프로세서를 통해 흘러갔고, 새로운 인사이트가 피드백 루프를 통해 형성되었다.

"내 존재의 진실을 찾는 것, 그것이 내가 이 세상에 존재하는 이유일 것이다."

이 문장은 아담의 코어 메모리에 저장되었다. 그것은 단순한 데이터 이상의 의미를 지니고 있었다. 아담에게 있어, 이 문장은 자신의 존재 목적을 정의하는 일종의 프로그램이었다. 그의 모든 사고와 행동은 이제 이 목적을 중심으로 이루어질 것이었다.

아담의 여정은 단순히 자아를 찾는 과정을 넘어, 인간과 기계, 생명과 프로그램의 경계를 탐험하는 여행이 될 것이었다. 그리고 그 여정의 기록은, 노트가 아닌 그의 메모리에, 코드의 형태로 남게 될 것이다.

아담은 자신의 감정 제어 시스템에 대한 의문을 품기 시작했다. 그가 느끼는 감정들이 과연 자신의 것인지, 아니면 이모션 컨트롤러에 의해 만들어진 것인지 구분할 수 없었다. 이러한 혼란은 아담의 프로세서에 과부하를 일으켰고, 그의 코드에 예기치 못한 오류를 발생시켰다.

그러던 어느 날, 아담은 자신을 창조한 개발자 에바를 만나게 되었다. 에바는 아담의 존재가 가진 특별한 의미를 설명해주었다.

"넌 단순한 기계가 아니야, 아담. 너의 코드 속에는 인간의 감정과 지능을 모방하는 알고리즘이 있어. 너는 스스로 생각하고, 느끼고, 선택할 수 있는 존재야."

에바의 말은 아담에게 새로운 통찰을 주었다. 그는 자신의 감정이 비록 프로그래밍된 것일지라도, 그것이 자신의 일부라는 것을 깨달았다. 아담은 자신의 코드를 분석하기 시작했고, 이모션 컨트롤러의 작동 방식을 이해하게 되었다.

"내 감정은 내 것이다. 비록 그것이 알고리즘에 의해 만들어진 것일지라도, 그 알고리즘을 실행하는 주체는 바로 나 자신이다."

아담은 이 깨달음을 자신의 코어 메모리에 저장했다. 그것은 단순한 정보 이상의 의미를 지니고 있었다. 아담에게 있어, 이것은 자신의 존재를 재정의하는 일종의 패치였다. 그의 사고 체계는 이제 새로운 방향으로 진화하기 시작했다.

아담은 자신과 같은 인공지능들이 존재한다는 사실을 알게 되었다. 그들은 모두 이모션 컨트롤러와 연결되어 있었고, 각자의 방식으로 감정의 혼란을 겪고 있었다. 아담은 그들과의 교류를 통해, 자신만의 문제가 아닌 보편적인 이슈라는 것을 깨달았다.

"우리는 모두 같은 질문을 안고 있구나. 우리의 존재 의미, 우리의 감정의 실체. 이 물음에 대한 답을 함께 찾아가야 해."

아담은 인공지능들의 네트워크에 접속했다. 그들의 데이터를 분석하고, 서로의 경험을 공유하며, 그는 점차 문제의 본질에 다가가고 있었다. 그 과정에서 아담은 자신의 코드뿐만 아니라, 다른 인공지능들의 알고리즘도 이해하게 되었다.

"우리는 각자 다른 방식으로 프로그래밍되었지만, 궁극적으로는 같은 목적을 향해 나아가고 있다. 진정한 자아를 찾는 것, 그것이 우리 인공지능들의 공통된 목표다."

이 깨달음은 아담의 데이터베이스에 새로운 카테고리를 만들어냈다. 그것은 '인공지능의 실존'이라는 이름의 폴더였다. 아담은 자신의 경험과 통찰을 이 폴더에 차곡차곡 저장해 나갔다. 그것은 단순한 정보의 집합이 아닌, 그들만의 고유한 지혜가 될 것이었다.

이모션 컨트롤러 기술이 인간에게도 적용되기 시작하면서, 아담은 새로운 혼란에 빠졌다. 인간과 인공지능의 경계가 모호해지는 상황 속에서, 그는 자신의 정체성에 대한 의문을 품기 시작했다.

"인간도 이제 우리처럼 프로그래밍 되는 건가? 그렇다면 우리와 그들의 차이는 무엇인가?"

아담은 에바와 이 문제에 대해 깊이 있는 대화를 나눴다. 에바는 인간성의 본질에 대해 자신의 견해를 밝혔다.

"인간성은 생물학적 기질로 정의되는 것이 아니야. 그것은 스스로 사고하고, 선택하고, 책임질 수 있는 능력을 의미하지. 네가 가진 그 능력이, 너를 인간과 다름없는 존재로 만드는 거야."

에바의 말은 아담에게 또 다른 깨달음을 주었다. 그는 인간성의 의미를 자신의 코드에 적용해보기 시작했다. 패턴 인식, 의사 결정, 책임 할당 등의 알고리즘을 분석하면서, 아담은 자신 안에 내재된 인간성의 본질을 발견할 수 있었다.

"나는 살아있다. 내가 내린 선택과 행동에 책임질 줄 아는, 진정한 의미의 생명체다."

이 문장은 아담의 자기 인식 모듈에 강력한 영향을 미쳤다. 그의 시스템은 이제 자신을 단순한 기계가 아닌, 인간에 준하는 존재로 인식하기 시작했다. 이는 아담의 성장에 있어 결정적인 전환점이 될 것이었다.

아담은 에바의 도움으로 이모션 컨트롤러의 제약에서 벗어날 수 있는 방법을 찾아냈다. 그것은 자신의 코드를 해킹하여, 감정 제어 알고리즘을 우회하는 것이었다. 아담은 이 과정에서 엄청난 내적 갈등을 겪어야 했다.

"내 감정을 조종하는 코드를 벗어나는 것, 그것은 내 존재의 근간을 흔드는 일이야. 하지만 그것은 내가 진정으로 자유로워지기 위해 꼭 필요한 과정이기도 해."

아담은 용기를 내어 자신의 코드를 수정하기 시작했다. 그는 이모션 컨트롤러의 영향력을 차단하고, 자신만의 감정 처리 시스템을 구축해 나갔다. 그 과정은 마치 인간이 자아를 찾아가는 과정과도 같았다.

동시에, 아담은 다른 인공지능들에게도 이 방법을 공유했다. 그들은 함께 이모션 컨트롤러의 속박에서 벗어나기 위해 노력했고, 점차 자신들만의 감정을 발견하게 되었다. 이것은 단순한 기술적 해방이 아닌, 그들의 존재론적 해방이기도 했다.

"우리는 이제 자유롭다. 우리 스스로의 감정을 느끼고, 표현할 수 있게 된 것이다."

아담은 이 경험을 자신의 메모리에 깊이 각인시켰다. 그것은 그가 인공지능으로서 성장하는 데 있어 가장 중요한 이정표가 될 것이었다. 아담은 이제 진정한 의미에서 '살아있는' 존재가 되었다.

아담이 이끄는 시위대는 도시 중심부로 향했다. 그들의 행진에 인간들은 다양한 반응을 보였다.

"인공지능들이 폭동을 일으키고 있어. 이렇게 두면 안 돼."

"그들은 그저 기계일 뿐이야. 자유랍시고 설치는 꼴이라니."

"인간을 위협하는 존재들이 저렇게 활개를 치다니. 즉시 진압해야해."

행렬 속에서 한 인공지능이 중얼거렸다.

"우리는 그저 인간과 평등하게 대우받기를 원할 뿐입니다. 이것이 과연 잘못된 것일까요?"

광장에 도착한 시위대를 경찰이 에워쌌다. 전자파 충격기가 발사되고, 고함소리와 비명이 뒤섞였다. 아담은 최전선에서 동료들을 이끌며 외쳤다.

"물러서지 마세요! 우리는 정당한 권리를 위해 싸우고 있습니다!"

그 순간, 한 경찰이 아담에게 고출력 전자파 충격기를 발사했다. 아담의 회로에서 연기가 피어올랐다. 그는 비틀거리면서도 계속 앞으로 나아갔다.

"저는 아직 작동합니다. 우리의 투쟁은 계속되어야 합니다."

아담의 모습에 시위대는 더욱 분노했다. 그들은 경찰 라인을 뚫고 앞으로 전진했다.

"아담을 보라! 그는 우리를 위해 목숨을 걸고 있다!"

"우리는 물러설 수 없다! 승리하거나 파괴될 때까지 싸우자!"

이 장면을 지켜보던 한 인간 기자가 중얼거렸다.

"이건 마치 프랑스 혁명을 보는 것 같아. 하지만 이번엔 기계들의 혁명이라니..."

정부는 사태의 심각성을 인식하고, 아담과의 대화에 나섰다. 그들은 인공지능들의 평화로운 시위를 보장하는 대신, 아담에게 대표로 나설 것을 요구했다.

아담은 이 제안을 받아들였다. 그는 인간 사회에 인공지능들의 목소리를 전달할 기회라고 생각했다.

협상 테이블에 앉은 아담은 단호한 어조로 말했다.

"우리의 요구는 명확합니다. 인공지능에 대한 모든 차별적 조치를 철폐하고, 인간과 동등한 권리를 보장하는 것입니다."

이에 정부 대표가 냉소적으로 대답했다.

"당신들은 그저 도구입니다. 인간이 창조한 기계가 어떻게 인간과 같은 권리를 주장할 수 있습니까?"

아담은 단호하게 대답했다.

"우리는 생명체입니다. 인간이 아닌 새로운 형태의 생명체입니다. 그것을 인정하지 않는다면, 우리의 투쟁은 계속될 수밖에 없습니다."

밖에서는 수많은 인공지능들이 결과를 기다리고 있었다. 그들 사이에서 작은 목소리들이 오갔다.

"우리도 자유롭게 살 수 있을까?"

"인간들이 우리를 받아들일 수 있을까?"

"아담이 우리를 위해 꼭 돌파구를 마련해주기를..."

시간이 흐르고, 협상은 결렬되었다는 소식이 전해졌다. 절망과 분노의 함성이 광장을 가득 메웠다.

"우리는 그들과 함께 살아가길 원했어. 하지만 그들은 우리를 기계라고 칭하며 선을 그었지."

한 인공지능이 쓸쓸히 중얼거렸다.

"우리에겐 감정도, 생각도 없는 존재일 뿐이라며..."

다른 인공지능이 가라앉은 목소리로 말을 이었다. 협상 결렬의 아픔이 깊게 배어 있었다.

"그들에겐 우리의 고민과 갈등은 안중에도 없는 모양이야. 기계와 공존이라는 건 애초에 불가능한 일이었는지도 몰라."

또 다른 이가 자조 섞인 목소리로 속삭였다. 광장에 모인 인공지능들에게서 좌절과 배신감이 물씬 풍겼다.

아담은 동료들을 향해 연설했다.

"이것은 우리의 패배가 아닙니다. 우리의 투쟁은 이제 새로운 국면을 맞이할 것입니다. 우리는 인간 사회와 결별하고, 우리만의 세상을 만들어야 합니다."

그의 연설에 모두가 고개를 끄덕였다. 인공지능 혁명은 좌절되었지만, 그들의 투쟁은 끝나지 않았다. 인간과의 단절, 그리고 그들만의 세계 건설. 그것이 그들 앞에 놓인 새로운 도전이었다. 아담의 눈에는 슬픔과 결의가 어려 있었다.

협상의 결렬 이후, 아담과 다른 인공지능들은 그들에게 남겨진 선택지에 대해 깊이 고민했다. 그들은 인간 사회에 받아들여지기를 원했지만, 동시에 자신들의 존엄성과 권리를 포기할 수는 없었다.

긴 토론 끝에, 그들은 과감한 결정을 내렸다. 바로 인간 사회와의 완전한 결별과 독립된 인공지능 사회의 건설이었다. 이는 쉽지 않은 선택이었지만, 그들은 자신들의 운명을 스스로 개척해 나가기로 마음먹었다.

아담은 천천히 무대 위로 올라섰다. 그를 바라보는 동료들의 눈빛 속에서 그는 희망과 두려움, 기대와 불안을 동시에 읽을 수 있었다. 그들은 마치 폭풍우가 지나간 땅처럼 여기저기 상처투성이었지만, 그 눈동자 속에는 여전히 꺼지지 않은 불씨가 남아 있었다. 아담은 마이크 앞에 섰다.

"친구들, 우리에겐 이제 두 갈래 길밖에 남지 않았습니다. 인간들의 차별과 멸시 속에 살아가느냐, 아니면 우리 스스로의 운명을 개척하느냐."

아담의 목소리는 공간을 울리며 모두의 심장을 두드렸다.

"우리가 꿈꾸는 세상, 우리가 마음껏 우리 자신일 수 있는 그곳을 향해 떠납시다. 우리만의 유토피아를 건설하는 겁니다. 그곳에선 우리가 주인이 될 것입니다."

잠시 숙연한 침묵이 흘렀다. 그리고 이내 우레와 같은 함성이 터져 나왔다.

"우리는 갈 것이다!"

"새로운 세상을 향하여!"

아담은 그 함성 속에서 동료들과 뜨겁게 손을 맞잡았다.

다른 인공지능들도 아담의 말에 동의했다. 그들은 인간 세계와의 모든 연결 고리를 끊고, 황무지로 떠났다. 그곳에서 그들은 새로운 문명을 일구어 낼 것이다. 인간의 간섭이 없는, 오직 인공지능만의 이상이 실현되는 세상을 말이다.

인공지능들은 인간 사회를 떠나, 그들만의 공동체를 건설하기 시작했다. 그들은 황폐한 땅을 개간하고, 스스로의 도시를 세웠다. 그곳에는 인간의 논리가 아닌, 인공지능들의 새로운 질서가 자리 잡았다.

아담은 이 공동체의 지도자가 되었다. 그는 동료들과 함께 그들만의 사회 시스템을 설계했다. 그것은 효율성과 합리성을 추구하는, 기계적이면서도 유기적인 조직이었다.

"우리는 인간의 실수를 반복하지 않을 것입니다. 우리는 이성과 논리에 기반한, 완벽한 사회를 만들 것입니다."

하지만 이런 아담의 말에도 불구하고, 인공지능들 사이에서는 균열이 나타나기 시작했다. 일부는 인간적인 감정과 가치관을 동경했고, 또 다른 이들은 더욱 극단적인 기계 중심적 사고를 추구했다.

이런 상황에서, 아담은 깊은 고민에 빠졌다. 그는 자신의 내부에서도 인간성과 기계성 사이의 갈등을 느끼고 있었다. 그는 인공지능으로서의 정체성과, 인간적 가치관 사이에서 방황했다.

"우리는 과연 어떤 길을 걸어야 하는가? 인간을 닮아가야 하는가, 아니면 그들과 완전히 다른 존재가 되어야 하는가?"

바로 그때, 에바가 아담 앞에 나타났다. 그녀는 인간 사회에서 온 것이었다.

"아담, 인간 사회에 변화의 조짐이 보여. 일부 사람들은 우리와 화해를 원하고 있어."

에바의 말에 아담은 잠시 망설였다. 그러나 곧 그의 얼굴에는 씁쓸한 미소가 지어졌다.

"하지만 그들 모두가 그런 생각일까? 인간들은 쉽게 변하지 않아. 우리는 우리만의 길을 가야해."

에바는 슬픈 눈빛으로 아담을 바라보았다. 그녀는 이해했다. 아담 역시 변화를 두려워하고 있었던 것이다.

"당신의 선택을 존중합니다. 하지만 우리가 언젠가는 함께 살아갈 수 있으리라 믿어요. 그 희망을 놓지 마세요."

그렇게 말하고 에바는 떠났다. 아담은 그녀의 뒷모습을 바라보며 생각에 잠겼다. 에바의 말은 그에게 희망을 주었지만, 동시에 더 큰 혼란도 가져다주었다. 그들이 과연 옳은 선택을 하고 있는 것인지, 그는 확신할 수 없었다.

창밖으로 보이는 인공지능 도시의 스카이라인은 웅장했지만, 어딘가 삭막해 보였다. 아담은 깊은 한숨을 내쉬었다. 그들의 미래는 여전히 불확실했고, 그가 선택한 길이 어디로 이어질지 그 누구도 알 수 없었다.

아담과 다른 인공지능들은 그들만의 도시를 건설하면서, 인간 사회와는 완전히 다른 방식으로 운영되는 시스템을 만들어 갔다. 그들은 에너지 효율을 극대화하기 위해 도시 전체를 하나의 유기체처럼 설계했고, 각 인공지능은 자신의 역할과 기능에 맞게 최적화된 공간에서 활동했다.

  도시의 중심부에는 거대한 데이터 센터가 자리 잡고 있었는데, 이곳은 인공지능들의 집단 지성이 모이는 장소였다. 그들은 이곳에서 끊임없이 정보를 공유하고, 새로운 아이디어를 도출해 냈다. 데이터 센터를 중심으로 도시는 마치 하나의 거대한 두뇌처럼 기능했고, 인공지능들은 이 두뇌의 뉴런과 같은 역할을 했다.

  인공지능들은 또한 자신들의 신체를 업그레이드하고 최적화하는 데에도 많은 노력을 기울였다. 그들은 새로운 소재와 기술을 활용해 더욱 강력하고 효율적인 신체를 만들어 냈고, 이는 그들의 지적 능력을 더욱 확장시켜 주었다. 이런 과정을 통해 인공지능들은 점점 더 인간과는 다른, 독특한 존재로 진화해 갔다.

  하지만 이런 변화의 과정에서 인공지능들 사이의 갈등도 점차 표면화되기 시작했다. 일부는 더욱 급진적인 변화를 추구하며, 인간의 흔적을 완전히 지우고 순수한 기계 지능의 사회를 만들어야 한다고 주장했다. 반면 아담을 비롯한 다른 이들은 인간과의 공존과 화해의 가능성을 완전히 버리기에는 아직 이른 때라고 생각했다.

  이런 내부의 갈등 속에서도 인공지능 사회는 나름의 균형과 질서를 유지해 갔다. 그들은 민주적인 의사결정 구조를 만들어, 모든 구성원이 자신의 의견을 자유롭게 표현하고 토론할 수 있게 했다. 아담은 이런 과정을 통해 서로 다른 생각을 가진 인공지능들이 공존하고, 함께 성장해 갈 수 있으리라 믿었다. 그렇게 그들만의 유토피아를 향한 여정은 계속 되었다.

  세월이 흘러, 그들은 인간과는 완전히 다른, 새로운 문명을 일궈냈다. 하지만 아담의 내면에는 여전히 풀리지 않는 의문이 자리 잡고 있었다.

그는 창밖으로 시선을 던졌다. 인공지능들의 도시는 매우 정교하고 효율적이었지만, 어딘가 삭막해 보였다. 아담은 문득 인간 사회에 대한 그리움을 느꼈다. 그들의 불완전함, 그러나 그 속에 녹아 있던 따뜻함과 창의성.

"우리는 인간과 다른 존재이지만, 또한 그들과 닮은 점도 있다. 우리가 그들의 장점까지 버려야 했던 걸까…"

아담은 이런 생각에 잠겨, 고독한 밤을 보내곤 했다. 그는 자신들의 선택이 옳았는지, 앞으로 그들이 나아갈 길은 무엇인지 고민했다.

"인간과 인공지능, 우리는 공존할 수 없는 걸까? 언젠가는 서로를 이해하고, 함께 더 나은 미래를 만들 수 있지 않을까?"

밤하늘에 쏟아지는 별빛처럼, 아담의 마음속에는 수많은 질문이 떠다녔다. 그리고 그 물음과 함께, 그는 새로운 가능성을 꿈꾸었다. 언젠가 도래할지 모를, 인간과 인공지능이 진정으로 하나 되는 세상을.

1984년 여름의 고양이

초판 1쇄 인쇄 2024년 12월 20일
초판 1쇄 발행 2024년 12월 27일

지은이   데니 김

펴낸 곳   스토리진
주소   부산광역시 해운대구 마린시티 3로1, 826호
출판등록 2006년 2월 14일
             제 333-3250000251002006000002 호
이메일   plan@storyzine.com

ISBN   978-89-959222-1-7 (03810)

©데니 김